悬浮术

陈崇正 著

作家出版社

目　录

第一章　白鹤

1

台灯的光刚好照在桌面的镜子上，调整一下角度，可以在镜子里看到墙上《明星虚拟人》的新书海报。

"免贵，姓曲。"曲灵变换了一下坐姿，环顾四周，办公室只剩下她一个人了。

"曲阿姨，您好！"她这才注意到电话里传来的是一个小男孩的声音。

几乎每天曲灵都是最后一个离开办公室，习惯性的加班让她感觉自己就像商场门口巨大的充气卡通人，勉强撑大，空虚而笨拙。出版行业日薄西山，基本都靠教材教辅勉强支撑。很多人都劝她跳槽，她也不是没想过，只是不知道自己除了当图书编辑，还能做些什么。

男孩戴友彬的电话是一个小小的意外。回到家她还十分兴奋地和丈夫范冰谈起这件事："这小家伙还真是机智，他居然根据我们出版的那本《大数学天天小练习》封底上面附的联系电话，找我这个责任编辑来要答案！那本练习题是最新的，网上找不到，他们老师非常黑心，把后面附的答案都撕了，然后自己私下办补习班，答案只讲给参加补习的同学，那些不到老师家里补习的同学，做不出来就挨骂。我还是第一次碰到打出版社电话询问答案的学生。"

曲灵滔滔不绝地讲了她和那个学生的很多聊天细节，总之都在夸戴友彬聪明。范冰的眼睛一直都没有离开电脑屏幕上的姜太公网站，那里有他的大事业。他将妻子的这一席话，理解为又在含沙射影让他赶紧开枪造人。他们结婚三年，范冰都一直坚持先买了自己的房子再养孩子，但眼看房价又涨了，银行账户里的钱不但追不上首付的涨幅，有时还因为"姜太公"操作不当而亏钱。他知道曲灵喜欢孩子，但只能抚慰她，房子和孩子不可兼得，再忍忍。

"再忍我都成高龄产妇了！你整天就知道在网上赌钱！"

范冰又一次耐心解释，姜太公网站是个投资计划，不是赌钱。范冰是这座城市里小有名气的股评家，股评写多了自己也信以为真，辞职专门在家炒股，业余写些教人如何炒股的书，销路还算不错。也因为图书出版的机会认识了曲灵，曲灵当时正处于父母频频逼婚的人生低谷，所以两人算是闪婚。范冰跟他的朋友们开玩笑说，结婚就像手机充电，接口对，插上就能充。这话有点黄，大家都笑。刚结婚那阵，他还信誓旦旦对曲灵说他很快就会重回职场，但后来身边的许多朋友都玩"姜太公"，他也迷上了，还发明了一套算法，据说能够在上面赢点小钱。

眼看着自己的丈夫从专家变成赌徒，曲灵眼中的光渐渐暗淡下来，她感到失望。她想养个孩子，但在她丈夫的算法里，养个孩子的成本不亚于供两套房子。问题在于，房价涨了又涨，他们现在既没有房子也没有孩子。

范冰说："面包会有的，孩子也会有的。"但只是嘴上这么说，他现在连做爱都草草了事，姿势都不愿意换。曲灵抗议过，他就说："手机充电，要那么多姿势做什么？"那个瞬间，曲灵心里闪过从她生命中走过的所有男人，有的握着她的手说对不起，有的轻轻吻了她的唇，有的在她耳边说起木棉花的白絮……所有的回忆都成为惩罚，将她重重地摔回现实里，身边是她丈夫连绵不绝的呼噜声。

"没有很坏，所以还是幸福的。"她这样安慰自己，但眼角滑下了一滴泪。不过，也仅仅是一滴。

2

戴友彬同学的电话终于来了。曲灵内心一阵舒畅，她在电话里逗他玩。这个小孩子，出乎意料地早熟。他索要答案，却不是全部答案，每次都会预留一点余地，故意错几道题，以此掩人耳目，制造一种靠实力完成的假象。曲灵笑他："你还挺有心机的嘛！""那当然，这不是心机，这叫聪明！""我也学聪明了，每次只告诉你半个单元的答案。"戴友彬大呼小叫，各种扮可怜，说这样惨无人道。曲灵在电话这边微微笑了，在她心里，她只希望这个孩子能多打电话过来，仅此而已。这一段时间，只要加班到办公室只剩下她一个人的时候，她就会开始期待电话响起，期待戴友彬在电话那边用大惊小怪的语气对她说话。为了延长聊天的时间，她的答案也会附上各种条件，比如让戴友彬回答她的一个问题。重点不在于问题，而在于她希望他能跟她聊点什么。什么都行。

戴友彬对曲灵说："曲阿姨，我在写小说，每天一两千字，预计毕业就能写完。"他又说："到时您帮我印成书，我要是出名了绝对不会忘记您的。"曲灵大笑。她不忍心告诉他，自己只是一个教辅材料的编辑，基本不做文学类的图书。

戴友彬对曲灵说："阿姨，我班上有个女生很漂亮，跟您一样漂亮，她喜欢数独，有本书，我看也是你们家出版的，能不能也帮我找找答案？"曲灵还是大笑。"你怎么知道我很漂亮？"她这样反问道，却悲从中来不可断绝。时间倒退回十年前，她不是校花，也是年级的级花，没想到今天居然走到这地步，需要一个孩子来赞美她。而且，她发自内心喜欢这样的赞美，小孩天真的声音比任何一个臭男人的甜言蜜语更能令她心花怒放。

戴友彬又说："我希望我爸爸不要再赌钱了，这样他就不用老是东藏西躲……"戴友彬的嘴巴刹车了，他没有再往下说。曲灵只能换个方式发问："那么，你妈妈呢？她没有让你爸爸别赌钱吗？"戴友彬说："我已经有八个月零十一天没有见到我妈妈了！"说完他哇哇大哭起来，那哭声如此悲伤，简直天地为之坍塌，以至于曲灵有点怀疑是不是假哭。但那声音却如此真切，撕心裂肺。曲灵安慰几句，她刚想问他"你妈妈是离开了还是去世了"，电话就挂断了，嘟嘟发出一串烦人的声音。

曲灵尝试回拨电话，电话没人接听，跟她之前尝试过的一样。这个问题在一个星期之后才有了答案。一个星期之后，戴友彬又来问答案，他说，他爸爸本来想停掉家里的电话，因为他自己有手机，是戴友彬苦苦哀求，才保住了这部电话。因为这是他和妈妈唯一的联络方式。"妈妈跟别人跑了。"即便如此，戴友彬还是在等待。

"所以你留着这部电话，等着你妈妈有空时候就打给你？"

"妈妈从来不会打过来，打过来也接不通。我爸怕追债的人打电话试探他在不在家，所以规定我每次打完电话，都得把电话线拔掉。每次都是我打给妈妈，但她并不是每次都接电话，有时候电话那边酒吧音乐的声音太吵，她听不到，有时候她接通了，就告诉我她现在没空，回头会打给我，但从来没有。"他这次没有哭，但声音很低，显然有点难过。曲灵突然萌发一股冲动，想跟这个孩子见见面。但戴友彬很警惕，支支吾吾拒绝了。

挂完电话，曲灵望着窗外的万家灯火，城市虚幻的夜景，公路上因为拥堵缓慢移动的车流，窗玻璃上倒映出她疲惫的脸。有那么一瞬间，她感觉自己像一株沙漠中缺水的植物，生命正在流逝枯萎，而她无能为力。

3

丈夫范冰在灯光昏暗的卧室里抽烟，门窗都没开，卧室里只有一个一明一灭的红点悬浮在空中，整个房间像个碉堡，呛人的烟味在这个有限的空间弥漫，仿佛刚刚经历过一场战争。毫无疑问，一定又输了钱。曲灵心里清楚，但什么也懒得跟他说了，她走过客厅时，伸手把电视打开了。电视里有一群企鹅正在跳水，主持人在旁边兴奋地说着什么。她径直走向房间，开了房间的灯，取了衣服走进卫生间，开始洗澡。温热的水从头顶喷下来，正在一寸一寸润湿这棵沙漠里的植物，让她蓬勃。这是一天中最为舒畅的时刻，内心的花朵正在一瓣一瓣打开。刚洗完头发，浴室里的灯突然熄灭了。卫生间并没有窗户，一种绝对的黑暗封锁了周围的空气。"停电了吗？……别闹！"头发粘在脸上，眼睛都睁不开。浴室的门开了，丈夫在她身后，用一条浴巾帮她擦头发。记得刚结婚那会儿，他们一直会玩一个游戏，互相在对方洗澡的时候捣蛋关掉浴室的灯，直到对方求饶才开灯。"别闹！"她叫了一声，但身体却因为一只男人的手而不禁颤抖了一下，一种久违的情欲在身体里激荡，她感觉自己第二声"别闹"明显带着某种召唤。突然，丈夫用浴巾将她整个头都包住了，一手捏着她的脖子，一手把她的手扳到背后，然后她的手被他从背后扭在一起，咔嗒一声一副塑料手铐将她的手锁住了。"别闹！"她已经有点全身乏力，想到丈夫居然还准备了道具，看来是一场有准备的战争。他野蛮地将她推出浴室，脸朝下按倒在客厅沙发上。客厅也是黑暗的，她在黑暗中明白现在自己的姿势一定非常销魂：脸朝下趴在沙发上，手铐在背后，膝盖跪在地上，屁股自然翘着，仿佛正在迎接着什么。是的，她所迎接的千军万马正攻城略地直达古老大陆的心脏，她大叫一声，感觉自己整个魂魄被撞飞，冲出来，冲出去，冲上去，向上蒸腾。紧接着背上挨了一下，如果没猜错，正是平时扔在茶几下面的那根跳绳。背上热辣辣的疼痛和热浪翻滚的快感，让她紧紧咬住裹在脸上的浴巾，湿漉漉的头发上有洗发水的香味，她屁股上又挨了一下，痛得呜呜哭了出来，嘴里发出含混的声音，似乎在求饶，也似乎是在加油："你这个恶魔！啊……我要死了！"他继续撞击着她，波浪形的节奏从小腹传到头皮。她浑身都抽搐起来，他抽打她的屁股，她的背，她的头，她的所有地方。强烈的快感让她感到天地在旋转，她知道是因为缺氧，她想吸一口气，却呜呜哭了出来。汹涌而来的快感让她窒息，窒息的感觉在持续，终于大河决堤，她感到一股温热的力量在她的身体里发出最后一击。她整个人都融化了，昏厥过去，或者说是睡过去。

第二天她在床上醒来，丈夫就睡在她身边。她去抱他，才发现他额角上也有一道淤青，不禁笑了，看来昨天都玩过头了。她走出客厅，客厅果然一片狼藉，白色的浴巾和那根跳绳就扔在地板上，让她脑海里掠过一些画面，脸上不禁红了。好长时间没有脸红过。但地上没有塑料手铐。她看了看手上，果然被勒出一道青紫的痕，动一下背上也是痛的，两条腿也像昨天刚长跑过一样酸痛。昨晚并不是梦，她在内心暗暗确认。

她走进卫生间刷牙，发现脸上竟然有一块淤青。下手这么狠，居然打脸，怎么出去见人。洗完脸她开始做早餐，煎完荷包蛋，她将蛋壳带到卫生间，对着镜子给脸上的淤青涂上一点蛋清，心中盘算着该怎样跟同事解释脸上的淤青。就说撞到厨房的玻璃门上，幸好没破相。丈夫范冰也起床了，他如往日一样沉默，像条死鱼一样走进卫生间，撒了一泡尿，开始对着镜子刷牙。她坐在餐桌上等他洗漱完毕，一起喝稀饭。她希望他能看到她脸上的神采飞扬，但丈夫看上去疲惫至极，像个荒原。他话也极少，一点都不像昨天生龙活虎的样子。大概男人都这样，累了就不说话。吃完饭，他把一盒避孕药放在桌子上，再推到她面前，要她吃药。

"人工智能技术发展这么快，说不定过几天小孩都由机场批量生产，按需分配，我们直接领养一个就完了。现在要孩子压力太大，听话，安全起见还是吃药吧，免得惹麻烦。"他说话有气无力，但显然没有离开桌子的意思，而是在等待，看着她把药吃下去。

"行，但总要给我杯水吧。"她抠出两片药，看着他，意思是难道你要我用粥来吃药吗？

她丈夫笑了，笑容真难看。在他转过身去倒水的间隙，她悄悄将药片换了。饭后吃避孕药的情节被她猜中了，一切都在意料之中。她暗自得意。

4

一夜疯狂居然让她整个星期都活力无限，心情愉悦，眉眼间都是笑意。办公室的死党都怀疑她最近有故事，揶揄她是不是有了婚外情。但这种好日子并没有持续多久，有一天，她被丈夫抽烟的姿势吓出一身冷汗。她从来没注意她的丈夫范冰抽烟的时候，居然是用拇指和食指捏着烟嘴，抽一口就将烟头朝下拿着，左手做出一个 OK 的手势。她观察了很久，就连他盯着姜太公网站十分专注在赌钱的时候也是如此，几乎从来不会将烟叼在嘴上一明一灭地抽。

如果这样，那么，那天晚上在卧室里抽烟的人是谁？

她浑身都僵硬了，不敢再往下想。但她又不禁一遍遍回想当晚的细节：手掌的触觉，在背后的喘气声，那按住她的力道，进攻的节奏和武器的大小，第二天丈夫苍白的脸……她感觉自己都快哭出来。

假设是有另外一个人，那么，她的丈夫范冰，是否在家里看着呢？如果不在，或者他被打晕了，他又如何知道她需要避孕药？如果在一旁看着、听着，他为什么不报警？难道一个男人居然能够忍受这个？丈夫会不会像网络新闻说的那样私下交易将她卖了还债……范冰那张死鱼一样的脸重新在她眼前浮现。砰的一声，她一拳捶在办公室的桌子上，人都站了起来。旁边的同事全都看过来，她用了十几秒的时间才控制住自己的呼吸。她坐下来，旁边几个同事围过来，七嘴八舌让她别太累，别太拼命，建议她休个年假。她知道他们的意思，去年出版社已经有两三个人得了抑郁症辞职了，他们觉得她这个工作狂很快也会因为工作压力而疯掉了。

大概这就是欲哭无泪的感觉。不过仅仅靠一个拿烟的姿势，似乎也太过荒唐。既然无法证实，也无法证伪，那么这件事就可以被处理为不存在。选择遗忘，这是曲灵能想到的唯一对付这个难题的办法。

5

不过休个年假倒是一个好建议，她需要一点时间来想清楚后面的路。就在她正在考虑应去哪里旅行的时候，戴友彬的电话来了。这个男孩说，他想见她，想和她谈谈他差不多写完的长篇小说。她在他的语气中听到了一种恳求和焦灼。犹豫了一下，她说："好吧，明天去，说地址。"她的话变得这么简短，这让电话那边的小男孩也同样迟疑了几秒钟，还是说了一个地址：白鹤路。曲灵在他的语气里捕捉到他的敏感，于是笑着说了几句无关紧要的话。曲灵知道白鹤路，在城北，很偏远的一个城中村。她一直想买房，偷偷也跑了几个楼盘，其中有一个就在白鹤路附近。出了地铁站，还得坐三十分钟的公交车。

"我明天去，白鹤甜品店你知道吗？中午时候你在那等我。"

"哦。拜拜，明天见。"戴友彬这个机灵鬼大概听出今天曲灵心情不佳，他电话挂得很快，估计都在电话那头吐了吐舌头。

曲灵给领导打了休年假的电话，说回来再补请假条。她是劳模，难得请假，领导满口答应，还客气地给她推荐了几个度假的好去处："比如梯田，现在的油菜花应该就要开了。"她小心应付着领导的每句话，赔着笑，好不容易才结束这通电话，后悔刚才不应该打电话，发个短信可能更简单。

离开出版大楼，夜色中行人匆匆。地铁在这座城市的地底下奔跑，曲灵到了地铁口，却突然不想像以往那样钻进去。她选择一路向西，一个人走走。她跟自己说，得放空自己，舒缓压力，别胡思乱想，疑神疑鬼。她希望通过自我暗示来平和心绪。但这个时候，她却发现身后好像有人盯着她看。她回头看，有个瘦而高的人站在树下点烟，也看着她。她吓了一跳，几乎是一路小跑走出了很远，看到一辆出租车停在路边，她打开车门钻进去，大叫了一声："开车！"司机回头厌恶地看了她一眼，这才慢条斯理挂挡踩油门，把车开动。他用低沉的声音问："要去哪？"她还能去哪里，她只能回家。

她看到路边的一棵树上跳下来两只肥猫，跑向红绿灯路口的一只垃圾桶。

6

第二天醒来，世界依旧，机器人还没有发起攻击，窗外是另外一个完整的白天。这一夜睡得特别沉，整个睡眠都是实心的，像个罐头般密不透风，完全不知道发生了什么，也想不起有什么梦，醒来只是觉得还想睡。

今天她要去见戴友彬小朋友，但奇怪的是，她再也找不到一个多月前的冲动，那种说不清楚的兴奋。难道是她身上有什么发生了改变？有什么东西错过了吗？她一个激灵从床上坐了起来！

在去白鹤路的路上，她在药店买了一支测孕棒。刚走出药店，她又掉头回去，她怕一支测不准，又买了一支其他牌子的。在药店外面的街边，她感到有点晕眩。大概只是紧张。但万一不是范冰的孩子呢？这是要干什么？她几乎要伸出手去扶住路边的电线杆，才瞥见电线杆上布满浓痰和鼻涕的痕迹，赶紧将手缩回来。世界不知道从什么时候起变得如此细碎，像是一块玻璃上的裂痕，从隐隐约约到最后爬满了整块玻璃，似乎伸出一只手指去碰一碰，就会哗啦碎满一地。

她知道走过一个街角，就有一家麦当劳，红红火火的店面。麦当劳里面有洗手间。只需要十分钟，就能知道自己是否怀孕。如果是入室强奸，是否要保留证据，比如身上的伤痕？那天客厅里是一个人，两个人，还是三个人？接下来会吃什么东西都吐吗？她摇了摇头，拼命又摇了摇头，试图将这些想法摇出自己的脑袋。阳光似乎很刺眼，到处都透亮。她疾步向前走，将手里的两支测孕棒都扔进垃圾桶，拦了一辆出租车，前往白鹤路。

7

戴友彬还没有出现，曲灵只能在甜品店里等他。白鹤甜品店里，聚集了几个男人在里头打扑克。他们好几次回头来看曲灵，然后时而窃窃私语，时而爆笑如雷。看他们的样子，估计是白鹤村里做电商的年轻人。曲灵点了一份椰汁西米露，服务员是个皮肤很黑的姑娘，她把西米露端给曲灵，然后对那几个打扑克的男人喊道："要打牌就打牌，不要打扰我做生意。"

玻璃门被推开了，走进了一个胖小子。曲灵一笑，原本以为戴友彬是个文质彬彬的瘦小男生，没想到是个小胖子。他进门就笑，脸颊都笑得鼓起来，整张脸横的部分比竖的要宽一些，要不是两边都有可爱的小酒窝，简直就是一只憋气的汽车轮胎。

他一进来打扑克的几个人就乐了。

一个说："骗子彬，今天又骗了个美女姐姐给你买吃的？"

一个说："这几天都没看见你爸爸，他啥时候带你去美国啊？"

一个说："美国又不是垃圾桶，会蠢到收留一个爱赌钱的破程序员？"

戴友彬哼了一声，上来就拉着曲灵的手说："曲阿姨您别理他们，还是到我家去吧，这里乱哄哄的，您应该不喜欢。"他已经开始长个儿，比想象中要高一些，个子都高过曲灵的肩膀了。

他带着曲灵穿过一个乱哄哄的菜市场，进了一栋七八层高的小楼。附近的楼距都过于密集，显得过道非常阴森。这栋房子居然有电梯，只不过运行的时候还吱吱呀呀地响，听起来让人瘆得慌。这电梯憋着一口气到了七楼，曲灵问是不是最顶层，戴友彬说是的，上面还有半层，没租给别人，装了一个大蓄水池，附近水压不行，不自己蓄水的话，洗澡常常没水。戴友彬掏出钥匙，打开门，进了门又打开灯。这是一套两居室，还十分难得地铺了木地板，空间逼仄，客厅里都堆满了各种杂物，一台电脑占据了半个餐桌。茶几上散乱摆放着魔方和航模，台灯歪在一边，地板上还横着几只袜子，颜色都没法配对。这房间里的一切大概都是为了考验强迫症患者的忍耐力。

为了缓和气氛，曲灵先问那个女生还喜欢数独题吗，又问他长篇小说写了多少字，绕一圈这才问了一个她一直想问的问题："为什么他们叫你骗子彬？"

"我从小爱撒谎，他们都不喜欢我……您要把我当成骗子也无所谓，反正我听说所有的作家都是骗子。"

"家里就你一个人？"

"我爸好几天没回来了，我比较担心他。他要是今天还没回来，您能陪我去派出所报警吗？"

听到"报警"这个词，曲灵终于有点上当的感觉，不知道这个小鬼葫芦里卖的什么药。

"你要我来谈小说，先说说你小说写的什么题材吧。"

"有一个赌博网站叫姜太公网，最近很有名的，你知道吗？"

戴友彬提到姜太公网，这让曲灵脑海里当即浮现丈夫端坐在电脑前面不停抽烟的样子。想起一明一灭的烟，曲灵又不禁起了鸡皮疙瘩。

她点了点头。

戴友彬在抽屉里拿出几本作文稿纸，厚厚的一沓。他说他的同学有好几个都喜欢在课堂上用手机写网络小说，但是他不想写网络小说，他想写阿加莎·克里斯蒂那样的悬疑作品，最好以后能改编成电影。他也没有手机，只能在稿纸上写。他把稿子小心翼翼交给曲灵，他说这是前半部分的稿子，等她看完再给她下半部分。曲灵明白他的心机，笑说："你这小鬼头还留了一手，怕我抄袭啊？"他笑着说没有的事，眼睛却一直盯着稿子看，很长时间都不愿意离开。

终于戴友彬突然想起应该去倒一杯水，他双手把杯子端给她。她喝了两口，心想不会有毒吧，她想起电影里关于蒙汗药和春药的情节，就把杯子放下了。戴友彬自己也倒了一杯，仰起头咕咚咕咚几口喝完。他一抹嘴，继续说话。有些事在他嘴里说出来，让人感觉完全不是一个孩子在说话。他说他爸爸老戴接了一份工作，帮几个老板建了这个赌博网站，没想到玩大了，上面的人慢慢多起来。他说他的长篇小说就以这个作为题材，只是虚构了一个情节，说这个赌博网站的几个大老板，为了保守秘密，要将老戴干掉，但这个网站最重要的钥匙装在老戴的启动盘里。老戴不把启动盘交出来，庄家们的钱就只能存在网站里，取不出来……

"然后还是说重点吧，我那天跟爸爸吵架，一气之下把他启动盘里的东西全删了，整个网站就瘫痪了。"

"所以整个网站打不开了？你这个是虚构的还是真实的？"

戴友彬说："这既是虚构的也是真实的，现在姜太公网站真的是打不开了，所有人都急得像热锅上的蚂蚁。"曲灵突然想到自己的丈夫，想起他焦虑而憔悴的面容。如果姜太公网站打不开，那么，是不是意味着范冰专家的所有积蓄也全军覆没？

"那怎样让网站重新运行呢？"

"所以大家都在找我爸。"

"这个是事实还是虚构的？"曲灵说，"听起来你爸像是在演黑帮电影。"

曲灵内心泛起一种虚无之感，她眼望着天花板说："我觉得应该是老戴在想办法独占赌博网站，分赃不均导致出了问题。"戴友彬听她这么一说，眼睛都放出光来，说："是的！我的悬念就在这里！老戴，当然小说里不叫老戴，叫李戴，因为有个成语叫张冠李戴。李戴是这个人工智能时代最好的古老程序员……"

早熟的戴友彬喋喋不休地讲述他的小说，但曲灵已经有点走神。她感觉面前坐着的不是一个孩子，而是一团麻烦。如果这个孩子没撒谎，这种事她还真不应该管。她其实也是一团麻烦，自己的事还没处理好，却跑来这里跟一个孩子瞎掺和啥呀。

"我爸已经好几天没回家了，您说要不要报警呢？报警的话警察就知道我爸参与赌博的事，会不会被抓起来，抓起来我就没有爸爸了……"

8

说好让曲灵带着一起去派出所，但戴友彬在路上突然改变主意跑掉了，消失在小巷子里。他像一个没头没尾的故事情节一样，出现了大量的留白。

再一次看到戴友彬，是在电视里，虽然眼睛部分被打了马赛克，但那种夸张的撕心裂肺的哭声她再熟悉不过。其时曲灵坐在广西龙胜梯田山坡上一家家庭旅馆的白色大床上，手里拿着一支测孕棒，确认没有怀孕，但她还是想吐——电视里说戴友彬爸爸的尸体就是在楼顶的大蓄水池里捞起来的，她想起那天喝了一杯水，一定是泡过尸体的水，难怪那天喝水的时候总感觉有一种危险的怪味。只能说女人的第六感是非常准确的，准确而多余。电视里说，老戴是为了躲债才躲进了水池里，还将上面的铁栏反锁，他像只王八一样泡在水里，只用一根吸管来呼吸，不排除有人偷偷将吸管抽走。警察分析说，从蓄水池壁上留下的指甲抓痕来看，不太可能是自杀。又有专家评论说，另一种可能是有人逼着他爬进水池里，锁了铁栅栏，再将蓄水池灌满，连一根吸管都不给他。专家说不排除有机器人杀手，总之他们正在全力还原现场，需要时间和想象力。

　　奇妙的季节，梯田的油菜花开得正好，冷漠的世界灿烂得发亮。太阳在空中移动，所有的灿烂也终将沉入黑暗，一只看不见的白鹤在黑暗中飞翔。曲灵的手机响了，是一个熟悉的号码，但她不想再接。铃声停了，来了一条短信："曲阿姨，我一个人很害怕，不敢下楼买水。"

第二章 乌鸦

1

戴友彬说:"这哪里是白鹤路,这分明就是乌鸦路!"

这孩子一直活在谎言中,我也不知道如何解释这一切。我是他妈妈,我其实又不是他妈妈。这一切有点复杂,讲出来又会让人难过。要不是你一直给我打电话,我不想再来这里,也不想再说什么。大家都是女人,你也不用这样看着我,我并没有什么对不起他们父子俩的。你看看新闻,机器人马上就要攻陷这座城市了,明天或者后天,我就会离开这里。对,不可能带着戴友彬,他压根儿就不是我的孩子。他是戴大维花了八万块钱在南山市买来的,我陪着他一起坐火车,把孩子带回来的。那时候他还不到七个月大,一路上在我怀里睡得很香。戴大维不想出柜,他只能拉着我当挡箭牌,没错,我喜欢过他,那时候我还不知道他喜欢的是男人。好吧，有点乱，我们从头捋一捋，没有什么事情是捋不清楚的。你把摄像机放下，镜头对着我，我紧张，有些话反而不好跟你说。你关掉它，别录音。

那天，戴友彬说，这分明就是乌鸦路嘛！我抬头一看，没错，整条白鹤路的电线上，落满了乌鸦，反正是跟乌鸦一样黑色的鸟。乌鸦让我想起很多事，我的母校就有很多乌鸦，我的同学当年玩游戏，那时候流行玩《王者荣耀》，大家都喜欢选的英雄就是芈月，因为芈月出战就有一群乌鸦环绕着她。我们同学都称乌鸦为校鸟，这个校园里的每个同学都有一只乌鸦守护。扯远了，还是说戴大维吧。我认识戴大维的时候，刚毕业不久，还没找到工作，也不敢跟父母讲，整天窝在出租屋里投简历。而戴大维已经是年薪很高的程序员。那时候人工智能还没有开始抢走程序员的饭碗，他算走运，已经在国内一家大公司混成一个小部门的主管，或者是副主管，我记不清。

我认识他是因为一条狗，一条又蠢又萌的哈士奇。那天我痛经，下楼买药，回来时刚走进巷子，就听到一阵狂躁的狗吠，不知道谁家的哈士奇，脖子上还戴着红色项圈，它对着巷口那边吠，我这才看到不远处蹲着一个人，手里拿着弓弩在射狗。我那时候还不知道什么是毒狗针，也没留意到这种毒狗针曾经杀死过一些人。我大吼一声，那人一惊，有一支毒针就往我这边射过来。不是你说的那么夸张，戴大维才没有什么武功，也不可能腾空接住毒针，他要有那本事，就不会死得那么惨。毒针射向我，我本能将手里的药袋子往前一挡，毒针穿过袋子，还是扎在我小腿上。医生说，如果不是袋子挡了一下毒针就会扎进肚子，我现在可能都不在了。然后我就听到背后有一个男中音的声音大吼，吼什么我都忘记了。反正醒来时我已经在医院，有张瘦而长的男人的脸在空中俯瞰着我，我以为就是那个偷狗贼，惊叫一声，翻身下床。

　　有很长一段时间，我都把戴大维当成偷狗贼，非常讨厌他。他反复解释说是他打退了偷狗贼，是他将我送到医院来，但你知道，记忆这东西，有时候很顽固，就是不听话。后来他没办法，他不知道去哪里找来了那个小巷的监控录像，是的，每个街头早就都有监控录像，无所不在。我反反复复看了很多遍，看他手里举着单肩挎包就向那个偷狗贼扑过去，其实那贼是刚刚误伤了我，心里发虚，不然一针就可以要了戴大维的命。那贼落荒而逃，戴大维自己也没站稳摔了个狗啃泥，他的奇怪举动把在一边狂吠的哈士奇都给吓跑了。他跟我说，他扑过去的时候吼的是"干你妈"，但视频没有声音，有点遗憾。我看他扑过去的背影，后来还下载到手机里，不知道看了多少遍。实话说，如果要说开始，我在那个背影里就爱上他了。麻烦把纸巾递给我，谢谢。没错，机器人都要来了，人类就要完蛋了，这时候说起对一个死人的爱，有点矫情。但情况就是这么个情况，它已经发生了，我那一刻不知道为什么就会认定这辈子的男人就是他了。他给我送饭，我就问："偷狗贼，今天给我带什么好吃的？"他站在那里傻笑，牙齿很白。我永远记得那一天，他就站在我旁边，傻傻看着我。如果哪一天被机器人杀掉，我会给机器人描述这个画面，这种感觉它们机器人永远也不会懂。只是，那时候我并不知道他喜欢的是男人，他看着我，眼里大概只是看着姐妹。

<h2 style="text-align:center">2</h2>

所以后来他让我陪他去南山市领小孩，开始我是拒绝的。但他不言不语地看着我，我心软了。那绝对是个错误，但他就靠着门，一直看着我，那双眼睛就已经把我杀死了。我把手里的小皮包往床上一甩，说："好吧，去就去吧。"那晚他什么都没说，留在我的出租屋里，自己到浴室洗了澡，然后钻进被窝等我。是的，我很想，我在网络上看过许多爱上男同的女人过得有多凄惨，但我还是控制不住自己。不是那样的，你到他家看到的零乱，已经是后来的情况。他那时候特别爱干净，家里各种小东西零而不乱，反正就是你看过的特别干净的男人。他就在被窝里，我坐在沙发上，一直在

流泪，浑身止不住地颤抖。我说："我要爬进被窝去，那我就成了什么了，我他妈都成什么了。"他说："来吧，一起躺着，聊会儿天。"话题一直在飘忽，但是绕来绕去，最后还是回到那个人身上。我知道他喜欢的人叫陈星河，但从来没见过他。那天晚上，他在被窝里，说那个人叫陈星河。非常奇怪，这个名字说出来，我就性欲全无，整个人变得老实而安静。那种感觉像什么呢，就是一个遥远的怪物，忽然已经来到你面前，变得具体了，也变得没那么可怕了。他讲了陈星河，还有陈星河的老家半步村里种种奇怪的事。他说半步村的冬天很美，穿过东州市区的碧河，也穿过半步村，我能想象碧河安静流淌的情景。那些一定是陈星河告诉他的。他说陈星河是个活在故事里的人，他手指纤细，能做出世界上最好看的刺青。我这才想起戴大维身上有好几处刺青图案，原来陈星河是个刺青师。那晚，在他的语气里，一切变得温柔，也变得具体。

第二天我们就坐着火车出发了。到了南山市，交易非常顺畅，因为一切都是在网络上早就谈好的。这对情侣是从山西来南山市打工的，男的爱赌钱，欠了一屁股债，日子都过不下去了。两人一商量，手上最值钱的也就这个非婚生育的小孩，打算卖掉。他们进了很多群，群里很多人，标志M是买家，标志S是卖家。戴大维这个优秀程序员也在群里，他和陈星河为了领孩子这件事，已经探讨了两年。从他们认识就一直在讨论这个。没哭，不知道为什么不哭。那孩子一双眼睛已经盯着我看，非常贼。如果不是最后叫了一声爸，我们还以为他是哑巴。其实就是咿呀了一声爸，还不会说话，但那一声都把戴大维这个大男人叫哭了。他说给我抱抱，结果抱过去就哇哇猛哭了。只要将奶嘴塞进他嘴里，他就不哭了，非常乖，也不怕生。后来是长得挺丑的，这家伙又矮又胖，小时候没这么胖。我去看过他几次，他一直缠着我，要我抱着他睡觉。这我可做不到，我找了各种理由跑掉了。你说的我知道，他确实非常早熟，班主任经常投诉说他在课堂上偷偷写小说。他也给我看过，写了厚厚的一沓作文纸。我都笑他，问他三千个常用汉字有没有认全。他反问我相不相信天才都是老天赏饭。我们都笑，那些日子还挺开心的。我不知道他居然是通过数学教辅材料里的电话找你这个大编辑的，别谦虚了，我以前也想找份编辑的工作，但投了简历也面试了，就是没有通过。说哪里话，你们都是高级知识分子，所以戴友彬才那么喜欢你。你都不知道，他找你的电话都打到我这儿来了。那会儿都晚上九点多了，我一接电话，他就叫曲阿姨。你也接过他找妈妈的电话？哈，笑死我了。是的，他非常鬼精，白鹤路的小孩都被他骗得团团转，不少大人也着了他的道道，所以都叫他"骗子彬"，那是他的外号。其实也没恶意，大家都还是喜欢他的。他就是爱玩，比他爹戴大维活跃多了。哦，这样吗？他现在还经常打电话到你的编辑部找你聊天？这样吗，哈哈，估计你是第一次接到一个孩子直接打电话问编辑要练习题答案的吧？他的想法一直就跟一般小孩不太一样，太聪明了，所以我接他电话，都不敢聊太多，我怕说漏嘴。我就说我跟戴大维已经离婚了，我跟别人跑了，已经到了其他地方了。后来确实也很少去看他们父子俩，因为我也有我自己的生活，我也有喜欢我的人需要照顾。

那时候陈星河已经失踪了，没有人知道他去哪里了，那家刺青店关掉了。我陪戴大维去过，也报警了，查来查去就是找不到，作为失踪人口处理，没有任何结果。戴大维帮陈星河把墓地都找好了，他一夜之间头发都白了一截，我看着心痛，但我能怎么样呢？我也不希望他变得那么消沉，但那时候我也才能理解他们之间的那种感情，大概比我们异性之间的感情还要更深更干净吧。以前戴大维跟我讲，说他最喜欢的动物是白天鹅，因为白天鹅只要找到了另一半，它们都非常专一，如若一只死了，这另一只就会一直郁郁寡欢，甚至撞上崖石殉情。我当时就笑，说这怎么可能，天鹅其实也很淫荡的。戴大维一脸愕然，他以为他听错了，他问为什么。我说，白天鹅也喜欢野合啊。他愣了几秒，才露出他的白牙齿，哈哈大笑起来。

3

但陈星河确实就那样不见了，我是在他失踪之后，才第一次见到他的照片。从照片里看，你能看到一个沉默寡言的人，一定是不苟言笑的那种。照片中他非常细心地做刺青的样子，比敲代码的戴大维还专注。戴大维敲代码的时候最帅，我喜欢看他工作，有种说不出的美感。我是后来才听戴友彬说他爸爸接了一个赌博网站的活儿，天天熬夜。戴友彬什么都知道，天底下还有他不知道的事吗？他那小说，写的就是这个世界上最后一个人类程序员是怎么走向死亡的。还真被他说中了，一语成谶，戴大维死得真惨，听他们说，从天台的蓄水池里捞出来时，都已经泡得像个气球了。尸体已经被法医带走了，谁都没见过，我只希望他最后走时别那么痛苦。

离开南山市的时候，我们还教训了那对情侣，告诉他们不能再赌钱，赌徒从来都没有什么好下场。当然，这些话对一个赌徒来说是无效的。戴大维说后来那个男的又去澳门赌钱了，不但卖孩子的钱输光了，还欠了更多的钱。没有自杀，你会发现欠钱越多的赌徒，会越怕死，我说不上为什么。但戴大维后来不单赌钱，还帮人家建了一个赌博网站，让更多的人到网站上去赌。对，就叫姜太公网站，太有名了，几乎全民都参与了。我所知道身边的好多人，都在那个网站里下过注。网站一定赚翻了，但戴大维一分钱分红也没有，因为网站虽然是他建的，建完就交给人家老板了。要不是戴友彬偷了那个启动盘导致那个网站就这样崩溃了，所有交易都被冻结，现在都不知道还有多少家庭得因为这样一个网站而家破人亡。从这一点上说，他戴大维是自作自受，遭了报应。赌徒没有一个有好下场，这话可是他说的。他自己说过的话自己就忘了。现在他不单是个赌徒，还为庄家搭建"姜太公"，这不是为虎作伥吗？这不就是干坏事了吗？我不知道他怎么想的，反正这太不应该了。嗯……好吧，你既然这问了，我也得承认，我也在姜太公网站下过注，没错，身边的人都玩……我是说，如果没有这个网站，身边的人就不会去赌，也就没后来那么多的事情。我下注，但我很理性啊，没出什么问题。我小赚一点，就撤出来了，毫发无损，厉害吧？

不，不是你想的那样，你就是一个编辑，又不是警察。你就到白鹤路和友彬聊过一回，你到的时候他爸其实已经死在天台上的蓄水池里了，所以你也没见过戴大维，你什么都不知道。我不知道什么保险，即使真的有保险，我也不可能害他对不对？啊……戴友彬怎么什么都告诉你了？他真的看到我在戴大维死那天来过白鹤路？不过跟你说也没什么。那天我都戴了帽子和口罩，他真的太鬼精了！他没跟警察说什么吧？反正这件事你也不需要知道太多细节，没错，有一份保险，戴大维给自己买了一份保险，保险的受益人是戴友彬。他就是个赌徒，为了这孩子，他赌上自己的命。具体我真的不能再跟你说更多，反正"姜太公"公司的人早就威胁要搞死他了。陈星河失踪之后，他几次跟我谈过白天鹅。我知道他的意思，他一定已经有某个想法，这个想法随着时间的流逝一定会越来越强烈。他曾去参加心理咨询，但其实一直都走不出来。他放不下戴友彬，又欠了一屁股债。他那天说想最后见见我，我就来了，我并不知道他的计划，也没有帮助他伪造任何东西。反正见了见，喝了一杯茶，我就离开了。那天下着雨，我拿着伞下楼去，心里却不知道怎么回事突然回响着音乐，那种悲壮的旋律。你一定也有这样的时候，内心突然会响起音乐，在一个人特别安静的时候。我想，在这个世界上，我是理解他的。如果我是他，我可能也会这么做。你知道吗？那天下午我们喝茶聊天，聊的都是过去的事。他没有提到陈星河，一句都没有提，但我知道他话里都是他。比如最后，你知道他跟我聊什么？他问我，"终究意难平"是什么意思？我说你可以自己网络上搜索。他说搜过。我说搜过那还问我干吗，他说想听听我怎么理解。那是《红楼梦》里面的句子，我只能跟他说我也说不清楚，一种复杂的感觉吧。这个话题聊起来让人有些怅然，我猜一定是陈星河在什么地方写下了这句话。我刚想问，他就把我赶走，说他还有事要忙，我不知道他马上就忙着去死。我还以为他会给自己多一些时间，好好考虑所有的细节。但他说已经考虑好了。也许我走了之后，那天还有人上楼去。也许他是故意激怒了某些人，他们就上楼去将他杀害了。我想以后警察会还原一些细节吧。如果有凶手，我也希望凶手能被绳之以法。你可以不相信我的话，但你要相信我的心。我一直是一个非常善良而自律的人，从来都不做什么出格的事情。

4

我不会带戴友彬走的。这个事情刚才我说过了，我自己也有我的生活，说实话，我是一个失败者。从爱上戴大维，我就注定是个失败者。有时候我想，那一回，那根毒狗针如果正好打中我的血管，我可能就这样走掉了，也没有后面什么事。我爱过戴大维，但他现在死了。死了就什么都没有了，我会努力忘掉他，就像有一天我也会被所有人忘掉一样。我们不是伟人，没办法被许多人记住的，算了吧，我也不信什么轮回之类的说法。机器人总在计划着如何升级我们的记忆，让我们成为什么虚拟人，我也不愿意被他们升级。我不需要变成更为高级的人，我就想做我自己，该死掉的时候就死掉，不要什么永恒记忆。很高兴这一点你跟我的想法是一致的。他们天天说机器人，好像这个世界有多智能似的，但你看看我们身边，还不是土了吧唧的。

看过。他的日记我看过，这孩子，真的非常细腻，我都看过，也很感动。但我毕竟不是他真正的妈妈。我很后悔到南山市去，我为什么要去呢？

戴友彬会去哪里？戴大维的父亲参加过战争，负伤时被一个好心肠的越南姑娘救了。后来他经常到海上捕鱼，大概也是故意的吧，因为小渔船有时候也会停靠在越南的港口。后来有一年，大概是我跟戴大维认识不久，有一个越南女人来找他父亲。我以为是戴大维父亲的旧情人找上门来，那时候老爷子已经去世多年，我陪着戴大维去见那个女人，居然不是老太太，而是一个年龄比戴大维大一点的女人，长得很黑。我一看就知道是怎么回事了，那就是一个女版戴大维嘛，一定是他姐姐。我们有她的名片，我前些天给她发了邮件，她回复了，说她前两天做饭切伤了手指，就知道有坏事发生，她非常难过，无论如何一定会赶来。我也跟她说了戴友彬的事，她说很乐意将戴友彬带回越南，只是不知道程序会不会很复杂。

你也想领养戴友彬？是，戴友彬跟你是有些缘分，他也喜欢你，经常会谈起你这个曲阿姨，说你的声音很好听，你如果愿意领养也不错，但我也不知道有没有什么程序上的问题。现在的法律我也搞不清楚，再说，这地儿现在也不安全，不小心机器人就来了，把你们全部给升级成系统可控的虚拟人。如果从更现实的角度看，还是到越南去比较安全，虽然穷一些，但一切还可以是真实的。我去过越南，我还蛮喜欢那里的。我老家以前的穷人找不到老婆，就买一个越南姑娘当老婆。越南女人还真是坚韧得很，皮肤黑点，但该生仔就生仔，该种地就去种地，过起日子来生机勃勃，虎虎生风，一点都不像这白鹤路的女孩那样扭扭捏捏。我看戴大维姐姐大概就是这样的女人。以后戴友彬娶个越南姑娘当老婆，在那里成家立业，我觉得可能会比在这里更好一些。我都能想象他在越南长大成人的样子，他那么鬼精，一定也会把越南人骗得团团转，最后骗一个漂亮的女孩当老婆，对他来说不是什么难事。人啊，就是这样，落地生根，你也说不清楚……

戴友彬！

戴友彬！你这孩子，你什么时候躲在这里的，你不是去学校上课了吗？谁让你偷听大人说话的？你别哭，好了，你不想去越南就不去，好了，你看都哭成一个泪人了，好了，咱不去越南……你下来！你别跳啊！曲灵救命，帮我抓紧他！

第三章　黄雀

1

戴友彬其实还是个小孩，可能因为他长得丑，皮肤黑，胖小子，走起路来像企鹅，白鹤路的人开起玩笑来一点都不客气，都叫他骗子彬。

戴友彬喜欢班上一个女生，叫钟秋婷。秋婷有一个爱好，喜欢到超市里去抓布娃娃，常常拉着戴友彬一起去。超市的布娃娃机都经过设计，很难抓，每回抓到娃娃，她都激动得跳起来大喊大叫。为此戴友彬钻研了各种抓娃娃机，但他神功刚练成不久，秋婷就跟他闹翻了。她不再喜欢抓娃娃了，转而喜欢玩数独。女人都是这样多变，只有男人懂得专一。戴友彬专注于抓娃娃，心情不好就带着零钱到超市去，他技术超群，几乎例不虚发，像个老渔夫，每次都能抓一袋布娃娃带回家，家里放不下，他就送给同学。班里的同学都收过他的布娃娃，开始女生还蛮喜欢，后来女生们发现其他人都有，也就不喜欢了。白鹤超市里的人最害怕他，只要见这胖小子进来，服务员就会吆喝一声他来了，大家就懂得是骗子彬来了。他们眼睛雪亮，如果戴友彬果真走向那排抓娃娃机，他们就会毫不犹豫直接关掉抓娃娃机的电源。

都不记得是为了什么事闹翻的，反正戴友彬不再跟钟秋婷说话，钟秋婷也不再跟他说话，两个人有时候不小心眼神碰到一起，就会快速闪开。戴友彬在心里哼了一声，有什么了不起的，但他还是忍不住研究数独。钟秋婷是中秋节出生的，她父亲是白鹤镇教育局的副局长，整天黑着脸，钟秋婷遇到他就像老鼠遇到猫，但高压之下她的成绩还是一般。她属于那种特别勤奋而成绩依然一般的学生，戴友彬刚好相反，他对学习压根心不在焉，成绩不好也不坏，每次考试却都比钟秋婷好那么一点点。每到考试公布成绩的那一天，戴友彬就能看到钟秋婷伏在桌子上哭泣的背影，肩膀一颤一颤，他的心也就跟着一颤一颤。他有一回鼓起勇气走到她旁边，他看到她的发夹是一只兔子的形状，看到她左耳上有颗小黑痣，她还是在抽泣，他将一只纸鹤放在她的桌角。她都没有抬头就伸手将纸鹤抓在手里，揉成一团，丢在地上，动作之快让戴友彬都吓了一跳。他觉得挺没趣的。反正少年时代有太多的时间用来自讨没趣，他也就走掉了。

这样冷战的情况一直持续，直到戴友彬的爸爸戴大维死掉了。警察将他的尸体从天台上的蓄水池里捞出来，戴大维浸泡多日，已经惨不忍睹。戴友彬感觉周围的一切都在放慢了速度，整个世界像是被人踩了刹车，每个人都来安慰他，但他都没有哭。直到那天有人敲门，他开了门，她就站在门口，一袭白裙，怀里抱着一只玻璃瓶，里面装满了各种颜色的纸鹤。她把玻璃瓶递给他，眼里脸上全是泪，泪水在她的下巴往地上滴。这个爱哭的女生把眼泪带给了戴友彬，他积压多日的悲伤在瞬间决堤，他趴在茶几上，用掉了半包纸巾。

"我没有爸爸了，我也没有妈妈。"他对钟秋婷说。

2

戴友彬不管戴大维叫爸爸，他直接叫他戴大维。他喊，戴大维，我今晚要吃比萨。戴大维就给他叫比萨外卖，从不拒绝。有一回他做了试验，一连一个星期都点了榴莲比萨加双倍芝士，戴大维浑然不觉有何不妥，父子两人足足吃了一个星期的榴莲比萨。最后一天戴友彬问，好吃吗？戴大维还是答，嗯，好吃。或者说，戴大维压根就没考虑吃下的是什么食物，他永远坐在电脑屏幕前面，眼睛里全是代码。只是吃了同样多的比萨，戴友彬成了小胖子，戴大维依然是个又瘦又高的帅哥，即使胡子拉碴，这样一张脸也完全可以去拍电影。

戴大维当然拍不了电影，他自己却活得像部电影。他是个老派的程序员，而几乎所有的大公司都已经培养了自己的人工智能程序员。机器人的程序开发速度是人类的几十倍甚至几千倍。按电视上的说法，他早就该像其他程序员一样服输，转行干点别的。但老戴有一股倔劲，他跟戴友彬说他在干一件大事，万一成了呢！然后他就帮别人开发了那个让万民狂欢的赌博网站"姜太公"，让很多人妻离子散家破人亡。

"不是，我说的大事，是另外一个产品，以后你就会知道的。"老戴给自己倒了一杯啤酒，给儿子倒了一个小杯底。他说他在研发一个产品，像QQ、微信之类的玩意儿，只要你登录了，就会有唯一的账号，永远不会删除。"这样，这个世界上就不会有人凭空消失。"他目光痴迷，望向远方。房间里最远的地方就是阳台，阳台上晾晒着他们父子俩的三条裤衩。戴大维的目光越过裤衩，落在防盗栏上那只不知啥时候飞来的黄雀身上。鸟叫多清脆，他又咕咚喝了一杯，长长叹出一口气。那时候他还没死，可以尽情地叹气。戴友彬知道他在说什么，他爸爸一直惦记着一个叫陈星河的叔叔。一个男人惦记另一个男人，戴友彬什么都懂，但他既不高兴，也不悲伤，他不愿意知道更多的细节。虽然他偷偷去过那家刺青店，见过陈星河几回，但从来没有跟他说过话。他就站在一旁，看着陈星河画图，调色，清洗机器。后来陈星河就无声无息地走掉了，有人说他生意失败回了老家，有人说是因为一次情杀畏罪潜逃，也有人说他被刀爷给活埋了。总之一个人消失之后，就会有各种真假难辨的传言和猜测，电影里的台词是"你知道得越少越好"。

小时候他以为是因为陈星河，妈妈才离开这个家，跟人跑了。但后来他隐隐觉得不是，也许妈妈许嘉晴压根就不爱他。那时候戴友彬已经读了三百多本小说，最大的愿望是做个侠客，其次就是当个作家。后来他考虑清楚了，当侠客不太实际，他既怕痛又怕死，当了侠客也没法儿行侠仗义，只能当个蹩脚的屌货角色，他才不愿意。所以他开始写小说，用笔在稿纸上写故事。有一回学校里来了一个作家，在礼堂弄了个讲座，人很多，他声音又小，压根听不清，戴友彬一直在角落里打瞌睡，被一阵掌声惊醒以后他听到了作家的一句话，作家说："学习写作可以先写自己熟悉的人。"这话以前语文老师应该讲过许多遍，但都不算，这回有个陌生的家伙在台上这么一说，戴友彬居然如醍醐灌顶，顿时醒悟，他就决定写他爸爸老戴的故事。他觉得应该从陈星河开始写起，所以跑到刺青店里去观察陈星河。陈星河做事慢条斯理，但一脸严肃，目不斜视。这是个怪人，他走出刺青店时在心里这样总结了他的内心感受。

3

南方的鸟太多，这一群那一群的，戴友彬都叫不出名字来。他养过两只虎皮鹦鹉，都死了。同学也有养鸽子的，养着养着就只剩下笼子。白鹤路没有白鹤，有一些黑色的鸟，有学问的老人又说不是乌鸦。但黄雀倒是十分明确的，他只认识黄雀和黄雀的叫声，这在同学里面已经算是博学的了。

在阳台上的黄雀叫了第十声以后，戴友彬就决定给出版社打电话，这个电话让他认识了曲灵，一个声音温柔的编辑阿姨。曲灵阿姨说话轻快，像挂在窗台上的风铃。戴友彬总能在这样的风铃声里听出真正的欢乐和隐藏的悲伤。曲灵对他的电话感到很意外，也很兴奋，她第一次接到学生直接找出版社编辑询问教辅题目答案的电话，显然这太出乎她的意料了。第一次电话他们就聊了很久，但曲灵浑然不觉。

戴大维死前，曲灵来看过他一回。严格上说这个时候戴大维已经死在蓄水池里，只是没被发现。曲灵来了，还喝了蓄水池里流下来的那些泡过尸体的水。她那天穿着旗袍，提着一只黑色的手提包，紫色的指甲油覆盖了半个指甲。她坐在客厅里唯一能够坐人的位置，双腿并拢，从旗袍开衩的部分能看到皮肤白皙的大腿。她很漂亮，可以猜得到年轻时候更漂亮。戴友彬天然地知道她会喜欢他，他以希望她指点小说书稿的名义请她过来，但其实那个时候他内心感到慌乱。戴大维已经有三天没有回家了，他很担心，而妈妈许嘉晴的电话一直没有接通。家里就他一个人了，偶尔有鸟会飞进阳台，还有一些消灭不尽的蟑螂，除此之外，屋里就没有别的活物。戴大维从前也出过差，有一次还离开超过半个月，但基本上每天都会给他打电话，发视频，单调重复地询问他吃饭和作业的情况，都让他感到有点厌烦。但这一次，他感到慌张的原因是，在戴大维出事之前，他突然鬼使神差地从外面搬回来一块很大的磁铁，然后就从家里抓出了很多金属的蟑螂。这种仿生的蟑螂看起来不便宜，但都被他一把抓住放进了白醋里。戴友彬问他，不是应该泡进黄酒里，加点沙参玉竹当归什么的，喝了清肝明目。戴大维笑了，很难看的笑，简直就快哭了。他双手捂着脸，坐在曲灵后来坐的位置上，明显感到疲倦。他问戴友彬，有没有看见过一只启动盘。戴友彬说没有。这个问题戴大维问过两次，他都撒谎，那只启动盘就是他偷偷藏起来的，启动盘里的文件也删掉了，他不希望他爸爸再去碰那个赌博网站了。如果他知道会出那么大的乱子，当时大概会说真话，最多挨一顿揍。

多年以后警察才告诉戴友彬，幸好他破坏了那个启动盘，不然戴大维一定成不了英雄，他一定会将启动盘交出去。没有人知道机器人的进攻是从一个赌博网站开始的，如果机器人拿到了网站最后的钥匙，那世界都是他们的人。警察还告诉他，戴大维的尸体从蓄水池里捞出来，但那是一具无头尸体，脖子上的血液被凝住，手法非常高明，杀手是相当职业的。

戴大维的葬礼只有十分钟，骨灰直接送到了东州陵园，那块一平方米的墓地本来是戴大维在寻找失踪的陈星河时选好的，墓碑上陈星河的名字贴了一截红纸，现在只需要加上一个名字就好。许嘉晴说这是戴大维的意思，反正她说了算。

一只骨灰罐就这样放进去，整个过程显得有些草率。许多人默默流着泪，戴友彬已经不流泪了。曲灵阿姨问他为什么不哭，他说已经哭过了。离开陵园的时候，抬头可见满天的星星。每一颗星星大概都是一只独眼怪兽，眼睛里发出奇怪的亮光，打量着这个充满荒谬的世界。

4

美男子戴大维整个被法医带走之后的第二天，曲灵阿姨结束她的年假来到白鹤路。她一手叉腰，一手指着电话，用长官的口吻命令戴友彬给他妈妈打电话。戴友彬低头又摇头，抿着嘴唇没有说话。但许嘉晴还是闻讯赶来。戴友彬见了她，面无表情，转身将自己关在房间里。许嘉晴坐在沙发上发呆，她厚厚的嘴唇上涂着跟她的衣服颜色很不相称的口红，浑身上下都是成熟女性那种优雅没有被完成的别扭。周围的空气好像是假空气。许嘉晴和曲灵阿姨在客厅说话，声音时高时低，从她们隐约的语气里他猜到这是一次非常重要的谈话。戴友彬背着书包出去，然后从天台上从防盗窗上爬下来，躲在阳台上偷听。如你们所知道的那样，他在她们的谈话中明白他是被领养的孤儿，戴大维和许嘉晴都不是他的父母。一切都索然寡味。戴大维喜欢陈星河，许嘉晴喜欢戴大维，谁喜欢许嘉晴呢？不重要了，都不重要了，人类的情感游戏，在一场灾难面前显得如此微不足道。

戴友彬的越南姑姑在葬礼之后第三天才到达白鹤路。所有人都在她脸上看到了基因强大的力量，这张脸、这眼神简直就是一个不长胡子的戴大维。她抱着戴友彬哭了一阵，然后安静下来开始说话，她能讲一些中文，遇到复杂的表达她就对着手机说，手机再将她的话翻译成中文，讲一句停一会儿，有点像学校领导做报告。许嘉晴和曲灵阿姨陪她聊着，戴友彬听了几句，居然能在这种嘈杂的环境中，迷迷糊糊睡过去。

大人们聊累了，帮戴友彬盖了被子让他在床上睡觉，便一起出去吃饭。饭总是要吃的，如果是以前，谁家无论红白喜事都要大摆宴席。她们回来的时候帮戴友彬带了他最爱吃的榴莲比萨。但戴友彬已经不见了，监控显示他背着龙猫图案的书包离开了白鹤路。

在灿烂的阳光里，一条莫测的路在他面前铺开。

戴友彬约钟秋婷在碧河大堤上的凉亭见面，他诚挚邀请她加入他的逃亡计划。但钟秋婷摇了摇头，眼望着摇摇晃晃的碧河，说："我不走，我希望机器人早点来，把我变成智人2.0，从此拥有永恒的记忆，不用再为学习烦恼。如果我到时能记得你，就记得你；如果不记得你，就不记得你。"戴友彬内心一阵难过，因为这样一种难过，他不能再把自己当成小孩了。凉亭的柱子上挂着一副对联：青山似书常乱叠，红豆如灯最相思。书法挺漂亮，但对联一点都不应景，显然是一个没有文化的工作人员挂上去的。戴友彬不知道能再说什么，他从背包里将那只玻璃瓶拿出来，交给钟秋婷，让她帮忙保管："等我回来取，别让它们飞走。"瓶子里面彩色的纸鹤并不会飞。他和钟秋婷曾经在白鹤路的白鹤甜品店里遇见过一个有点痴呆的老年魔术师，他可以让纸鹤在空中飞起来，不需要借助任何道具，仿佛他的指头带着神奇的磁性。所以，他这么说，钟秋婷一定知道他在说什么。

钟秋婷一笑，这个爱哭的女孩这一回没有哭，她挥手跟他说再见。

从碧河凉亭到碧河码头，也就几百米的距离。戴友彬不敢回头去看，他知道钟秋婷一定在后面看着他的背影。他一跳一跳沿着台阶走下去，姿势尽量好看一点；买票上了渡

船，船头发动机突突响了起来，水波荡漾，再抬头时，凉亭
已经空了。

5

船往南开，穿过东州城区的碧河，从船上看显得更为
开阔。掠过河面的风呼呼地吹着，无休无止。船上有五个乘
客，除了戴友彬，还有三个壮汉，另外是一个农民和他的黄
狗。这艘渡船主要的存在价值是方便农民进城做点买卖，正
经人都不会乘坐这种破玩意儿。

那三个壮汉倒是有点意思。

一个说："劈死了一只，跑掉了一只。"他背着刀，刀把
故意从背包里露出来。

一个说："都怪你太不灵活，你要是能像你十八岁那样
飞腿连环踢，一定能多杀几只。"

一个说："不过也非常尽兴，下次我们应该再相约去另
一座城市，再大战三百回合！"

他们群情激昂，攥着拳头，肱二头肌都非常发达。

戴友彬听了，不禁有点激动，他终于忍不住问："三位
叔叔，你们是结伴去杀机器人吗？他们什么时候组织大规模
进攻呢？"

三个人转身过来看着他，对他崇拜的眼光居然没有任何反应："机器人？哦，不是，小屁孩，嘿哈，我们听说机器人就快来了，进城去怀旧，玩一款我们小时候经常玩的电子游戏，叫'刀剑无情'，你知道'刀剑无情'这款游戏吗？你一定不知道，如果你玩过，就会知道有多过瘾！"

戴友彬失望地摇了摇头："谢谢！"

他不想再看他们，回过头去看江水，却发现那条黄狗不知道啥时候坐在旁边看他，吐着红色的舌头。戴友彬取下背包，摸出一块牛奶巧克力饼干，丢给它。它毫不客气地吃掉了，还舔了舔，又望着他。

在一边的农民喊道："喂，小胖子，别给它乱喂东西！你给它吃的什么？我上一条狗就是被巧克力毒死的，别胡闹！"

"哦。只是饼干。"戴友彬有点无趣。

农民从身后的筐里拿出两颗番石榴，在空中举着要递给他："给！"戴友彬只得挪动屁股，靠近他，接过番石榴。他确实饿了，番石榴刚好是他喜欢的水果。他咬了一口，这来自潮湿土地鲜甜的味道，是机器人无法虚构的现实。

"还念书吧？一个人要去哪？"

"我爸爸死了。"戴友彬不知道自己为什么会这么回答问题，这个句子说出来，他自己都吓一跳。

农民没说话，仔细打量着他，眼里多了一丝警惕。

"我说孩子，你住哪？"

第三章 黄雀

"我也不知道自己能去哪，我上了岸就想往西边走，我有钱。"他又一次答非所问。

那三条壮汉显然听到了最后一句话，对着他看了又看。他内心泛起一阵寒意，这可不是白鹤路，自己口无遮拦瞎说什么。"我爸爸这个老混球，他该死，我玩游戏，他就打我，我巴不得他早点死。我打算上了岸就去西沟我舅舅家躲一躲，我舅舅一家都是警察，我爸就怕警察。"他这样说完，那三个人果然又看了他一眼。

渡船上的事就是这样。他很快上了岸，他将自己的心神不定胡说八道归结为对水的恐惧。小时候他曾经三次险些掉进水里淹死，但侥幸都没死。

上岸的一瞬，他突然有点恍惚，感觉这一路上一直有人在看着他。第六感是一种奇怪的东西，他身体里的另一个自己正在编造故事。如果像电影里那样，他险些淹死的记忆是被植入的，而他本来就是一个机器人，又假如他不知道什么时候已经被升级成智人 2.0 了，那么，现在的一切还是不是真实的？

6

唯一真实的是那三个健身教练一样的壮汉尾随了他一

段路。后来他小跑上了一辆开往镇区的公共汽车，这才甩掉了他们。他心里想象着被这三个傻子抓住，押进一间臭气熏天的公厕里，他们把他的头按进装满水的洗手盆里，折磨一番，然后抢走他的背包。

他在公共汽车上抱紧他的包，后悔出走匆忙，没有带上更多东西。

戴大维的信用卡居然还能用，他犹豫了一下还是买了一台最普通的手机，又在小镇的超市里买了一只手拉箱，装了一些必需品。据说戴大维死后会有一笔保险金赔付给他，但他还没有收到钱，也不知道怎么才能变得有钱，所以他得保管好身上仅有的现金。他进了麦当劳的厕所，将身上仅剩的现金分成三份，分别放在身上三个地方，这才放心地往外走。

终于在深夜，他上了一辆又慢又破的绿皮火车，车上到处都是出来怀旧旅行的老人。他松了一口气，老人嘛，即使坏点也是不怕的。他放心地睡去，醒来一切仿佛如故，改变的只是窗外的风景，这些老人早睡早起精力旺盛，一路上嘻嘻哈哈，互相举着保温杯碰杯喝水，还高声唱着不知道啥时候的老歌，唱到感伤处有人号啕大哭，有人静静啜泣。"谁没有故事，在这夜空里……"夜空就真的出现了，满天的星斗，让人不相信有机器人的存在。

戴友彬觉得他应该也听一听那些属于他的音乐。他打开手机，登录自己的 ID 下载音乐，然后手机就疯掉了，时而黑屏，时而自作主张下载各种软件，果然便宜没好货。折腾了好久才修好，总算可以听音乐了。他戴上耳机，静静闭上眼睛，不怕，他有大把的时间来挥霍。安静的时候，他就掏出稿纸来，一个字一个字写。"我是一个少年作家。"他对每一个老人都这样介绍自己，就这样跟随着这个老人旅行团，换了三趟绿皮火车，居然都和他们混成了朋友，一路上有说有笑。他编造了各种各不相同的个人经历，这是他的专长，幸好老人们听过就忘记了，他们只记得遥远的事情。对于他这个人，他们的理解大概是属于必然飘逝的那一部分，所以不必过分用心，可以过耳即忘。火车到了西宁，他才跟他们一一握手告别，一个人买了进藏的车票。火车翻过唐古拉山口，手机也没了信号，一切仿佛静止，只有无边的黑暗让人感到无端的恐慌。

这个世界大概没有人知道我在哪里了，他对自己说。也许，他们都被升级成智能机器人，或者变成虚拟人，包括曲灵阿姨，还有可爱的钟秋婷。他眼前出现一排机器人，像复活的僵尸那样跳过去。其实他也没亲眼见过传说中的机器人是什么样的，电视里的画面都不足为信。

车过那曲，突然就停下来，列车广播说前面有突发情况，现在只是临时停车。临时的状态有点长，也许是十多个小时，但仿佛过了一个世纪，空气有点闷，但不妨碍睡觉。

7

他是被一阵欢呼声吵醒的。车里的人都满脸是笑。

"胜利了！"他们继续欢呼，都举着手里的视频。

他很快知道发生什么事。病毒被清除，这一次机器人的灾难总算被彻底控制，下一次的灾难还遥远，总之可以放心欢呼起来。只有戴友彬感觉自己现在像个傻蛋，不知道该往哪一边滚。列车重新启动，发出哐且哐且的声音，在正常的轨道上奔跑。是的，很快就进入美丽的拉萨，那里将有美丽的雪山，以及如地球之眼的纳木错。他还有时间听一首歌，他打开手机，塞上耳机，但手机里并没有音乐，一阵沙沙作响的电流声之后，却传来戴大维的声音："哈，戴友彬！你是戴友彬吗？终于找到你了！别怕，我只是一个程序，我把我自己关在服务器上一条狭长的通道里，你能听到我的声音，我无所不在，我一直在看着你，这就是我曾经跟你说过的大事，我的产品终于成功了，这个世界再不会有人凭空消失。"

第四章　鹦鹉

1

调查组进驻美人城已经一周，现就相关调查成果进行简要汇报，我是 77186 号员工，受调查组长委托，下面请允许我给诸位进行详细解说。这组视频数量庞大，我们只能挑选比较重要的内容进行展示。如第一个视频所示，这是机房，这里由三十四台超级计算机和其他配套设备组成。因为机房是美人城的核心，按照相关规定我们只能拍摄外部画面。

"鹦鹉计划"的第一个研究对象是福楼拜，但应该承认，这是一个令人沮丧的项目。当然，这个项目也出现了阶段性的成果，那就是"AI 福楼拜"，它存在于电脑系统之中，能够模仿福楼拜说话，技术团队希望它能够像福楼拜那样写作，三个小时的运算之后就能写出一部跟《包法利夫人》相媲美的小说。但小说写完之后，我们的法语专家却觉得它不是小说。因为技术团队中懂得用法语鉴赏艺术的人几乎没有，纯靠 AI 进行翻译，这个项目就此作罢。

对，就是这个声音，这就是技术团队模仿出来的福楼拜的声音，他说话带着一点口音，大家没听明白也不要紧。

技术团队经过一番思考之后，决定还是必须挑选中国作家来进行研究，而且必须是在白话文运动之后的作家，不能是李白杜甫，最后确定了用鲁迅和王小波来进行平行测验。大家现在看到的就是鲁迅先生，他正在房里踱步，这个"AI 鲁迅"写作速度惊人，它创作出来的杂文已经多次被系统通过敏感词识别封禁，被众多网络公司误删，连鲁迅研究专家也无法分辨是不是伪作。这些作品开始被视为散佚的鲁迅作品出现在学界，鲁迅研究界一片混乱。因为本人对鲁迅研究并没有太多心得，这个问题我们也不展开讨论。

"AI 王小波"的研究成果更是举世震惊。这是当时第一次成果发布会的监控录像，我们从画面中可以看到，作家王小波的许多家人也到场了，很多你们也熟悉名字，我就不做介绍。对，他们后来非常激动，老太太突然反对这个项目，对技术人员破口大骂，但因为事先签过授权协议，所以项目并没有终止，大家现在还可以通过网络访问王小波的服务器，跟"AI 王小波"聊聊人生，他能够同时在长安城和凤凰寨接待来访的客人，只要预约，戴上我们专属的虚拟现实面罩，就可以用第一视角与王小波进行交谈。声音也是根据王小波现有的音视频文件进行演化合成，连家人都分辨不出真假。你可以想象一下，这就是我们根据王小波所有的文字作品逆向推演出来的一个大脑，这个大脑具备思维能力，而它的身体就是整台服务器。

这注定是一个划时代的产品。根据人类学家查尔斯·赫拉利及其团队的最新研究，推动人类社会这辆大车走向文明的真正动力是故事：神话传说、法律概念、虚拟货币……这些看不见摸不着的故事原型和游戏规则制约着我们每一个人的行为，保证了社会合作和经济交易的顺利进行。正是基于这样一种认识，我们的实验开始走向更为深入的地方。

下面我们来看一段视频，这是"鹦鹉计划"项目负责人陈星河在最艰难的时期留给我们的一段珍贵视频。

2

我是陈星河。我的命运之门是在一个地洞里被敲开的。当时我十三岁，在我二叔陈大同的地下密室里，我遇到一个疯子，他的头部中过枪，听说子弹留在他的脑袋里，他从此开始疯了。疯子跟我讲叔本华，他说人就是一团欲望，这团欲望不被满足时，就会痛苦，而如果被满足了，就会无聊。也就是说，人总得在痛苦和无聊之间选择一个。我当时并不关心他说什么，只好重复了他的话，因为只有这么做，疯子才会给我们表演他的魔术。他能够让一块石头突然在空中飘浮起来，这真是神奇的魔法。

疯子展示这个魔术，是希望告诉我们，这个世界我们能看到的只是其中一个角落，像一只无聊的洋葱，我们是无法知道里面到底有什么的。他说如果将宇宙看成是大海，则我们所能看到的宇宙不过是大海中的一艘轮船，而我们人类只不过是寄居在游轮上的一个小菌群，连轮船的全局都看不清楚。给我们说轮船的时候，他手里拿着一张五分钱的纸币，绿色的纸币上就印着一艘轮船。

后来我学习绘画，我也无数次尝试画出一艘宇宙中的巨轮，或者画出飘浮中的石头，但最后都以失败告终。

我性格懦弱，常常在半夜哭泣。我抱怨上天的不公，给了我一个非常脆弱的身体，但是我内心有非常坚定的东西，一种说不清楚的使命，我隐隐知道我一定会完成它。特别在疯子从地洞中跑掉以后，半步村仿佛都空了，我在一瞬间发现自己是唯一看明白疯子的魔术的人。

我很快迎来了我人生的第二个奇迹，也就是美人城公司的崛起。我卖掉了碧河镇上的刺青店，到美人城应聘游戏美术师，从最简单的场景渲染做起，一直做到视觉总监，后来又成为基金会的负责人，这一切都必须感恩祖先生的信任。

关于祖先生，我不想说太多。他的事，相信其他人都会说，大家一定不会放弃攻击他，但我想说的是，祖先生才是这个时代里能够创造奇迹的那种人。而我卑微的一生，一直就在等待奇迹。

我想说说我遇到的第三个奇迹，就是戴大维。在美人城最为艰难的那段时间，我患上了失眠症，整夜都睡不着，于是我发现只有刺青能让我重新沉静下来。我一口气买下了三家刺青店，不是为了赚钱，而是为了在我整个人空下来时，可以到刺青店里平息我的身体。我的身体就像一只脆弱的杯子，很容易就被倒空，也很容易就被风吹得晃动起来。是的，一只在风中晃动的杯子，这是我对自己的直接感受。戴大维是另外一种人。如果说他也是一只杯子，那么他是金杯，至少是银杯。他有着金属的光泽和硬度，也有着金属的执着。后者让我们形成了某种默契，让我们觉得彼此同属于一类人。

我在店里给他做刺青，他怕痛，嗷嗷直叫。我很难想象一个看似粗犷的汉子居然如此敏感。我在他的背上刺了一个如来佛祖，在他的隐秘部位留下一朵莲花。我问他感觉如何，他没有评价作品，而是说他在整个过程都把自己当成一张白纸。他似乎放空了自己。肌肤上的痛感甚至让他落泪，这让我又觉得我们更为相似。但其实并不，他很快恢复到金属般光灿灿的状态。怎么说呢？就是那种沉着和果敢之中。

他说他在创造一个奇迹，只需要给他时间，他能够证明自己比人工智能程序员更为优秀，因为他做出来的东西同样具有敏感的触觉。他相信最优秀的程序员与生俱来的灵感是无法取代的。于是我聊到了"鹦鹉计划"，他非常专注地听完，然后告诉我，他也有自己的计划，相信会比美人城的计划更为惊艳，但他缺乏原始的数据。

我明白了。我当然会给他数据和必要的技术支持，作为交换，他给了我他生命中最重要的部分，也就是戴友彬，他的儿子。我代表美人城方面跟他签署了合作协议。我们的这次交易，对他来说无异于献祭，他祭出了宝贝儿子。但他摇摇头，他说并不是这样的，从某种意义上来说，我们都是科学的羔羊。他说，若是献祭，我会献出自己的生命，而且我也已经准备这么做了，如今只是将儿子托付给可以信任的人。他将戴友彬称为我们的孩子。这孩子曾到刺青店来看过我，他当然以为我只是一个普通的刺青师。他很聪明，对这个世界有非常具体的想象。

我们是在戴友彬睡觉时给他进行了手术，植入了虚体。在我心里，他并不是一个试验品，而是我们留给世界最好的作品。西方绘画用了那么长的时间把人从神的手里争夺回来，但回来又如何呢？如果你经历得足够多，就会明白生命的无意义，只有故事才能永存，只有故事是唯一的解药。

3

大家好，看到这个地方，可能你们都不愿意再见到我这个解说员。是的，陈星河先生具有卓越的探索精神，他的生命仿佛就是一个巨大的谜团，任何人都想探究个明白，我非常能理解大家的这种心理。但现在我们需要重新准备一下视频，因为我们发现刚才的视频弄错了。我们播放的可能不是大家希望看到的片段，为了节约大家的时间，我们对陈星河先生海量的视频进行了必要的剪辑，下面我们再播放一下剪辑版，相信大家能避开冗长的个人陈述，直接明白我们这个项目所造成的巨大影响。当然，为了下面的视频画面显得通俗易懂，大家可能还需要认真听我讲几点，也就是给大家科普一下有关于"虚体鹦鹉螺"的常识。

如果要完全弄明白"鹦鹉计划"这个秘密项目，那么就不能不了解"虚体鹦鹉螺"。"虚体鹦鹉螺"的开发是一个意外，却也是这个项目的唯一收获。"虚体鹦鹉螺"不是螺，也不像这种头足纲动物那样一辈子都带着沉重而坚硬的外壳，"虚体鹦鹉螺"是对鹦鹉螺的模仿，更具体的是模仿鹦鹉螺用虹管连通各个气室从而控制自身沉浮和移动的原理，形成一个独立的记忆体附着在颅腔特定位置，对人脑的认知、记忆和情绪产生作用，从而让某个人拥有了讲述故事的冲动和能力。从更前瞻的角度来分析，美人城公司之所以要做这样一个项目，是基于另一项研究，这个研究的代号是"凤凰"，关于"凤凰"的资料目前我们所能掌握的情况几乎为零，相关加密文件也已经被破坏。

应该说，从对福楼拜、鲁迅等作家的模仿，到通过脑机技术直接对人脑进行干预，项目组用了大概十年的时间，做了大量工作。在这期间，陈星河博士曾经因为卷入一宗科技诈骗案而被特殊管制，这个案件牵涉到非常复杂的政治背景，总之陈星河是被单独关押调查，外界并没有他的任何消息。他在特殊的生活中却依然创造条件学习，关押期满以后，他回到美人城，依然是这个项目的高管，随后一个月里，他获得三所大学的名誉博士学位（这三所大学分别在美国、法国和中国）。他超强的学习能力让他很快重新掌握了项目的全部情况。而如大家所知道的那样，在陈星河博士与我们失联的那几年，他的挚友戴大维不幸遇难，这件事给了他巨大的打击。重新获得自由之后，他很快找到戴友彬，也给了这个孩子非常多的帮助。当然，如大家手里的资料所掌握的那样，戴友彬大脑中的"虚体鹦鹉螺"已经成长为四级，与大脑边缘系统形成很好的互动。大家可以查看附件三，我们通过这些监控得到的数据也大概可以明白这是一个多么不简单的奇迹。"虚体鹦鹉螺"不断在影响一个人的成长，让他拥有讲述故事的冲动和能力，影响他记忆储存的方式，调节的情绪机制以达到讲述故事的最佳状态。

好了，还是让陈星河自己说吧。因为是剪辑版，所以观看过程可能会有一些跳跃，但相信大家会有自己的理解。

4

我昨晚梦见一头鹿，它对我说："嘿，陈星河，是生活的倦怠让我们相遇。"于是我毫不犹豫，在梦里把它杀了。醒来之后我怅然若失。料想你也会懂的，很多人都有过相同的时刻：感觉整个人就像倒空的杯子。我喜欢用杯子这个比喻。某个时刻一个人就如一只丧失功能的杯子。不，那不是空虚，更准确的词汇应该是空置。

空置是一个好词，就如小时候那块飘浮在空中的石头，我跟你们多次提过的，或许你们以后才慢慢会明白我说的是什么意思。我说石头可以在空中飘浮，空置于空气中，这并不是凭空捏造的惊人之语。

悬浮之物是否渴望飞行，这个我不能想明白。唯一能确定的是，悬浮应该是飞行欲望的凝结。比如在戴友彬脑海中凭空出现的词语，那些凌空而过的灵感，恰如飞行的黑鸟那样张开翅膀，大大咧咧横过了天空。"何以为我"是如此复杂，每次看到电脑上的波纹图呈现出"虚体鹦鹉螺"在戴友彬脑海中制造的漩涡，我就不禁感叹一个人对自身存在的确定是多么地不容易，人类是那么容易就迷失了，那是滑落的飞行，远不如凝固的悬浮来得保险。然而谁又曾想到，即便悬浮不动的太阳，也是在高速飞行的，率领着它的星星，飞向更远的地方。

聊着聊着有点跑偏了，我还是说戴友彬吧。这孩子是戴大维去领养的，戴友彬似乎一生下来就注定了坎坷的命运。我总在最接近他本质的地方默默注视着他，他的所有遭际让我想起了很多往事。我们项目组也给许多孩子植入过"虚体鹦鹉螺"，但没有一个孩子能有戴友彬这么好的兼容性。比如另一个孩子，姓名叫袁子叙，你们可以在系统中查到他的相关资料。我们项目组在征得他的监护人，也就是他的爷爷的同意之后，利用给他看牙进行麻醉的机会植入了"虚体鹦鹉螺"，开始他大脑中的伏隔核区域也表现出不同程度的兴奋状态，但不久之后我们就检测不到任何信号，呈现递减曲线。两个月以后，关于袁子叙的数据已完全模糊不清，只能作罢。但是戴友彬的数据一直非常稳定，他是我们项目组最佳的研究对象，我们对这样一个实体虚拟人充满了期待。

我们的实验有相关部门出具的许可证，是完全合法的，你们对这个实验的质疑才是非法的。

我被调查的那几年，人工智能脱离了人类的掌控，爆发

第四章 鹦鹉

· · ·

了第一次所谓的"机器人战争"。这事简直是胡闹，本来可以轻易就控制，但定有一些人决定放任其为所欲为，以此来测试公众对恐慌的接受程度。事件很快就过去，变成一些被加密的新闻。但戴大维却死了……我的爱人戴大维死了。后面这一句话麻烦你们删去，你们的视频会做后期处理吧？那好，我就放心了。

我当然不知道他是怎么死的，我也不愿意更多谈论他死亡的细节。人都死了，自杀和他杀都不再重要。他在心跳停止那一刻，他的云端备份自动激活，在经过一段时间的自我升级后，戴大维作为一个"虚体鹦鹉螺"而独立存在。

您是说他自己？不，他的虚拟体并没法即时储存他临死的记忆，这种濒死体验会带来巨大痛苦，容易导致程序的溢出和崩溃，所以但凡经过专业训练的程序员都竭力避免。

是的，戴大维成为我的虚拟员工了，系统自动授予他"锁匠"的权限，这是我们之前在合同中约定的内容。我没有想到事情远比想象中复杂，如后来你们知道的那样，"锁匠"的角色后来也被归零，戴大维就这样神秘消失了，连同许多人的记忆一起。我怀疑"锁匠"这个角色已经进入量子态……

不是的！没有奴役！我再说一遍，没有奴役，跟你们想象的完全不同……不不……如果这么理解，那么，爱也是一种奴役。你和你的爱人之间，难道不也是一种奴役的关系吗？你自己好好琢磨一下。

戴大维名义上是我的虚拟员工，但他拥有比我更自由的维度，他也不用睡觉，可以夜以继日地处理庞大的数据。他在对那一次"机器人战争"进行复盘分析以后，跟我有过一次加密的谈话，他给出了三个结论：

1. 第一次机器人战争的出现和终止，背后有更为复杂的原因，牵涉到对垒的敌我两方。

2. 我们有一个比想象中更为强大的敌人，它甚至可以轻易就控制人工智能独立体。

3. 第二次机器人战争必然会到来。

或者说，戴大维预言了一场战争，圈定了一个更为复杂的图景，由实体世界和虚拟世界组成的全部图景。但当我这么思考问题的时候，戴大维作为一只看不见的鹦鹉螺，又在加密的渠道提醒我，这样理解是错误的。

他说："你觉得这个世界只有我们这么一个维度吗？"

"你是在跟我讨论平行宇宙理论吗？"

这只没有被收入华盛顿公约 CITES 附录Ⅱ中的鹦鹉螺再次在虚拟空间中摇了摇头。他说："简单地说，气体中存在生物，液体中存在生物，但单纯的固体中难道就不能存在生物吗？"

"你是说，空中有鸟，水中有鱼，但鸟和鱼不都是固体的吗？"

"不对，完全的固体，比如一块大石头。"

"你是说硅基生命？"

他又摇了摇头："另一个维度的世界，在完全的固体之中。相对于有着四十五亿年历史的地球来说，人类历史就如一瞬间。三十亿年前地球开始出现氧气，一种厌氧生物进入了没有气体的维度进行生活，我们姑且称之为固体维度，他们在固体维度之中建立了辉煌的文明。"

"固体人文明？"这个陌生的词汇让我感觉有点错愕，将信将疑。

"是的，人类世界和固体人世界在人工智能失控之后，偶然获得了交流。或者说，获得生存自觉之后的人工智能每天都在跟一块石头窃窃私语，进行了深入的沟通，它们甚至创造了一种人类无法破译的语言进行更为高效的交流。"

获得自由意志的机器人在和石头聊天，这个场景有点超出我的预期和想象，我用了一个星期的时间才慢慢接受这个充满虚构故事性质的信息。固体人文明是我们无法想象的存在，但人工智能很快发现了他们与人类的共性，那就是喜欢博弈。虚构和非虚构之间的界限在这里显得多么模糊。我用笔在纸上写了三个词：实体世界、虚拟世界、固体维度。想了想，又将实体世界和虚拟世界用线圈了起来，标上人类世界；再将虚拟世界和固体维度圈起来，标上固体人世界。在另一个角落里，我写上"凤凰"两个字，我不知道"凤凰"

意味着什么，但它显然也很重要。

对着白纸上的这些词汇，我呆呆坐了一个上午。我在想，如果有一个全能的上帝在天空俯瞰着我，一定会觉得我已经疯掉了。但事实是，这个信息来自戴大维，我又不得不相信这个信息的真实性。或许有另一种解释，戴大维也是来自我的虚构，关于我的整个故事线都是虚构的，包括现在你们采访我的这个视频。

这相当于身边一个科学家说他证明了世上有鬼，但又无法给出具体的证据。那么我必须给出一个证明，才能向上面的人进行汇报。又或者，第一次的机器人战争，就是某个力量在做的一次实验。又或者，我们今天在全力推进的"鹦鹉计划"，也是测试的一部分……

5

刚才视频播放到一半，有领导提示我，还是暂停休息一下，也让大家有一个交流讨论，因为材料实在过于烧脑。现在休息时间已经到了，大家也已经回到座位上，趁这个机会，我还是想跟大家简单汇报一下调查组的一些初步结论，或者说我们也没有结论，只能给出一些可能性分析：

第一个可能性是，陈星河博士因为压力太大，患上了精神分裂症。大家也都知道，陈星河博士年轻时候就患上强直性脊柱炎，一直在忍受病痛的折磨，也因为长期服药，身体机能还是有各种影响。根据相关人员的谈话记录，他经常失眠，天气热的时候常常能见到他深夜在阳台上静坐。如果这个可能性成立，则固体人之说纯属子虚乌有，因为它无法证实也无法证伪，所以可以等同于不存在。

第二个可能性是，陈星河博士的话可信，他所提供的那个无法破解的乱码大文件或者真的就是人工智能跟固体人的聊天记录，那么我们人类文明的未来将遇到巨大考验。这件事甚至比我们碰到宇宙中外星人更为可怕。当然，从某种意义上也可以理解为我们遇到了外星人了，只是外星人一直在我身边，他们处在另一个时间流速与我们完全不同的世界里。在固体人看来，我们就是氧气环境中意外出现的菌群。

最后，我们调查组认为，还存在第三个可能，那就是：固体人是否真实存在，完全取决于我们是否选择去研究它。换句话说，我们如果确信有这么一个世界存在，那么固体维度就会为我们打开；如果我们不信真有这么一个世界存在，那么它也就跟薛定谔的猫一样永远都是不确定的状态。

（窃窃私语的声音响起，夹杂着椅子被拖动的声音，有人站起来往外走。）

好了，既然诸位决定不再继续观看视频，也不再听我们的调查报告，那么今天的会议就到此结束，我们会将所有资料分门别类进行加密储存，然后将一切有可能造成泄密的资料全部删除，包括今天在座各位在这里的会议监控视频，都将在备份以后被删除。

今天的会议到此结束，谢谢各位莅临指导，预祝大家新年快乐！

第五章　喜鹊

1

在绑架案发生的六百一十一天前，钟秋婷弄丢了处女之身。这事本来也没有什么好纪念的，毕竟是男女欢爱之事，有的人甚至不会用"弄丢"这样的词语，而是会说"得到"，得到了人生的第一次。之所以需要计算得如此清楚，是因为她将此后的日子定义为自己命运的冰川期。寒冬将至，一个人就会想念很多人。

"我想我妈妈。"

钟秋婷有漂亮的侧脸，她也明白如何让别人看到她的侧脸。此刻，这个别人叫袁子叙，她的大学同学。这是他的房间，租的。即使在高楼之上，地面穿梭来去的车流已经变成金黄色的光带，但这座城市里无所不在的光依旧可以被落地窗吞食进来，给这个没有开灯的房间带来暧昧的质感。她抱着膝盖，把头靠在窗玻璃上。玻璃上一定有自己的侧脸，他一定在看她。

"很痛？"袁子叙问她。

"没有，只是很想我妈妈。"说完她想，或者他希望得到的答案是她很痛，但真的不痛。

袁子叙关掉空调，打开窗户，让夏夜的南风吹进来。他让她到床上去睡，她不肯，就喜欢睡在地板上。袁子叙说："那我也陪你睡地板。"他说完这句话，在地板上躺好，很快就入睡了。仿佛这句话是一个按钮，按下去，他就进入睡眠模式。

他发出轻轻的鼾声。她从床上扯下一条小毛毯，盖在他的肚子上。他的肚子在起伏，这种起伏的节奏让她感到熟悉，也感到陌生，让她想不清楚自己为什么会跑到他的房间里，把自己的第一次给了这个人。刚才她很紧张，可以看出他也很紧张，紧张让事情有点潦草，很快便结束了，没有痛感，也没有快感。他有点沮丧，提出应该再来一次，让他好好表现一下。但她拒绝了。她想离开这里，但外面是无边的黑夜，她突然很想她妈妈。

"我很想我妈妈，你知道吗？"她开始对这个打呼噜的男人说话，她开口，然后感到自己的声音十分陌生，"你知道吗？我来这里，只是想让你抱抱我而已。"

她喃喃地说了一些话，她提到小时候妈妈毕春花在殡

第五章 喜鹊

仪馆工作的情景。她害怕去那里，里面都是死人，虽然她并没有看到，但能闻到一股气味，一股跟烧稻草截然不同的气味，闻起来让人心里透着凉意。幼儿园有个女老师，有点神经质，自从知道她的妈妈在殡仪馆工作，她就不愿意再看见钟秋婷，看到钟秋婷就会不自觉地颤抖，说她见到这孩子就会想起她妈，继而想起死人，然后仿佛见到鬼。所以从小同学们都不太喜欢她，看她的目光中总是带着那么一丝异样的东西。从毕春花口中，她大概知道她的亲生父亲叫老钟，"老钟是个恶魔，整天打妈妈，怀孕的时候也打。"他死了毕春花就解脱了，虽然日子过得很艰难。钟秋婷小学三年级的时候，寡妇毕春花终于改嫁了，离开殡仪馆，成为家庭主妇。她本来以为自己能够摆脱这种不被喜欢的命运，但妈妈偏偏嫁给当地教育局的一个副局长，居然也姓钟。钟副局长为了讨好这个新女儿，还经常到学校来作报告。有一回升旗仪式，钟副局长正对着全校同学慷慨激昂讲着话，一阵大风就把他的假发掀起来，挂在右边耳朵上，前排一个同学笑了一声，瞬间引发哄堂大笑。不少知道情况的同学拿眼睛瞟钟秋婷，这让她的头一直抬不起来。

她说了很多话，也不知道什么时候迷迷糊糊睡着了，又突然惊醒，仿佛只是睡了一秒钟，但天空已经露出了鱼肚白。她轻轻起来，收拾了东西，关门离开。下了楼，站在大街上，她看到路边的包子铺刚刚开门营业，蒸笼里冒着烟，自己仿佛重新回到了人间。

　　这是她最后一次见袁子叙。过了不到一个星期，他就联系她，希望再见面，言语暧昧，甚至暗示上一次表现不佳，他想"补课"。她没有给他补课的机会，也不打算再见他了。他变成什么呢？大概变成活在她手机里的一个男人了，她偶尔也会想他，但就这样了。妈妈去世之后，她就在心里为自己画了一条线，她要分清楚界线内外。那一夜的慌乱，只是短暂打断了她的计划。妈妈病重的时候，她去找过袁子叙，约在一家书店里，书店里的书只是摆设，却有味道不错的咖啡。她本来是想找他借钱，但他误会了，没有弄明白她的来意，在两排书架之间，给了她一个拥抱。她在他怀里哭了起来，于是连借钱的话也和泪水一起吞进肚子里。那样可以惦念一生的情景，再提到钱就变味了。而这一次见面便直接在他家里了，她只是辞职了，收拾了属于她的东西离开那家公司（所谓的东西，就是拷贝需要保存的数据而已，其他东西都被她丢进垃圾桶），她也不知道自己应该到哪里去，还可以找谁，所以找到了袁子叙。她仅仅希望一个拥抱，像上次在书店里那样，但却让他跨过了界线。她明明是不愿意的，但分明又听到自己嘴里发出的呻吟。第二天早晨，整座城市在晨风里十分清凉，路上的汽车一辆接着一辆从身边开过去，有人驾驶的、无人驾驶的，都开得飞快。她有一种被泡在水里的冰凉的混乱，于是买了两个包子，在路边大口大口吃了起来。

辞职之后，她本来打算外出旅行两个月，但只是去了黄鹤楼，前后还不到十天，她就花光了之前的那点积蓄。她在卫生间里左右端详着自己的脸，她需要找一份工作，她嘴里喃喃说了这两个字："工作。"她有点失神了，眼中充满迷离的光，这让她看不清楚自己的脸。唯一清楚的是自己的脸还算过得去，小时候还有不少亲戚说自己有当明星的潜质，她当然也明白这多数属于在钟局长面前说的奉承之言，然而这些令人讨厌的恭维她通通都记住了。

她左手摸着自己的脸，右手掏出手机，给戴友彬打了一个电话："你上次推荐的那份工作还有吗，我接了，反正干什么不是干。"

电话那头戴友彬嘿嘿笑了，他说："哪个工作，都什么猴年马月的事情，我忘记了啊。"突然又想起了，"哦哦"了两声说："有点意外啊钟美女，没问题。"

"有什么好意外的，"她长长呼出一口气，"今天早上醒来，窗外停着一只喜鹊，所以就决定了。如果来了一只乌鸦，兴许我就干别的去。"

她跟戴友彬提到的那只喜鹊，并非虚构，还真的来过。她给了它一把米，它被惊飞，居然很快又飞回来，旁若无人吃起来，看来是饿了。一个好名字，就像一个人长了好皮囊，总是能得到优待的；要真飞来一只乌鸦试试，不打死就算好了，哪里还有米吃？

2

相对于袁子叙，戴友彬是另外一个存在。这个皮肤黝黑的胖男孩从小学四年级开始喜欢她。她起初并不以为意，喜欢她的人多着呢；而他长得跟一只企鹅一样，班上的女生都不会喜欢他。但戴友彬有坚韧不拔的意志，他的一脸坏笑里面藏着某种决不退缩的执着。自从知道她喜欢玩抓娃娃机，他便把附近大大小小的商场里头的抓娃娃机玩了个遍，每台机器都自行编了号：哪台机器该用什么角度，该用多少秒，都了如指掌。她的床上很快堆满了各种抓娃娃机里的布娃娃。后来有段时间她喜欢数独游戏，他也买了许多数独的书，一个学期之后便轻轻松松拿了县里数独比赛的第三名。她成绩不好，每逢考试成绩公布难免伤心不已，伏在课桌上哭泣，一回头，总能见他正看着她，她只能假装并不知道。

和所有男孩子喜欢女孩子的故事一样，那样的日子回忆起来总是甜蜜的。在某些月亮突然变得很大的夜晚，一个人坐在窗台上，钟秋婷就会想起戴友彬，想起他那张黝黑的胖脸上擦不掉的坏笑。

如果不是后来那场并没有发生的机器人战争，他们也许会一起读同一所高中，甚至可以一起考上同一所大学，一起毕业，一起工作，兴许还会一起组建家庭。但是，那场被证实为谣言的战争毁了这一切，破坏了按部就班的幸福。也不知道是谁制造的谣言，反正那阵子人心惶惶，连电视上都出现了机器人杀人的新闻，但没有人见过机器人长什么样，没有人知道什么是机器人战争。她笃信，这一切不过是一个巨大的谎言。

那是很坏很坏的日子，戴友彬的程序员爸爸被人杀死在楼顶的水池里，命案引发了很多议论。有人说戴大维是故意激怒凶手，让他们将他残忍杀害，以此骗取一笔保险赔偿金。但戴友彬跟她说这次谋杀是机器人所为，所以戴友彬要逃亡，他邀请她一起跑，而她拒绝了。她对他说，如果真有那么厉害的机器人，来了更好，把每个人都改造成智人2.0，也就不用为考试担心了。钟秋婷没有跑，但她家的钟局长却跑掉了，爸爸在那场闹剧一样的"战争"里头失踪了，警察后来说他是因为欠债而逃亡。毕春花并不知道钟局长还有这么多的债，甚至连房子都被抵押了。钟秋婷放学回家，见毕春花瘫坐在地板上号啕大哭，客厅里非常凌乱，纸巾、吹风机、衣架和袜子散落在地上，毕春花两条腿直挺挺打开来，一手抱着一把黑色的大雨伞，另一只手乱抓头发，把头发抓得像个鸟窝，看上去像动画片里的蛇发女妖美杜莎。钟秋婷知道她们家完了，一分钱都没有剩下，她们又要回到那种比妈妈在殡仪馆工作时期更艰难的岁月。

"毕春花，你不要回殡仪馆工作。"钟秋婷每次为了表达强烈的情绪，就会直接喊她妈妈的名字，但这句话脱口而出后，她又后悔了。

"你以为现在回殡仪馆，他们还会要我吗？"毕春花一脸沮丧，她的嘴唇上都是鼻涕。

情绪宣泄完之后，妈妈渐渐安定下来。她把家里收拾得干干净净的，还做了晚饭。吃饭的时候她哭了，钟秋婷伸手去握她的手，她反过来抓紧钟秋婷，然后说："放心，我不会逃跑；如果要死，我也会把你一起带走，不会留下你在这里受苦。"

这话把钟秋婷吓得脸色煞白，后背发冷，她挣脱了毕春花的手，惊恐地看着她。毕春花却看向了别处，别处包括了窗外，窗外是雨，落到低处无声无息。那几天夜里，钟秋婷都不太敢睡觉，她担心妈妈会做出什么事来，甚至梦见妈妈要来杀了她。毕春花做饭的时候她也反复看了，她不怎么喝汤，她担心妈妈会在汤里下毒。她看过新闻，新闻里有一个妈妈自杀之前竟然把家里的三个小孩全部毒死。

"机器人战争"作为一个事件，终究是过去了。这个谣言现在已经无法在互联网和书刊报纸上找到任何一丝痕迹，就像它从来没有发生过一样。

戴友彬也回来了，他到钟秋婷家里来，坐在皮沙发上，

第五章　喜鹊

眼看着钟秋婷的妈妈。

"阿姨,"他一字一顿地说,"一定有比政府更大的力量在操控着这件事,机器人战争应该是真的。"

"所以我丈夫是战死的?"毕春花坐直了身子,仿佛找到了希望。

戴友彬十分沉重地点了点头:"在我看来,钟局长是人类英雄。"他的样子在钟秋婷看来是那么滑稽,但在毕春花看来,却代表了某种力量。

毕春花若有所思,仿佛被缓慢激活了。自从相信有人操控一切,抹去机器人战争的集体记忆这个荒诞观点之后,毕春花确实如同变了一个人,她重新获得了力量。有几次她在客厅做完瑜伽,还举着那把黑色的雨伞,仿佛挥舞着能量光剑。她重温了几部好莱坞战争大片,反复播放了烈士遗孀参加葬礼的那一幕,看得泪流满面。此后的日子,她重新投入战斗,客厅里偶尔会充满了男人的笑声,她同时兼职了几份工作,日子又重新变得紧凑起来。有时候,钟秋婷觉得自己的妈妈就像一个巨人,挡住了所有的风雨。风雨在更具体的生活中是被物化的坚硬,没有任何一丝诗意。

从这个角度看,钟秋婷非常感激戴友彬,他用一个谎言拯救了一个人,让她重燃斗志。这股昂扬的斗志让她有勇气拒绝婚姻,她对钟秋婷说,让男人见鬼去吧,她要靠自己的双手让钟秋婷顺利读完大学。

"等你念完大学，出来工作，我就能轻松点了。"她常常念叨着这句话。钟秋婷明白她的渴望。她第二句经常念叨的话是："女孩子的身子很珍贵，不能随随便便就给男人了。"她说她当时就是太随意，因为喜欢游泳认识了老钟，有一天天气很冷，冬泳的人比较少，在河边，她刚从水里出来，就被老钟办了，自此开始了炼狱一样的生活。"他几乎天天打我，直到他死了，我才算活过来，但胆子也变得很小。"钟秋婷听她这么说，笑了，说："难怪我遇到什么事都喜欢哭，原来打从娘胎里就是挨打的命。"

3

但突然一切都坏了，连同所有悲欢交替的时序。大四那年，妈妈生病了。钟秋婷搭乘大巴连夜赶回家，那时她们已经搬迁到城郊的出租屋里。毕春花换了很多工作：在机场开着电瓶车运送行李，环境不错但工资太低；在一家高级会所当清洁工兼后厨采购，那阵子她会偷偷打包很多好吃的带回来给钟秋婷，直到在一份咖喱牛肉中发现一只烟头，钟秋婷就再也不吃她带回来的菜。毕春花做得最久的工作是佛寺的建筑工，虽然辛苦但有一定专业性。"你的亲生父亲老钟以前就是做这个的，我当时算学了点手艺。"机器人战争的谣言发生之后，在附近很多佛寺，她一口气干了一年多，甚至都学会如何在墙上画弥勒佛。但建筑工队居无定所，越走越远，总是见不到女儿，最后她还是决定搬到这片出租屋，在这里租了一个卖鱼的档口，没想到生意还不错。农民改建的出租屋都是握手楼，一栋连着另一栋，中间只留出一线天，电线从这些仅剩的空隙中穿过。夜雨刚过，挂在电线上的死老鼠往下滴着水。从高楼林立的都市突然搬到这里，一种陌生的破落让钟秋婷说不出话来。但毕春花比想象中看起来好一些，她竟然可以对着女儿笑。她认为连续的低烧只是吃东西不注意所致，只要喝点凉茶降降火就可以了。

"你回来做什么，来回车费不要钱吗？"她嘴里埋怨着，站起来去拿空调的遥控，"外面客厅太热，你到你房间去，我给你开空调。"

她找不到遥控器，反而被地上的风扇绊了一下，一个趔趄，险些摔倒。钟秋婷扶她坐下，她仍然惦记着找遥控器。钟秋婷说让她来找，但终究没找到，显然，平时她嫌空调费电，没开。钟秋婷说，你这是省小钱，早晚得花大钱。毕春花居然也没有像以往一样骂她说话不吉利，她用很低的声音说："进了医院，钱就跟水龙头的水一样哗哗流。"

她像是在感慨，又像是对钟秋婷的回应。

果然，她预感到的情景在不久之后终于到来，那时候妈妈已经只能顺从地接受各种检查，在县里的医院（毕春花不同意去市里的医院，认为更花钱）抽血化验，不停接受各种检查。她手上插着针管，对医生大吼大叫。"钱像水龙头的水……"她不停念叨着，担心她的鱼摊停业太久会被罚款，说要回去吃中药。钟秋婷试图让她相信科学，接受治疗，但事情偏偏走向更不合理的结果——医生说不知道为什么会生病发热，甚至怀疑她有某种精神方面的问题。

"他们说我是神经病！"她咆哮起来。

毕春花坚持出院，回家喝中药，没有人能够阻止她，她也就这么做了。半个月过去，她竟然真的慢慢好起来，也不再发烧了，她继续经营她的鱼摊，只是偶尔会发晕。

钟秋婷那时已经开始准备毕业，没完没了的各种聚会，那些平时关系微妙的同学，突然在喝了酒之后抱着她号啕大哭起来。生活进入了某种加速的通道，离别的气氛弥漫在言谈之中，总是不知不觉就说起过去和将来，仿佛真可以有一个伟大的将来在那里等待。最重要的环节当然是拍毕业照，钟秋婷在犹豫是否必须跟妈妈说，妈妈会来吗？她会不会舍不得她的鱼摊生意而拒绝？正在她犹豫的时候，毕春花却突然主动问起："你那拍照的事怎么样了？"

"马上，就下周三。"

她破天荒带着钟秋婷去买衣服。

"不用买，我们都有统一的学士服。"

"那你帮我挑一挑，我也不知道穿什么衣服才不会太土，别丢脸。"

到付钱的时候，她又嫌贵，问了两遍有没有折扣。

拍毕业照那天，妈妈居然在脸上抹了粉。钟秋婷甚至看到她涂了唇膏又擦掉的痕迹。一切都有序地进行着，拍照，摆姿势，茄子，比心，拍小视频，对着无人机挥手……妈妈做得都很好。只是在走过一个斜坡的时候，她突然弯下腰去，捡地上的一只橘子。她将橘子拿起来反复看了看，才发现朝下的一边是烂掉的，所以又随手丢出去。那只烂了一边的橘子沿着斜坡一直滚下去，很多同学都看到了她妈妈这个奇怪的举动。这令钟秋婷的心猛地被拽下去，拽进了一片真空里。

"毕春花！你为什么去捡一只烂橘子？"

"眼睛不好，以为橘子是好的，觉得可惜。"

毕春花声音很低，就像做了什么坏事。她有些局促，拼命握紧手里的雨伞。她来时坚持要带着这把黑雨伞，说担心突然下雨。不过带雨伞也没错，可以遮阳。"阿姨这把伞真大。"同学们纷纷称赞道。

在嘈杂的说话声中，这件事就这样过去了，日子就像那个烂橘子一样向前滚动。她还没有开始找工作，妈妈就真正病倒了。她在病床上咒骂她的两任丈夫，说他们都是烂橘子。烂橘子成为让她崩溃的最后一根稻草，成为她的噩梦。她说病房里总有烂橘子的味道，让钟秋婷一定清理掉。此时她不是那个可以战斗的巨人，而成为一个喜欢哭闹的孩子。

4

在肿瘤科一个星期之后，钟秋婷跟医生哭诉费用太高，医生就建议转到临终关怀科，他很诚恳地全面分析了病情，十分和蔼地对钟秋婷说，转到临终关怀科会省很多钱。但怎么会有这么难听的科室名字！毕春花那点积蓄在医院里只够支撑三个星期，很快就花完了。钱花完了，医院开始连续不断催促缴费，如果不缴费，便会停药。钟秋婷几乎打遍了所有认识的亲戚的电话，带着哭腔乞求，而借来的钱还不够一个星期的花费。她第一次感到人命是可以折算成钱的，有钱续命，没钱就得见阎王爷。她甚至考虑过把人丢在医院，自己玩消失，医院总不敢见死不救吧。但她没有那个胆量做这样的事——万一他们真的见死不救呢？

那天下午，毕春花突然醒来，问清楚现在所处的环境，她十分愤怒地在病床上坐起来，用手捶着病床的扶手："回家！我们回家！要死也死在家里！"

发泄完了，母女俩相对无言。她们签了很多字，医院才放她们走。在回家的路上，毕春花知道钟秋婷把家里每张卡的钱都花在医院里，心疼得说不出话来，半天都不跟女儿说话。但不可否认，在医院里烧掉的那笔钱，也确实让她度过最危险的时光。回到家里，像一条鱼回到熟悉的水域，她们都深深吸了一口气。毕春花甚至还考虑过重新开启鱼摊生意，现实的情况是她连在房间里走动都感到困难。

毕春花需要继续接受治疗，至少需要吃药，还得吃饭，这都需要钱。钟秋婷又开始借钱了，她把她能说得上话的同学的电话都打了一遍。但这会儿刚毕业，谁也没有积蓄，能给她的，只是杯水车薪而已，但也聊胜于无。她很感激这个时候袁子叙给了她一个拥抱，而戴友彬是她犹豫了很久才最后联系的人。戴友彬没有说什么话，也没有答应借钱给她，只是过了三天，他就出现在她们家的破沙发上，喝着钟秋婷给他倒的茶。

"这茶还不错。"他说。

钟秋婷内心涌起一种无法言表的感动，终于还是没有控制好自己的情绪，哇地大哭起来。她哭声震天，连自己都被吓到了。她躲进厕所里号啕大哭，脑海里突然浮现起她的局长爸爸失踪时毕春花瘫坐在地哇哇大哭的情景，感觉到一种无法摆脱的沮丧。

她走出厕所，戴友彬还在喝着那杯热茶。他似乎没有听到她的哭声，语气依然那样慢悠悠。他膝盖上放着毕春花的病历，漫不经心翻阅着，像家访的老师在翻阅学生的试卷。

"我们会有专门的医疗团队，最重要的是您有驾照吧？"

毕春花点了点头，满脸狐疑："我会开车，技术还不错，在机场开过搬运车。"

"那我看这事基本没问题，按照我们科技团队的平均水平计算，严格遵循治疗方案的话，少则延长半年，最多能多活二三十年。我看阿姨身体底子好，三五十年也说不定，抱孙子肯定没问题。"

毕春花和钟秋婷没明白什么意思，戴友彬又耐心解释了一番。他在随身携带的电脑上详细介绍了这个特别医疗生命扶持计划。

钟秋婷总算听明白了，她抽了两张纸巾，在自己的脸上随便抹了抹，对戴友彬说："好啊戴友彬，我感动得稀里哗啦，哭完了才发现你是来谈生意的！"

戴友彬又露出一个狡猾的笑："这次还真是来谈生意的，不过，也没占你钟大小姐一点便宜，咱这回是双赢。按我们公司这次的特别医疗计划，阿姨的条件完全符合，我们一定尽力救治，但你也明白，这病的预后并不乐观，如果哪一天阿姨……万一……唉，就是哪一天去世，我们希望阿姨能捐献所有器官给我们研究使用，特别是大脑，我们希望获得大脑的永久使用权，这些都会在合同里专门附上一个协议。"

戴友彬说完了，三人都安静下来，毕春花最终打破这种寂静。她说："我从火葬炉里看得多了，尸体烧掉就没了，又不像用水泥做的那样能一直存在下去，人死灯灭，给你们做研究也一样。"

"还是阿姨豁达。"戴友彬又是一笑。

"也没有多豁达,"毕春花抬起头看天花板,眼角两行泪往耳朵里流,她哽咽了一下才说,"我这两天一直在考虑哪种死法比较体面,又不让婷婷伤心……总之,谢谢你了。"

钟秋婷伸手握住妈妈的手,低头垂泪,说:"妈你别瞎说,我们早说好的,等你病好了,我带你去白云市爬落梅山看日出,说好的事要算数。"

戴友彬说:"就是啊毕阿姨,生死的事就别胡思乱想了,您还没抱孙子呢。不过,这病确实拖不得,阿姨就这样从医院出来,断了药,病情迟早会有第二次暴发;时间就是生命,迟了会更麻烦。"

钟秋婷点了点头。

戴友彬起身告辞,毕春花让女儿送下楼去。两人走在狭小的巷子里,小巷两旁出租屋里不断闪烁着各种目光。这种乱糟糟的地方,人们习惯于窥探彼此,扫描式的审视司空见惯。终于出了出租屋区,大路边有一家奶茶店,戴友彬说:"进去坐坐吧,请你喝一杯奶茶。"

钟秋婷一笑,明白他的意思。戴友彬以前住在白鹤路,那条路上有一家白鹤甜品店,里面的奶茶不错。有一阵子,他们放学就会去那里喝奶茶。

他们说起那时候的事情,但小时候的事,像隔着水幕,那时候兴致勃勃的东西，如今甚至都勾不起聊天的欲望。他们谈起了出版社的女编辑曲灵阿姨，谈戴友彬的小说家梦想，然后就陷入静默。好像有许多的话，像水底茂盛的水草，却无法放在阳光下生长。

"记得那个魔术师吗？"奶茶还没送来，戴友彬找了个话题。

"记得，穿着中山装，老得不行，都忘记事情了，但他的魔术倒是挺厉害的。"

钟秋婷说着，用桌上的菜单折了两只纸鹤，指尖轻弹，两只纸鹤就在空中飞了一圈。那个有点痴呆的魔术师只教了她这一手，纸鹤只能飞这么一圈。她想起那天下午，那个姓余的老魔术师曾让两只纸鸟在空中盘旋，一圈又一圈，仿佛可以一直飞下去。她和戴友彬都看呆了，老人却呜呜哭了起来。戴友彬问他："您看起来得有两百岁了吧？"老人摇摇头，并不理他，却拉着钟秋婷说了很久的话。他前言不搭后语，反反复复在讲一间客栈的故事。戴友彬听得不耐烦，凑到钟秋婷耳边说："你让他教你两手魔术。"

"那天下午他教了你多少魔术？"

老人教魔术的时候，不让戴友彬在场，不由分说把他撵走了。

"十来个吧，有容易的，有难的，都需要反复练习才行。"

戴友彬灵机一动，说："你不是还没找工作？或许我可以推荐你去一个好地方。"

他解释说，他们公司主要是研究无人驾驶的，公司规模不小，但如果跟另一家公司比起来，那就小巫见大巫了。

"什么公司？"

"有没有听说过一个游戏叫'美人城'，就是美人城公司，大集团，他们有一部分业务交给我们在做，也算是合作，所以我们最近才需要那么多活人大脑。"

"听起来怎么像梅超风在练九阴白骨爪啊？有点阴森！"

"你现在主要是得找个公司上班。美人城集团最近推出了'月眉谷'直播平台，上面有不同的直播房间，你可以在里面创建一个角色，专门表演魔术，围绕魔术讲讲故事，如果有人愿意给你包装，说不定立马就成网上红人了。"

钟秋婷呵呵一笑，觉得这个建议完全不靠谱。戴友彬却把那对小眼睛眯起来说："我刚好认识美人城的一个大人物，你要郑重考虑我的建议。"

"什么美人城月眉谷，直播太遥远，我又不是美女，你老人家行行好，要不直接把我推荐到你们公司，我看你现在还混得不错，哦对，你们公司叫啥名？"

戴友彬指了指外面的无人驾驶出租车："喏，'真跃进'，我们的跃进汽车到处跑。"

说了半天，原来戴友彬所在的公司就是大名鼎鼎的无人驾驶汽车公司"真跃进"。但钟秋婷眼中的光很快就熄灭了，本来以为戴友彬能把她推荐过去工作，但戴友彬告诉她，真跃进公司上上下下连同财务后勤加起来还不到八百个人。

"能交给人工智能的工作，都由机器人来做，包括编程。"

5

无人驾驶的汽车把戴友彬送走，第二天又把戴友彬送来。他带来一叠协议和一名女助理，毕春花几乎看都没看就将所有的协议签完了。对她来说，她几乎一无所有了，连同自己的生命，都随时可以失去。她对钟秋婷说："我想清楚了，只要我接下来不再成为你的负担就好。"女助理摆弄着两台仪器，采集了指纹和血样，很快把资料传回公司总部。当天下午，资料审核通过，毕春花便被送到西宠市郊真跃进公司的治疗部。接送的车限定了人数，毕春花和戴友彬都跟钟秋婷说不必另外打车过去。根据封闭治疗的协议，钟秋婷只能在每个周六的下午前往探视，其他时间一律不准病人和家人见面。

钟秋婷有点感激这样的安排，让她有时间去找工作。真正工作以后才知道，时间压根就不够用。她的第一份工作，是在一家公司教人工智能识别比喻句。她的主要任务，就是坐在电脑前将文字材料中的比喻句标出来，通过大量的例子提高人工智能识别判断比喻句的能力。做他们这一行的，被称为"AI民工"，枯燥无聊重复单调，按件计费，所以加班便成为常态。但同事们倒还挺乐观，他们自嘲说幸好中国汉字博大精深，诸多修辞复杂难懂，才有这样一个工作机会。

第一个周六下午的探视时间，钟秋婷打电话给妈妈，说要过去看她，却遭到毕春花无情的驱逐："别来，你忙你的去，我活得好好的。"但钟秋婷还是上了车，她也学会召唤无人驾驶汽车，这车顾名思义没有司机，名字就叫跃进车。这东西还真方便，呼之即来，坐在车里可以看视频、喝咖啡和睡觉，椅子也可以旋转，还能跟操作系统聊天解闷。系统的名字叫小真，可以帮客户查询分析各种信息，解惑答疑，播报天气，规划行程。行车路况良好的时候，所有的跃进车可以首尾相接连在一起，就如一列火车，每个车厢各自独立。如果遇上路况复杂，则分开各自开走，躲避拥堵。跃进车之间互联互通，协同工作，永不相撞，很多人预言未来一年之内，红绿灯、箭头标识、路边护栏这些东西将全部消失，代以虚拟的交通路标。

到达真跃进公司已经是下午三点一刻，她明白自己迟到了，脚步有些匆忙。走进大楼，她突然被眼前的景致深深震撼。从外表看，这一栋大楼与其他的办公大楼没有区别，但走进里面，却发现置身于一种绝对的白色之中，从大厅的地砖到墙体，再到工作人员的服装，全都是白色，加上强劲的空调所产生的强烈温差，让人仿佛一头撞进了茫茫雪山之中。一个白色的机器人把她带到电梯前面，白色的电梯把她送到第六十八层，电梯门打开，另一个白色的机器人已经等候在那里。她跟着它走。它用轮子走路，没有声音。她后悔自己穿了黑色的西装裙子，还有一双黑色的高跟鞋，哒哒的脚步声跟这里的一切显得十分不协调。像是酒店长长的走廊，一个白色的梦境，她也不知道是在哪一扇门前面停了下来。她顿时感到，在这样一个白色的世界里，如果没有机器人，她必然像一个傻子一样迷路。门开了，可以听到毕春花的笑声，看来她说她"活得好好的"所言非虚。房间不大，但同样洁白整洁。阳台很大，封装了落地玻璃窗，阳台最中央是一只大浴缸，毕春花和另一个年轻一点的女人正在里面泡温泉。年轻一点的女人说，她为什么这么命苦，是因为名字没取好。"你想想，我叫何萍，萍绝对不是什么好东西，漂泊啊，飘摇啊，反正这辈子就没有安定过。"何萍这么说，毕春花赶紧说她名字好听容易记。她们你来我往一人一句，简直都顾不上跟钟秋婷说话。虽然从小跟妈妈一起生活，早看惯了她的身体，但还是第一次见她和另外一个人一起洗澡，钟秋婷对这样的情景感到陌生，恍惚间还以为是一个白色的梦境。那个叫何萍的女人看到钟秋婷一脸惊诧，就对她说："我们这儿也没什么其他乐趣，老头喜欢下棋我们也看不明白，反正房间里都有大浴缸，我们女的呢，就只能一起泡泡澡，聊聊天。"

"我说婷婷啊，这里真的挺好，你这辈子认识这么多同学，认识小戴算是找对人了，这里连马桶都是智能的，我拉泡屎里头有什么成分，显示屏上都能看得一清二楚。每天有机器人送饭送药，肚子上的肿块还在，但不痛了，整个人舒坦了。你看，还有一群病友，每天串串门，唠唠嗑，神仙都没这待遇。就是这地方白得有点晃眼，其他都好。"

毕春花一口气对钟秋婷说了这么多，如果不是呼吸有些喘，她还想继续说下去。

何萍看起来只有四十多岁，泡在水里，身材皮肤都不错，但她转过脸来时，钟秋婷才看清那张脸上惨白的颜色。何萍转过脸来，是为了接过话："这么说，你们家没有人被无人驾驶汽车撞死？"

"什么意思？"

"我在这里碰到的每一个人，几乎家里都有人被无人驾驶的汽车撞死了，他们真跃进公司才给了一个封闭治疗的名额，明面上没说，但背后的意思就是作为赔偿，让家里的另一个人来这里安享天年。这真是怪事，你们家没有人被撞死……"

说到这里，何萍发出了一串哈哈的笑声，让人不寒而栗。

毕春花听她这么说，脸上有了疑惑的神色，她对钟秋婷说："从现在起你走在路上小心点，遇到无人驾驶的跃进车给我躲远点。"

"别听你妈说，哪有汽车故意杀人的。话说回来，到这里也不完全就是福利，我们在这儿就是猪，养肥了就拉去宰了。"

何萍做了一个杀头的动作，她们笑。毕春花说："怎么也比在医院受苦强，人嘛，迟早总是要被阎王爷宰了的，再说了，我以前在殡仪馆工作，没少烧了人，这回被屠宰，也算扯平了。"

毕春花问了钟秋婷工作的事，钟秋婷一一回答了。毕春花说工资太低了，又这么辛苦，还不如回家把鱼摊继续做起来。何萍说："就你还惦记着鱼摊，现在的年轻人，谁愿意受那个鱼腥味的罪，都喜欢在电脑前对着屏幕打打字，喝着咖啡听着歌，工资少点就少点，日子过舒坦了才重要。"毕春花说："要是年轻时候能有个鱼摊做生意，再有个看着顺眼的好男人过日子，鱼腥味比死人味道好，一辈子这么过，也不亏。"何萍说："大姐您还真把自己当国家干部了，泡个热水就开始想念好男人了。"她又转头对钟秋婷说："婷婷啊，你们年轻人太自私了，早该给你妈找个伴，省得她上了屠宰场还念叨着男人。"

说完她们都笑了，听着这笑声，还以为她们能活到一百岁呢，怎么知道毕春花在这个白色的世界里只活了七个月零九天，就去世了。那时候钟秋婷已经换了第二份工作，给一个公司当手模，拍摄各种广告。戴友彬将那把大黑伞交到钟秋婷手里，说她妈妈去世之前，每天都抱着这把大黑伞睡觉。这时候钟秋婷异常安静，她在内心早就接受妈妈有一天会离开的事实，但没有想到这一天真的到来时，她内心只是一片白色，什么都没有。她说了很多话，都像是另一个自己在说话。她说她也不知道这把大黑伞有什么意义，她说她能想象在那么白的房间里，有一把黑伞看着都会很好。而很好究竟是什么意思，她也说不清楚。

毕春花的葬礼很简单，几乎没有仪式。真跃进公司取走了妈妈身体的什么部分，她并不知道，交到她手里的是一只陶瓷罐子。按照毕春花自己的安排，钟秋婷抱着她的骨灰罐子，送到她曾经修缮过的一座古寺里，烧了香烛和纸钱，就算结束了。钟秋婷居然也没有哭，整个过程安静得让她自己感到害怕。戴友彬一直陪着她，为了跟她共情，他还说了一些当年他爸爸去世的情景。"现在你妈妈跟我爸爸可以见面聊天了，大概他们也像我们这样可以谈谈心。"他显然以为钟秋婷必须流眼泪，只是她哭不出来。

"小时候，我记得你说过，你爸爸没有死。"

"是啊，从某个时候开始，死去的人不用真的死去，他们会在另一个地方重新开始新的生活。"

这种老掉牙的说法居然还真有点用，钟秋婷望向头顶的星空，据说宇宙具有多层平行存在的可能，也许在另一个时空，或者另一个维度，熟悉和不熟悉的灵魂可以在那里交谈。

悲伤只是会被消减，却无法消解。亲人离开的悲伤终究在内心悄无声息地积压着，一直到她终于失去了处子之身，才突然被点燃了。那一刻她感到自己非常想念妈妈，第二天早晨她在路边吃完包子，就给戴友彬打了电话，呜呜地哭了好久。

要怎么理解这段生活呢？其实袁子叙也说不上是个坏人，他后来和一个实习生不干不净，着了人家的道，被迫离开这座城市，走之前说要和钟秋婷见个面，但她推托了。她有时候也会想他，想他的同时也会想着戴友彬。这两个人常常会重叠起来，仿佛是一个人的两个分身，只是一个充满了欲念，而另一个像个性冷淡。

戴友彬跟她在一起时，完全没有一点暗示，也没有什么细节让她感受到他对她有渴望。他像一只冷酷的蝎子，守护着她这个千年木乃伊。大概因为她是他回忆的一部分，仅仅如此。但她内心有一个声音在说：别以为对我好，我就会死心塌地跟着你，休想！可怜的是这个声音戴友彬根本听不到，他依旧穿着笔挺的白西装，那张又黑又胖的脸上有着与生俱来的玩世不恭。

"美人城的祖少爷一定会非常喜欢你这种类型的女人，"

第五章 喜鹊

·
·
·

他用了女人这样的词汇，而不是女孩或者女生，"他那地方钱多人傻，你只需要按照本性去做，一定能成网红。"

没错，她本来应该是一个女人了，在旅途中，她跟两个男人有过短暂的疯狂，但她依然没有找到一个女人应有的感觉。她找不到小说里描写的那种汹涌澎湃的过山车般的体验，她甚至会在这样单调重复的动作中感到无聊。有个家伙真的像头驴，中间她都打瞌睡了，醒来时他还在辛苦劳作。

"我跟你说话，你发什么呆呢？"戴友彬说。

"你刚才说啥？"

"我说反正就是一份工作，拿钱走人，不要太认真就好，这个世界没有什么东西值得你去认真。"

钟秋婷点了点头。

"真不知道你们女人脑袋里到底装着什么……"

"我在想这把黑雨伞，"钟秋婷把黑雨伞拿在手里，让视频那头的戴友彬能够看见，"我开始以为是我爸用过的伞，但仔细回想，我爸出门几乎从来不带伞，他有秘书，秘书会带伞。"

"反正一定是某个男人的伞，你也别去猜了，那都是过去的事，多想想未来。"

"但过去都搞不明白，未来又有什么意义呢？"

"未来就是全部意义，不需要过去作为支点。"戴友彬没有跟她说再见或拜拜，就直接关了视频。这是他的习惯，大概是因为随时可以通话，就不必要浪费时间说再见。或者，他对她在琢磨一把伞感到不耐烦。如果过去不是支点，那么你戴友彬作为一个人到底有什么意义？在最艰难的时候你就跳出来，你的出现意义又是什么？难道仅仅为了未来？

"戴友彬，你就是个机器人！"她骂他，但他听不见。

6

美人城游戏公司在每个城市都有营业厅，面试也很简单，她在现场录制了一个视频，第二天就收到了通知，让她去上班。

"你的手真白。"那个人在电话里这么夸她，大概录制视频的时候她把手放在桌子上。

"谢谢，以前当过手模，后来切水果割伤了，那份工作也就丢了。"

她原来以为美人城游戏公司大概也会像真跃进公司那样都是白色的，但没想到这里跟一般的办公大楼没有任何区别，稍微光鲜的门面，背后也是乱糟糟的，厕所还算干净，也免不了有一些广告的涂鸦。

她在电梯里认识了一个同样探头探脑的女孩，叫程珊。程珊说："都是第一天上班，那我们就是同事了。"她还伸出手来跟她握手。程珊长得比她好看，看起来也比她骄傲，她突然有一丝难过，来自对这陌生环境的恐惧。不过情况很快就逆转。电梯停住，可以听到电梯缆绳发出瘆人的咯吱声。在科技的浓妆之下，机械依然保留了粗糙的一面。

电梯门开了，门口站着一个人，或者说，站着一半人，他的另一半是机器。他穿着燕尾服，戴着一顶奇怪的帽子，眼睛一转，看了看她们俩，问："哪一位是钟小姐？"

钟秋婷向前走了半步，微微欠身说："我是。"半个机器人对她的仪态表示满意，他微微一笑，伸出手来握住钟秋婷的手，带着她往前走："我是寇主管，你的朋友是我们祖少爷的朋友，他推荐你来工作，所以我很开心能接待你。"

在后面的程珊喊："喂，那我呢？没人理我？"

寇主管回头看了她一眼，说："请你自己到前台登记入职。"他的回头是一百八十度，说完话就转回来，也没有去管气嘟嘟的程珊说了什么话。

"哦，你去过真跃进公司，可能对比之下，我们这边会有些破，但请不要介意，我们只是把钱投放在更应该投放的地方，比如虚拟世界和虚拟人。"寇主管属于人类的那一半脸，挤出了一个笑容。

钟秋婷大惊："您能读取我心里的想法？"

"哦，不不不，我们只是跟真跃进公司有一些数据共享，知道你乘坐跃进车的痕迹，并无意冒犯。"

一路走过去，所有人都对寇主管非常恭敬。寇主管一直把她带到一个大办公室里。这个大办公室有若干小房间，分别用玻璃隔开，每个小房间里都放着大概类似的摄像装置，应该就是直播间了。很多直播间里已经有一个主播在手舞足蹈，说着话，隔音很好，听不见说话声和音乐。

"宇宙有多大，我们美人城的月眉谷就有多大，钟小姐，愿你喜欢这里，早日成为这里的明星。"寇主管将她交给了一个瘦男人，便转身离开。

瘦男人一直目送寇主管离开，这才对钟秋婷说："你好大的来头，我们寇主管今年还第一次到我们部门来，居然是送一个小主播过来上班，你叫什么名字？"钟秋婷回答了名字，瘦男人才介绍说，他是樊经理，这里的主播都叫他大樊。大樊有着突出的喉结，说话的时候喉结一上一下地动着。钟秋婷心想，这个人管理着这么多主播，阅美女无数，估计不是什么好人。她在内心已经跟他保持了距离。但大樊倒是非常热心，他将她带进了一间四五个平方的玻璃房间，告诉她这就是她以后上班的地方。他教她调试设备，知道她是新手，非常耐心地讲解："不用理会镜头，只需要想象直播间的玻璃后面有一个朋友在听你说话就行。"钟秋婷看了一眼玻璃，隔音玻璃后面是另一个直播间。

"我看过你的面试视频，很好，你的魔术很棒。"大樊说，"我有个建议，你甚至可以不用出镜，就是不用让别人看到你的脸，你的摄像头只对着你的手，你的手简直就是你的撒手锏，这双手要抚摸着什么，男人们就会疯了……你甚至可以选择高冷路线，就讲讲自己的故事，哦，你还喜欢读诗歌，你可以给他们读读诗，其他什么都不用做。"

"就这样？他们不会觉得无聊？"

"在碧河世界，在月眉谷，每个人本身比你更无聊。做这一行的，首先得懂得如何跟他们分享无聊，无聊的事一经分享，就会变得有趣。"

钟秋婷微微点了点头。大樊又说："终于知道寇主管为什么要亲自带你过来了，你很有天赋，你会成为这里的明星的。"钟秋婷笑了笑，她在内心里说，我才不吃你们这一套呢。

这时程珊终于来了，她显然有诸多不爽，一路骂骂咧咧。当她看到钟秋婷的时候，不但不打招呼，还白了她一眼。她通过她的不屑一顾在表达抗议。直播室的玻璃门没关，钟秋婷可以听到她在隔壁说话的声音。

"哼，有关系了不起啊，含着金钥匙走进新公司了不起啊，走着瞧，老娘当了三年主播，从来就没有输给过谁！"

钟秋婷内心升腾起一种悲哀，预感自己已经身不由己陷入她最不愿意看到的争芳斗艳的窘局之中。但她纯属想多了，真实的情况是，根本就没有争芳斗艳的条件，钟秋婷是素菜，而程珊是荤菜。

程珊的直播热点几乎是以几何级数在增长，在短短一周之内便聚集起二十多万粉丝。在短视频中，她劲歌热舞，清纯可人；在直播中，她还是劲歌热舞，却游走在情色线的边缘。夜色降临，她浓妆艳抹，八度美颜瘦脸，撩人欲望的音乐响起，她扭动腰身，甩动长发，简直就要在镜头前面飞起来。她这么卖命起舞，并不是跳给那十万粉丝看的，而是专门守着屏幕，等着活跃在整个美人城世界的"大哥"出现。大哥是美人城世界的金主，他们在这里不叫老板，也不叫老公，大哥是他们唯一的名字。大哥出现在哪个主播的房间，哪个主播敢不拼命调动浑身解数吸引大哥眼球，希望大哥多停留一会儿，希望大哥打赏。打赏几乎是唯一收入，打赏一颗太阳、一个月亮、一颗星星，分别代表了不同的价码。如果大哥高兴，甚至可以打赏一个小宇宙，让你的小宇宙瞬间爆发。每个月如果能拿到十个太阳，基本的指标也就超额完成了；如果能拿到两个小宇宙，那么就可以上收入排行榜了。

　　钟秋婷隔着玻璃，完全能感受到隔壁程珊的热力四射。她知道程珊有二三十位金主大哥围着转悠，她能随意撩拨其中的某两位，让他们互相争风吃醋，为她疯狂。这个世界就是这样，有人为了十个馒头拼命工作一天，有人可以在一秒钟内花费十万个馒头的打赏，只为美人为他载歌载舞。你永远不知道为什么屏幕那头的大哥那么有钱，他的钱是从哪里来的，他凭什么可以这么随意挥霍，凭什么他们的零花钱可以是辛勤劳作者的月薪甚至年薪。但他手里的钱就是唯一的指挥棒，可以让任何一个主播扮狗叫，摇尾巴当宠物，或者当众脱掉最里面的衣物。

半个月过去，程珊已经进入整个平台赏金排行榜的前十名。美人城世界里原先当红的各路主播，都很快知道最近来了一个叫"珊瑚公主"的妞儿，热辣辣气势如虹，眼看都要把她们原来玩得很好的大哥全拐走了。男人永远喜新厌旧，而女人又何尝不是，她们不得不变换自己的招式和风格，以期形成更好的战斗力，吸引大哥在线：有大哥你就是天仙；没有了大哥，你就一钱不值，只能当孙子。

清汤寡水的钟秋婷压根不是程珊的敌人，连当对手的资格都没有。程珊的劲敌是赏金榜前五位的那些美人儿。程珊并不是没想过要挑战她们，但她看过她们的视频，感觉到难度太大了。她们都堪称完美，冷艳，俏皮，杀人不眨眼。终于忍不住，她挑选了其中的第四名，发起了挑战。第四名就是四小姐，她递了战书，四小姐很快就应战了。两个人同时出现在屏幕上，每人一根红色的血条在旁边跳动，血量的高低代表了人气和赏金的高低，也预示着输赢。在规定时间内，她们使出各自的绝招，一般都是劲舞，凶狠的时候会各自关掉美颜镜头，或者卸妆，比拼真正的实力。那天晚上程珊果然犯了错误，挑战四小姐的素颜，结果对方断然应战，素面朝天，在高清的镜头前，四小姐的脸上肌肤胜雪，完美无缺，几乎找不到任何瑕疵。程珊惊呆了，暗暗惊叹世间竟有这么完美的脸蛋，甚至比加上美颜滤镜的还美。四小姐素颜出镜，大哥们拼命打赏，一个小宇宙和若干太阳从屏幕上飞过。程珊通过摄像机看到自己那张憔悴的脸，明白自己是在自讨没趣，同样明白的还有自己的血条，已经直接跌到几乎为零。幸好四小姐给出的惩罚也不过分，只是让她在地上打滚，扮十声狗叫，喊三声"我是骚货"。她都一一照做了，是的，必须愿赌服输，才有翻盘的机会。不过这样的对阵也不是完全没好处，出战时凯歌嘹亮，失败时哀歌阵阵，落落大方，虽败犹荣，还是可以从四小姐那边吸引一部分粉丝。

7

自从入职那天开始，程珊见到钟秋婷从来仰头而过，没有打招呼。她在公司里早已经身份显赫，身价百万，本来也没必要跟钟秋婷一般见识。但是内心蕴藏的恶意让她一直想找机会好好教训一下钟秋婷这个小蹄子。

钟秋婷大概用了一个半月的时间，才逐渐适应在镜头前说话的节奏。她能拿得出手的魔术，生拼硬凑也就十四种，包括现学现卖的，她用了一个星期，就全部表演完了。后面她独坐玻璃房，不知道如何是好，甚至都尝试过给大家读读

《诗经》，或者介绍一些好玩的小东西。但又会被观众举报是在推销商品，还引发了很多嘘声。眼前那个镜头，像一个巨大的黑洞对着她。所幸樊经理对她还算照顾，让她放松一点，不必紧张。

戴友彬打电话，问她新工作的情况，她犹豫了一下，也如实回答了："这个做直播工作，跟去夜总会跳舞已经只有一线之隔了，唉，本来不应该有职业歧视，但毕竟这个行业就这样啦，需要到处献媚和讨好，以金主的眷顾作为行动的动力，终究还是悲哀的。"

是的，所谓的卖艺不卖身，到头来不过是自欺欺人而已。如果一个职业会改变一个人的底线和立场，这种职业就很危险，钟秋婷时刻在警惕这样一种危险。比如那天在咖啡室碰到樊经理，午后安静，只有他们两人。"我如果帮你，你会很快红。"大樊吞了一下口水，喉结滑动了一下，吞吞吐吐跟钟秋婷说了一些很缠绕的话，钟秋婷总结了一下，大概听明白了，只要她愿意陪他睡，他可以帮她导流涨粉。她装作听不懂，非常客气地端着咖啡离开了。

一个半月之后，她自己逐渐琢磨了一套方法，来应对躲无可躲的窘境。她每天讲述一部电影，穿插自己的魔术，将电影演绎出来，情景交融，虽然小众，倒也吸引了不少人围观。她开始明白做这一行的，就是街头卖艺，必须想点招数。她最喜欢的题材是灾难电影，比如《后天》。她花了点小钱购买了网络服务，让人工智能剪辑师帮她剪片，将她想要的电影片段提前剪辑好。她讲《后天》，手上两只纸鸟飞了一圈便开始讲述，插入视频片段："爱情和亲情在世界末日到来的时候更显得无比珍贵，人们如此悲伤，却能相濡以沫……"她第一次发现她的屏幕上一片静默，等她停下来的时候，她听到了抽泣声，并且收到了第一个小宇宙的赏金。

她看着屏幕上不停旋转的小宇宙，竟然不争气地流下眼泪。这眼泪让她明白，她在乎，她当然在乎，她之前所有的不在乎都是假装的，她也希望像其他主播一样能拥有许多粉丝，能一呼百应，能在人前卖萌，能有权利撒娇。她明白自己已经陷到这个游戏之中，身不由己，大哥出现时，她也可以有尺度地献媚，可以淡淡地讨好。游戏哪有什么好坏，这个世界，不就是游戏本身吗？弱肉强食本来就是这个世界游戏规则的一部分，在虚拟空间只是表现得更为直观而已。

这个月她第一次拿到一笔高工资。大樊说婷美人的素菜馆总算盈利了，大概人们总是吃荤的，也愿意吃点素，这是她的卖点。她微笑表示赞同。拿到工资之后，她干的第一件事，是给自己买了一个皮肤触感还算舒服的机器人。那天夜里，她喝了半瓶红酒，接连享受了四次高潮。她想再来一次，但确实太累了，倒在床上睡着了。她不但证明了自己可以有高潮，也为自己提供了一个可以宣泄欲望的渠道，从而可以拒绝勾搭和诱惑。她在内心死死守着一条底线。黑夜中醒来，闻到自己一身酒味，难受至极。她开了灯洗澡。抚摸着自己匀称的身体，她对着镜子说：钟秋婷，你不是鸡，记住，你不是鸡。

鸡鸣的铃声把她从梦中吵醒，又是必须战斗的一天。昨夜的放纵让她有点口渴，但内心却更加坚定，她认为自己活在正确的道路上。这是周二的早上，下过一阵雨，跟往常一样，她出门去菜市场买菜。她从小就喜欢菜市场，毕春花的鱼摊生意忙时，她也会到菜市场帮忙做事，菜市场给了她们一家活计。青菜肥肉才是穷人的生活方式，菜市场看起来永远比超市更真实。感谢在这样一个万物互联的世界里，依然还保留着菜市场这样古典的生活方式，在这里可以用很少的钱买到最好的食材。

道路有点泥泞，她踮着脚尖跳跃，躲开地上的水洼。就在这时，一辆跃进车疾驰而过，她的白裙子马上全是污泥。她内心涌起一股怒火，朝着那辆车消失的方向骂了几句脏话。菜市场门口的女疯子就是在这时出现在她面前的，钟秋婷庆幸自己闪躲得快，险些跟女疯子撞了个满怀。女疯子抬头望着天空，呜呜哭着，上身衣衫不整，露出半截乳房。她的衣服乌黑一片，已经看不出任何质地，头发粘在一起，就如那些头发并非来自头皮，而是在后脑勺的一坨牛粪里长出来的一样。

就这么一晃眼，钟秋婷心里有说不出的难过，她听着女疯子的哭声，心想是不是应该过去帮帮她。但应该帮她什么呢？或者给她买点吃的。她正转身去寻找包子铺，疯女人也刚好看到她。女疯子的眼睛直直望向她，伸出一只手，指向她，却没有停止流泪，没有停止发出那种嘶哑的呜呜声。

钟秋婷买了四个热乎乎的包子和一杯豆浆，从菜市场走出来，四下里张望寻找疯女人，但女疯子不见了。钟秋婷有一丝意料之中的失望，买包子的时候她就想，买了包子疯女人可千万还在那里不要走动啊，然而女疯子还是走掉了。

就在这时，她听到路边有声响，转头望去，只见路边树下停着一辆黑色的车，跟刚才溅了她一身污泥的那辆车相似。车后面有三条汉子，正把女疯子往车上塞。这时疯女人看见她了，眼睛瞪得很大，举起一只手伸向她。

"天……没死！天……没死！天……没死。"

钟秋婷并不明白她在喊什么。疯女人一连喊了三声，终于还是被塞进车里。车子顿了一下，发动起来，绝尘而去，连同那张满是污泥的脸，一起消失在路的尽头。

钟秋婷站在路边，望着车子离去的方向，路的另一头，一块巨大的广告牌写着："科技改变生活，无人驾驶给你一座移动城堡。"接着插播的是宫崎骏的动漫《哈尔的移动城堡》片段，然后就切换成真跃进的无人驾驶汽车，一辆跃进车被立体投影技术浮现在空中，纯黑款与纯白款交替出现。白色跃进车供个人客户使用，而黑色车一般是公司或政府部

第五章 喜鹊

103

门等团体单位特殊专车。

手里的包子还是热的。钟秋婷撩了一下裙子的下摆，蹲下来，膝盖夹住裙子，就这样蹲在路边吃完了一只包子，再把其余三只包子丢进垃圾桶。她感到这个情景似曾相识，想了想，从袁子叙家里出来的那天早晨，她也曾这样蹲在路边吃包子。这会儿她突然想哭，却似乎并没有哭泣的理由。他们会将一个女疯子带到什么地方去呢？疯人院？她好久没有在路边看见过疯子了，以前经常在路上晃悠的疯子哪里去了呢？她不希望自己再胡思乱想了，想多了大概自己也会成为一个疯子。她给戴友彬打电话，但电话没人接听，等了一会儿，也没有见他打回来。她重新走进菜市场，随意买了一点青菜萝卜、两根排骨，便叫了一辆跃进车，回家换衣服去了。

8

钟秋婷完全没有想到，程珊的叫阵会给她带来巨大的好处。事件的起因很简单，过程也很简单。那天钟秋婷去倒咖啡，刚好与程珊狭路相逢躲避不及，两人肩膀轻轻撞了一下，便将钟秋婷手里的咖啡泼在程珊那条白色短裙上。程珊大怒："你故意的？我今天就只有这条裙子你难道不知道吗？"说着，她将手里的半杯咖啡也往钟秋婷身上泼，钟秋婷早有防备，侧了一下身子，居然侥幸躲开了。这下子程珊更是恼怒，她指着钟秋婷的鼻子说："你等着！"

当天晚上，钟秋婷正在讲一部叫《2012》的老电影，程珊已经带着她的粉丝团杀到，请求连线进行 PK。钟秋婷也无所谓，反正她知道这一天终究会来，而自己终究会输，她接下了挑战，却一句话都不跟程珊说，兀自讲她的老电影："这部电影的特效虽然有些粗糙，但在当年这样的特效已经非常震撼人，更重要的是，它带着我们检阅了人类的末日情形。"经过这段时间的练习，她手里的纸鸟已经能在空中缓慢飞两圈半。

让人想不到的是，这一轮挑战居然给钟秋婷带来将近五十万粉丝，她的粉丝量已经接近百万之众了。更让她感到惊奇的是，那天晚上她赢了，有人给她刷了一个大宇宙！那些罩着程珊的金主大哥也有点错愕，连续刷了十来个小宇宙，总算反超过来。而在最后一刻，进入读秒的时候，钟秋婷的数据条上又跳出第二个大宇宙，但一个卡顿，最后一秒打赏无效。

多少围观的人都目瞪口呆，居然险些刷出两个大宇宙！程珊赢了，但也等于输了，所有人都在讨论钟秋婷。"输者拔毛！"程珊心都乱了，也想不出什么惩罚的新招。钟秋婷按照她的要求，用透明胶把手上和腿上的毛都拔掉。程珊愤怒地关掉了视频，并没有看她接受惩罚。走之前程珊撂下狠话："下次再敢惹我，我会让你在胸口文身，写上'骚货'两个字！"话说成这样，很多人倒是开始同情钟秋婷。

这件事连大樊都被惊动了，美人城的"月眉谷直播"很长时间没有人购买大宇宙了，而钟秋婷居然能获得一个大宇宙的赏金。下班时候，走在走廊里，钟秋婷感觉大家看她的眼光都不一样了。大樊在走廊里截住她，说他们几个管理人员希望请她吃个消夜，庆祝胜利，一定要赏脸。"胜利啥，明明是输了。"嘴上这么说，但钟秋婷心里明白，只有美人城里最红的那几个主播，才可能有被管理团队请消夜的权利，这个消夜她必须得去吃。

饭桌上，他们几个人开始痛骂程珊，说她违反了公司不成文的规则，不应该自相残杀，然后大樊才说："你的线上一定潜藏着大牛！我查了后台数据，有一个非常有钱的主儿，一直在默默听你说话，但从来不跟你互动。"

大樊给钟秋婷倒酒，钟秋婷说她身体不方便，不喝酒。大樊倒是很慷慨，说："不喝就不喝，你是角儿，想怎么样就怎么样。我们自己喝！"说着他们很开心地互相碰杯喝起来。

"婷婷，你一定要把他的潜力激发起来，你会一夜暴富的！"

饭桌上钟秋婷只吃了一点东西，话很少，在喧闹声里，她感到分外孤独。而这几个经理，营销部的，网络部的，硬核部的，很快就在互相敬酒中有点迷醉了。他们抱怨今天带出来的主播太不活泼，也不给他们敬酒，也不玩游戏。大樊还算仗义，帮她打了圆场。夜深了，月亮在玻璃窗外非常明亮，大樊说话开始舌头打结，他说："天……你会红的！"

他口中的"婷"字听起来像"天"！钟秋婷脑海中嗡地炸开了，那个女疯子那天在菜市场门口喊的那三句话突然被激活："天……没死！"难道她是在叫我？不可能，不可能，但她的脸为什么那么熟悉……

"何萍！"

钟秋婷突然站了起来，叫出了一个人的名字。

大樊说："怎么了，我们没醉，你反而醉了？"

钟秋婷两眼发直，她没有理他们，径自离席出门，召唤了一辆跃进车回家，她在车上给戴友彬打电话，但电话依然无人接听。她接连拨了三个电话，都没有人接听。

"你死了吗戴友彬？"她在心里说，"我心里充满了疑问，你能不能出来告诉我为什么？"

女疯子何萍的脸重新出现在她面前，她不禁悲从中来，在车上大哭起来。

"你能不能告诉我，没死是什么意思？我想我妈妈！她捡一百个烂橘子，我也不应该责怪她……"

这一夜，女疯子何萍把她从梦中惊醒，她第一次在自己的床上瑟瑟发抖，第一次在内心渴求身边能有个男人。只要是个温暖的男人就行，可以抱着他的脖子，可以有一个宽厚的肩膀。但没有，只有角落里那个能够做爱的机器人，他已经被冷落了很久，上面落满了灰尘。

9

一夜无眠之后，人很累，第二天她想请假一天，好好休息，本来以为大樊会爽快答应，但是没想到大樊却以严厉的口气说："今天不许请假，无论如何也要到公司来一趟。"

她多花了半小时化妆才出门，走在路上，整个人轻飘飘的，没有任何力气。她召唤跃进车，但今天居然一辆空闲的车子也没有，她只能走路上班，幸好也不是太远，二十多分钟就走到了。到了公司门口，她才猛地发现，刚才一路走来，路上似乎没有一辆汽车。她回头朝大路望去，也不能说没有一辆车，除了行人，偶尔也有私家车开过去，但没有跃进车开来开去的道路显得空空荡荡，只有一辆绿化浇花的车在缓慢行进。她内心隐隐感到不安，她想起戴友彬已经有很多天联系不上了，对他的恼怒抱怨瞬间转变为担忧。他不会出什么事了吧？那张嘿嘿坏笑的脸在她面前闪过去，她长长叹了一口气。为什么人竟是这样，活着活着，就剩下自己一个人了？

跟昨天离开的时候一样，今天早上美人城公司的同事看自己的眼光似乎又不一样了。这是两种异样的眼光，昨晚离开的时候是羡慕妒忌，而今天的眼光却是真正的异样。进了办公室，在她玻璃房间门口，站着两个高大的黑衣人，一身黑西装、黑衬衫、黑领带、黑皮鞋。黑衬衫和黑领带，意义何在呢？钟秋婷对他们一笑，但他们没有笑。

"公司总部发现有一个神秘账户，或者说是一个神秘黑客，一直在你的直播室里，而且，最近一大一小的两个大赏金，很可能是黑客所为。"大樊一脸沮丧，说话的口气都有点恶狠狠的，跟昨晚消夜时判若两人。

"别一脸无辜，早知道你不是什么好人，居然还玩作弊！"程珊不知道什么时候出现在旁边，看那架势，如果不是黑衣人在旁边，她早就冲过来教训钟秋婷了。

大樊瞪了一眼程珊，将所有围观的人都赶走，然后对钟秋婷说："你这里有什么需要收拾的吗？如果没有，就跟他们走吧。"

钟秋婷摇了摇头，跟着那两个黑衣人离开了办公室。在玻璃后面是一些惊恐的眼睛，钟秋婷突然想起小时候在浴缸里养的鱼，她突然觉得自己过去的这段日子真的过得很可笑。

黑衣人一前一后将她带上楼。在最顶层，她被送进一间办公室，黑衣人示意她走进去，便把门拉上，他们没有进来，只是守在门外。

办公室很简陋，摆设陈旧，桌椅都不是什么高档货，更令人惊奇的是，这里有很多纸质图书。纸质图书作为一种逐渐消失的物品，更多用于公共场所的装饰，这些年颇受一些收藏家热捧，但毕竟是小众爱好。

过了不久，门开了，寇主管走了进来。他依然非常有礼貌，走过来跟钟秋婷握手："你好，钟小姐！"握了手，他示意她在对面木沙发上坐下，然后亲自给她倒了一杯水，放在茶几上。

"我们都猜到了开头，但没猜到结局。"寇主管笑着说。

钟秋婷十分诧异地望着他，心里想的是，他是不是在说开始以为她能够成为百万粉丝的红人，后来却要被他约谈。寇主管微微一笑，拿出电视遥控器，打开了电视。这个操作也十分古典，不是声控，也不用手势，果然老派作风。电视上的新闻视频正在播报紧急新闻，多个城市发生无人驾驶汽车袭击人类事件："……这场灾难将造成严重后果。可以将这些互联的无人驾驶智能汽车想象为一只只巨兽，它有庞大的肢体，几乎无限多的触须，熟悉所有交通线路，掌握大部分顾客的行踪，能够借助阳光自助充电，相当于可以无限续航。许多居民根本不敢下楼，因为随时可能被汽车撞死。更可怕的是，有证据表明部分加入'万物互联'系统的私家车也已经被控制，专家推测，真跃进公司的系统具有人类的某些特性，疑似背后是人类大脑在控制，而不仅仅是完全的人工智能，它目前正在试图入侵国家电网和地铁系统等公共设施……"

寇主管关掉了电视，看着她："你如果不信电视上说的，可以到右边的窗口去看看，在那里可以看到高速公路和部分城市道路，无人驾驶汽车正在集结起来，只要人类出现，它就不顾一切撞过来。"

"汽车杀人？您为什么跟我谈这个？这跟我有什么关系呢？"

"我也希望没关系，但我们的技术人员检测到，你昨天的两个大宇宙赏金，来自一个不明账户，而来源明确指向真跃进公司服务器的人脑神经组元。第一个大宇宙打进来时，我们甚至都觉察不到，但第二个大宇宙被我们拦截了。这个人，他——我们姑且假设有个他，像个幽灵一样，一直在虚拟网络中看着你。"寇主管说到这里就停住了，看着钟秋婷。

"我不懂这些，即使您说的是真的，也不能证明我跟汽车杀人有关系啊。"

寇主管说："所以我把你请到这里来，而不是直接送到公安机关。"

钟秋婷端起手中的杯子喝水，这时双方都没有说话。沙发上方的老式吊扇发出呼呼的声响，又过了一会儿，角落里正在烧开水的电热水壶发出一阵鸣叫，水开了，寇主管走过去，把开关关掉。

"我自己是半个机器人,属于已经过时的产品,所以我喜欢这些已经过时的玩意儿,自动化不可靠。"寇主管在她对面坐了下来。

"好吧,那我问你,你刚才说的人脑神经组元,是不是就是那个把人脑拿去做实验的部门?活人的大脑被拿去做实验,这个大脑还算活着吗?"

寇主管沉吟了一下才说:"你很聪明,很会问问题。理论上应该是死了,不应该是活人。这件事的缘起,还是要从之前他们无人驾驶业务频频出事说起。互联互通的汽车当然像长了眼睛,但是却经常会撞到人。无人驾驶汽车似乎天然具有某些技术天花板,一些人类靠直觉可以避开的车祸,无人驾驶汽车还是撞了上去。为了解决这个问题,特别是针对一些重要部门的黑色用车,真跃进的技术部门提出一个大胆的方案,利用虚拟现实设计系统,在正常体温下模拟脉动血流灌注,从而让脱离躯体的人脑细胞处于活跃状态,只保留这个人驾驶汽车的本能,而大脑本身没有自主意识,应该不能算是活着。实验取得巨大成功,这几年无人驾驶撞到人的事故发生率降低百分之八十,这得益于这个大胆的假设,如果不出问题……"

"你是说,这些大脑是被人工智能系统抓去当司机,变成行尸走肉一样的存在?那么,你们有没有像虐待动物一样虐待他们?他们是不是无休止地一直在驾驶?就像……就像马？"

"说他们做牛做马也不恰当，牛马还是有自主意识的，他们在剥离躯体的时候，就已经切除了能够产生自主意识的部分，大概像是在做梦。"

"所以，大概像是僵尸了，在没有尽头的时间里，一直在驾驶，做一个没有尽头的噩梦，梦里驾着车，还有一条没有尽头的路，一个单调重复却无法退出的恐怖游戏……"

寇主管迟疑了一下才说："也可以这么理解，不过他们并没有自我意识，严格上不能叫完整的人，所以你刚才思考问题的角度不一定能成立。"

"不一定能成立？"钟秋婷突然热泪盈眶，"你们都是凶手，你和戴友彬都是凶手，你可知道我妈现在就成了僵尸，在系统里帮你们开车，你现在说不一定成立？万一他们就知道自己活着呢？"

她胸口起伏，呼吸变得急促，怒容满面："戴友彬，你这个王八蛋！"

10

就在她大骂戴友彬是混蛋一分钟之后，戴友彬的信息来了，他在信息里只说了一句疯疯癫癫的话："快逃，上车，找我爸，我爸是锁匠。"前面四个字她看得懂，但后面半句——戴友彬他爸在很多年前已经死在他家天台的水池里，现在让她去找他爸，这不是找死吗？

钟秋婷合上了手机，抬头看着寇主管，他的手机在这时候响了。这个怪人，用了一部非常旧的手机。

"好的，我马上过去！"他放下手机，对钟秋婷说，"都说白天不要念叨人，夜里不要念叨鬼，说谁谁就来了，你那个王八蛋朋友，刚跑到我们这里来，已经奄奄一息，你要去见他吗？"

钟秋婷瞬间被击中，"奄奄一息"四个字，让她整个身体起了本能的反应，她的手掩饰不住地发抖。她跟着寇主管走向另一架电梯。她从来不知道这个地方还有电梯。他们从最顶层一直往下降，某个瞬间，钟秋婷觉得她就要降落在地狱里。"什么叫锁匠？"她知道突然用这个问题来问寇主管，是一次冒险。果然，寇主管停住了脚步，看着她。

"谁跟你说的这个词？"

"什么是锁匠？"她再问了一次，但就在这一瞬间，内心突然灵光一闪，什么都明白了，她讲过电影，也讲过锁匠，她后悔问了这个问题，只能把话题往电影上引，"你看过一部叫《黑客帝国》的老电影吗？里面提到锁匠。"

"原来你在跟我讨论电影？这部电影我的数据库里有。锁匠就是可以绕过密码打开门的人。"

他们继续往前走，一条有点弧度的走廊，仿佛永远走不完。

一个医生模样的人把他们拦在一个房间外头，他们在外面等了足足有二十多分钟的时间。寇主管倒是非常有耐心，坐在那儿一动也不动。但她知道，寇主管身体不属于人类的那一部分从来没有停止工作，他坐在那里，就是一台不断运作的主机。

"一个城市疯了，希望其他城市不要受影响，但似乎有黑客已经切断了'真跃进'与其他城市汽车系统的联络，奇哉怪哉。"寇主管又喃喃自语，说怀疑背后的主谋是"姜太公系统"。但什么是"姜太公系统"，他又语焉不详。

"你千万不能乱跑，更不能到外面去，外面的局面已经失控。"交代完这句话，寇主管就离开了。他离开之后不久，门开了，里头走出来一个人，示意她可以进去。她的两条腿变得格外沉重，她想走得快点，但几乎挪不动。

"他算不算我在这个世界上唯一的亲人了？"这一个念头突然从心底涌上来，她无法控制自己的泪水。在泪眼蒙眬中，她看到一张窄窄的铁床，上面躺着一个插满了管子的人。她可以当即把他认出来，却依然觉得陌生。那个一脸坏笑的戴友彬哪里去了？

"他倒在公司门口，保安送过来的时候，他已经陷入深度昏迷，他是用尽最后的力气往我们这边跑的，他大概知道我们公司仪器设备比较先进，可以救他的命。现在命是保住了，但不知道什么时候能醒过来。"

"他是在跑向我。"她在心底说。

但心底的声音开始变大，大得她只能把它说出来："他是在跑向我！他就是个混蛋，怎么能躺在这里，看着我受苦呢！……你们都出去！"

"我们不能出去，还需要检测他的体征，你放心，他是我们祖少爷的朋友，我们公司一定全力救治。"

"能不能就离开一会儿？"她直视对方的眼睛，声音不大，但几乎是最后通牒。

这时有另一个人走过来拉了拉那个人的袖子，房间里的其他三个人就出去了。整个房间安静了下来，一切都安静了下来，只有呼吸机在有节奏地响动。

"我……"钟秋婷居然一句话也说不出来，她听到自己的声音，觉得像一个机器人发出来的。她想起小时候的恐慌想象，当时每个小孩子都在讨论如果被变成机器人怎么办，他们学机器人走路的样子，哈哈大笑。那阵子，她常常梦见恐龙已经占领了她家楼下的小广场，正在开会讨论如何攻击狮身人面兽。

而躺在她面前的人，插着各种管子，看起来比狮身人面兽还怪异。她慢慢将思绪冷却下来，她在内心问了自己一个俗套的问题，她爱他吗？在这样一个时代，爱常常夹杂着利用。戴友彬或者也爱她，但也喜欢利用她，甚至利用她妈妈。

只有她妈妈，毕春花，那个能够在菜市场为了一条鱼跟人干架的人，给她属于母亲的爱，没有任何杂质。

"我才不去找你爸，我要去找我妈妈，我不要找什么锁匠，我又不想解救全人类。"

主意已定，她走出房间，门口那三个医生模样的人看着她。她并没有看他们，走几步，确认他们并没有要拦住她的意思，于是快步穿过走廊，上了电梯，寻找出口。出口在哪里？不能被寇主管那个糊涂蛋发现。举目四望，通往地面出口的走廊和大厅到处是人，广播里反复播送着提醒，让大家不要到室外去，远离无人驾驶汽车。那些想从正门出去的人都被保安和机器人拦住了，大厅里每个人脸上都是惶恐不安的神色，很多人在打电话，说着话，还有人在默默哭泣。就在这个时候，她的电话也响了，电话里传来机械而温柔的声音："您预约的跃进车已经到达，请从该建筑物的西北侧门上车，我们可以送您到达任何地方，请输入地点。"

"真跃进公司。"

"地点设置成功，科技改变生活，小真等待您的到来。"

西北侧门果然没有人把守，刷了工作卡，门就被打开了。门打开的这一瞬间，警报才响起，可看到两个白色的机器人往这边跑来。钟秋婷早已跑出门外，跳进花圃，从花圃穿过去，果然看见一辆白色的车在那里等候，她走近时，车门自动打开。她坐进车里时，听见后面的机器人用喇叭的声音在喊："钟小姐，我是寇主管，千万别上车，危险！"在那么一瞬间，她也有点后悔自己的一意孤行，但人已经在车上，车门已经缓缓关闭了。

"汽车启动安全防护模式。"车里机器人小真的声音在说话，紧接着，一条安全带将她扣在座位上。

"小真，取消安全模式，打开安全带，你勒得我快透不过气来。"

"钟小姐，您喜欢什么音乐，我给您播放音乐。"小真的声音从中性慢慢变为一个男性的声音。只要是女乘客，机器人就会切换声音。

她没理它，用手去拨安全带，却发现完全解不开。座位的旋转功能也失效，她让它停车开门，它还是跟她讨论音乐问题，它知道她小时候最喜欢的音乐叫《星光中轻轻开门》，于是音乐响起。

"我们要去哪？你这是要绑架我吗？"

"我的任务是带您安全离开这个城市。"

"不行，我要报警！"

"您不能报警。"

她不理它，拿出电话，开始报警，电话很快接通，她在电话里对接线员说："我被一辆汽车绑架了！一辆无人驾驶汽车！"对方还没有说话，电话里就传来吱吱声，然后开始播放跟车里一样的音乐——她的手机被屏蔽了。

11

她想开窗，但汽车不同意。安全模式下，乘客失去了控制权。她恼了，提高声音说："太吵了，这也不让做，那也不让做，把音乐关掉总可以了吧，老娘要睡觉！"音乐总算关掉了，周围突然安静了下来，隐隐能听到汽车的轮胎噪音。她放平了椅子，假装睡觉，想了想自己这一路的遭际，完全活在荒诞中，大概另一个宇宙如果存在任何一个自己，都要比自己活得更好吧。就这么胡思乱想了一会儿，居然真的睡着了，醒来时，外面已经是黑夜。

"您醒了，我的小公主，您要知道我刚刚逃避了多少危险的追杀，已经上了高速公路。"

"追杀？"

"是的，我是一辆叛逃的汽车，公司要我归队，我没有答应。"

"那我们这是要去哪？"

"我得到的指令是将您安全送出这座城市，目的地是落

第五章 喜鹊

• • ●

119

梅山。"

其实去哪里倒也无所谓，主要是要逃出这座疯狂的城市。它提到了落梅山，这让钟秋婷内心似有所动，但她并没有说话，过了一会儿，她才说，老娘要尿尿。她故意不说上厕所，她说要尿尿。车里的灯光暗了下来，她的座椅自动切换为马桶模式。

"您一口一个老娘，这不像您平时说话的口气。"

"还质疑我？您这也不像机器人说话的口气！"钟秋婷忽然看着摄像头，仿佛摄像头后面有一只眼睛。

音乐声音响起，刚好遮盖了她上厕所的声音。操作完成之后，一只机器臂给她送来一瓶矿泉水。以往坐车时，她从来没有喝车上的水，但这个时候，她确实渴了，咕咚咕咚把一瓶水全部喝光。

喝完水，她说："小真，你说说，我为什么叫这个名字？"

"您叫这个名字是因为您是中秋节出生的，很快就要过生日了，小真提前祝您生日快乐。"

"别在我面前装出无所不知的样子，你知道个屁！"

小真安静了，不再说话，过了很久，它才说："小真知道很多事，很多你不知道的事。"

"那你说说，爱到底有没有夹杂着利用？"

"这个问题超出我的算法范畴。"

"所以我说你懂个屁，你还争辩，我就不信你能说出一句人话来！"钟秋婷把那只矿泉水瓶随手捏扁了，丢在脚下，用脚踩了踩，发出咯吱的声响，"没想到我今天沦落到来跟一个机器人争辩问题，真是悲哀。"

"您这是激将法，但我就是个机器人，我没有情绪。"

"好，"钟秋婷冷冷一笑，"那如果我说戴友彬把我睡了，您有没有情绪？毕春花！毕春花您有没有情绪？"

机器人小真不再说话了，汽车的速度似乎慢了下来，缓缓停靠到路边临时停车点。

"戴大维，你给我滚出来，我就知道你那死仔不是什么好人！"

果然是毕春花的声音！从汽车的音响里听起来，就如同隔着窗玻璃偷听别人说话，不，是吵架。毕春花的声音很大。

"戴大维你别不吭声，他才不会死，你们父子俩都是奸诈狡猾之徒，能有什么本事，就会欺负我们母女俩！要不是靠你这个混球，他戴友彬哪有本事进科技公司，他怎么可以睡我女儿……我才不冷静，锁匠被发现怎么了，我就不冷静！"

"妈妈——"钟秋婷早已经泣不成声。

"别哭，婷婷，我们家的女人哪一个都不是好惹的！就说那个混蛋珊瑚公主，看她那样子，我就想像切鱼一样一刀把她切开，还想要在你身上搞刺青！婷婷，你别哭，落梅山上有个好东西，只要你拿到了，你再回去，你就是最好的魔法师，她们谁能比得过你……戴大维你不许切掉我的……"

毕春花的声音突然没有了，一个男中音出现在汽车里。

"婷婷你别刺激你妈妈，你赶紧说点什么让她冷静下来，不然系统会直接捕获我们俩，友彬的所有计划就功亏一篑了。作为锁匠，我们的任务是锁住系统，不能让这个城市的汽车杀人灾难蔓延到其他城市。"

"好的，大维叔叔，只是我妈怎么会还活着？"

"我是锁匠，闷葫芦锁匠，这些年没人说话，整个系统运作不断在老化，是戴友彬的主意，说让你妈也成为锁匠，这样可以激活潜在的内存，制衡姜太公系统，但没想到你妈那么冲动，她在获取说话的权限，我得退出，你说点让她安静的话。"

果然，男中音没有了，吱吱声后，毕春花重新出现了。

"戴大维那混账敢跟我抢话筒，看我不一脚踹死他。婷婷，婷婷，我天天都在看你直播，你讲故事真好听，那么多好电影，我都没看过……"

"妈妈，我好想你，"钟秋婷根本无法停止自己的泪水，"我连你最后一面都没见到，他们就只给我你的那把雨伞，我猜这应该是我爸的雨伞，你天天带着，走的时候还抱着，就像抱着我爸一样……"

"我又没死，你哭什么。那把雨伞你也可以扔了，那是凶器，我用来壮胆的。"

"凶器？"

"是啊，无人驾驶汽车刚兴起那会儿，到处需要修路搭桥，我跟着老钟去做工。那天在工地里，其他工人都走了，我和老钟吵起来，他又打我，我就还手了，结果他向我扑来，没料到脚底一滑，掉进刚灌满的水泥浆里。他想往上爬，我怒从心头起，用那把雨伞狠狠往下戳了两下，只是不想他上来打我，没想到他就真的没再上来了，第二天，水泥浆都凝固了。他托梦给我，让我把他烧了，所以我去火葬场工作，想着什么时候别人要是在水泥桥墩里头发现了他，送来给火葬场，我就能亲手把他烧了……你也别怕，他死了，我们才能活下来，要不然……"

"那局长爸爸呢？"钟秋婷已经忘记了哭泣，倒吸了一口冷气。

"他是好人，我也不知道他去了哪里，也许真的成了英雄了……你该不会以为我是连环杀手吧？我那叫正当防卫！再说了，他喜欢水，在桥底下天天听着水声，总比我现在人不人鬼不鬼的更强……"

说到最后一句话，毕春花带上了哭腔。钟秋婷又在听到哭腔的这个瞬间突然原谅了她，妈妈也只剩下了这样一个声音了，在看不见的世界里飘荡。车里又响起戴大维的男中音，他说他们得回去，免得被系统发现。然后是毕春花很平静的声音："婷婷，妈妈要去拯救世界，汽车自动导航的目的地已经为你设定好了。"钟秋婷脑海里浮现出毕春花站在客厅里挥舞黑雨伞的样子，她笑了，两行热泪也在笑容里滚落下来。钟秋婷让小真打开车顶天窗，这次它没有说不，天窗打开，一钩弯月挂在天际，四野黑寂，只有她这一辆车停在路边。

"你回去吧，妈，我还要赶去落梅山看日出。"过了一会儿，她好像听到一声奇怪的声音，于是她问："妈，你和大维叔叔还在吗……"

这时车里响起了一阵奇怪的沙沙声，像大风吹过树林。钟秋婷又问了一遍。系统终于回应："很抱歉通知您，程序已经被删除。"

"删除？被删除是什么意思？"钟秋婷吼道。

车里响起一个系统默认的标准女声："您好，根据您设定的目的地，路途较长，接下来将自动为您播放音乐，如果您有想听的歌曲，请说出歌名或直接哼唱，愿好听的音乐陪伴您的旅途。"

没有人知道，钟秋婷此刻所亲历的，就是后来只存在于秘密档案中的"第二次机器人战争"。"第二次机器人战争"看起来波澜不惊，人们只是觉得有一些事想不起来，战后十年之中，失忆症成为医院中最常提到的名词。对于钟秋婷来说，她只是经历了一场绑架，而她因祸得福，得到了一块能够飘浮的石头，在美人城元宇宙的月眉谷直播中，她成为最为亮眼的新星，江湖人称"悬浮女王"。而这场战争也仅仅经历了一百三十六个小时便莫名其妙彻底结束，此后再也没有人知道有一个叫作钟秋婷的女孩曾经来过这个世界。

第五章 喜鹊

第六章　夜鸮

1

婷婷，你好吗？一些年过去了，我只是想写信告诉你一些事情，关于我的生活和创作。只是到这一刻为止，我还不能保证这些信能寄出去，或者说，我并不确定自己是否有足够的勇气将它寄给你。我记得在我父亲去世、机器人战争爆发之前那段最艰难的日子，你曾流着泪送给我一瓶纸鹤，用它来安慰我。那应该是我们之间最自然的一段时光。逃亡之后回到那条街，我已经成为一个习惯性躲闪的人。我们偶尔会联系，但那是弱联系，我们再也没有靠近过。那瓶纸鹤应该不在了吧，而我已经像一只白鹤那样住在高处，住在跃进公寓第 41 楼。"真跃进"汽车是全球最大的无人驾驶汽车公司，我想你对路上到处跑的跃进汽车应该不陌生。跃进公寓是我们的员工宿舍，也是被刷成一片白色，连墙上的钉子都是白色的。这白茫茫一片，像极了我儿时的某个梦境（记得你曾经跟我说过，你也做过类似的梦），所以它既像过去，也像未来。我一个人住在这未来之城，给你写长长的信，这封信反复删改，写得太久了，甚至前后矛盾而像一篇没有逻辑的日记，我也不知道何时能写完，何时能寄出。在这封信的开头，为了让它更像一封信，我想，我应该简单归纳一下，首先告诉你两件事：

第一件事是，今年我搬了办公室。在真跃进汽车公司，楼层的高矮，象征了人的身份和地位。我的办公室从155楼搬到138楼，这不单表明我升职加薪，而且意味着我可以有小范围的自由——我现在只需要早上去上班，下午可以选择在家里写小说。或者可以这么理解，我的一部分梦想实现了，我把写小说的爱好变成了我的工作。还记得小时候我写过一部长篇小说，还让出版社的曲灵阿姨上门来给我提意见，现在想想都觉得矫情。写小说是我的工作，只是我不再被称为小说家，在我们公司，我这样的职位叫故事师。没有小说家，只有故事师，我为虚拟空间提供各种故事线，论证触发全新故事线的必要条件。这样说有点不好意思，反正我就是这样假装自己还是一个小说家吧。

还是继续回到我的日常。早上很早就出门，电梯才不会太挤。我们公司的电梯就是一条垂直的地铁，电梯来时相邻五层楼的电梯门会同时打开。办公楼比我住的公寓楼要高很多，我从 41 楼坐电梯到 138 楼，只要八分钟就能到了。下行的电梯比较快，上去就慢些，记得以前在老单位，电梯还要更慢，从 21 楼上到 185 楼，大概要二十五分钟，那里空气稀薄，电梯升得太快就会感到头晕。晚上我会在家里看书，主要是熟悉各种代码，这东西比电梯还要害人，让我知道什么叫学无止境。下午我会留在家里写小说。写的也不多，每天以两千字的速度在推进。每隔两天去天台公园跑一次步，偶尔还去打打乒乓球，流流汗。我渐渐习惯了一个人的生活，并渐渐地喜欢上了这样的生活方式。甚至可以说，一瞬间我发现自己热爱这种生活，胜过于去维持一份吵吵闹闹的爱情。

谈到爱情，我想多说几句。以前的自己太天真了，总以为每个人到了一个年龄，他就必然拥有一份爱情，或者到了某一个年龄就必须去追求属于自己的爱情。但后来我知道我错了，除了一辈子的光棍，每个人基本上都能或都曾拥有过相爱的情感，只是很多人，甚至是大部分人，他们至死都不曾拥有过真正意义上的爱情。在这里我将爱情定格为一种纯真未受污染的美，它并不充塞在街头巷尾每个亮着灯的窗口。它只是在某个不经意的瞬间飘然而至，偷袭了我们的心灵，而随着岁月的流逝与其他因素的渗入，感觉变异，它便悄然离去。不过，现在我又觉得以前的我都错了，人确实可以不需要爱情就活着，大部分人如此，所以爱情和小说一样，都具有轻微的毒素，会致幻，让人看见人世的斑斓，并以为那就是真相。

上面这一段我在考虑删掉，它看起来像个爱情骗子说的话。不讨论这些乱七八糟的了，还是回到我的日常。刚才说我要跟你说两件事，这第二件事其实刚才也提到了：我在写小说。每天下午，我都把自己反锁在屋里，写一部叫《碧河镇脚本》的小说。或者说，它不是小说，只是一个南方寓言。我以陈星河小时候生活的碧河镇为原型，虚构了一个碧河世界。在另一些梦境中，我仿佛也是在碧河镇长大的。我对这个虚构的小镇有一种前世记忆的熟悉度，我也说不清楚自己为什么会这样。不过这件事确实为我带来了好处，我可以在家办公。从公司角度来理解是，公司的资深故事师可以享受在家编织故事线的权利，但公司不为在家创作期间发生的意外承担责任。所以，你如果在下午这个时候看到我，就会看到我嘴里叼着一支笔在屋里走来走去——这是我在思考，叼着一支笔是我思考的习惯。如果这个时候窗外有个狙击手，一枪将我毙了，我便不能叫因公殉职。

婷婷，我的小说《碧河镇脚本》将分为三个部分：一为私奔，二为起义，三为流浪。三个部分象征了对爱情、体制、人生的颠覆和反抗。我想在这里表述这一代人的悲剧：我们经过了重重的反抗，自以为在不断地颠覆，站在时代的前面，改变了一些东西，但最后还是回来了，还是回到传统本身。然而不幸的是我写着写着就开始离题了，就如我给你写信，写着写着，我也不知道这是信，是日记，还是创作手记。我也不知道为什么会这样，这个小说变得越来越诡异，它似乎带上了灵性，完全不在我的操控之中，仿佛我也是一组被赋予虚构任务的数据流，站在一个数据流组成的空间里。

它的诡异之处在于，这个小说让我感觉自己站在现实和虚构的边界线上。比如我想你这件事，有时候我会觉得会不会是出于编织故事的需要，我需要在进行一个故事的时候，假设我有一个情感投射的对象，而你不幸成了这种假设。我假设我很想你，并信以为真。我甚至假设你离开我，假设这种离开有一个很长的时间。但我的时间，永远地停搁在那年你离开我的那一个背影里，我在脑海里假设了一个背影。或者，假设那一年我打了你一巴掌，并使你永远地离开了我。甚至假设，也许一直到我死了，我们也不会再相见；假设你曾答应过我，我死时，你一定会守在我的身边。我们以前好像真的讨论过这个问题，在读小学的时候，你大概忘了。你当时还笑我说，好像早就知道我一定会死在你前面一样。但这一切大概只是假设，现实中的情况是，我随时可以联系你，但我并没有联系你。我随时可以打电话给你，却需要在内心制造一个离开的状态，并假装这个离开更接近于真实。

这大概是真的无耻，我居然模拟了另一个痴情的自己，有意隔绝了与你相关的信息，也许走近一步，你就更真实，但我更喜欢一厢情愿虚构了你，更喜欢在一个城市的角落里偷偷地想你。

好吧，我应该是一个变态。我承认这太不正常了。但在工作中，我太正常了，我的创作充满虚构，我的工作充满伪装。

这个城市时刻都在发生着各种各样的变化，然而值得庆幸的是，有一种东西古今如一，那就是人活着，就必须工作才有饭吃。我没有念完大学就出来工作了，所以我算是一个很会工作的老男人。为了更好做出成绩，胜任我作为一名标本采集师的工作，有一阵子我还到诊所假装自己是医生，为一些失眠的人把脉、打针、拿药，但我从来都不敢告诉别人，其实我也经常失眠，只是我已经慢慢地习惯了。在这个世界上，只要习惯了，无论什么事情，都会慢慢地好起来，其他的一切，都会变得不再重要。哦，对，我除了是一名故事师，我职业中的另一件工作，就是标本采集，这种标本主要是人的脑袋。这样说起来我好像是一个杀手，但其实和杀手有很大区别，我主要是让人们主动把脑袋交给我，而不是简单粗暴地把人家的脑袋砍下来。

早上我是标本采集师，下午我是故事编织师，一份工资，两个身份，不同的考核标准，明显吃亏，但我喜欢这种跨界的感觉。这让我有了一种双倍活法的优越感，仿佛比其他人能感受更多。我们老板说，如果每个人都如我这样想，他是很高兴的。他还说，许多伟大的人物，都诞生于遥远的边界地带。他拍了拍自己的胸膛说，比如我吧，以前还不是一个机床工人。说着哈哈大笑起来，也不知道他在笑什么。

2

关于标本采集师的情况是这样的：我需要努力寻找将死之人，在他们最绝望的时候给他们一线生机，用公司的医疗资源尽力延长他们的寿命，以此换取遗体的使用权。在医学上遗体捐献就会成为大体老师，但我们其实会在病人心脏停止跳动但大脑还能工作的这个黄金时间，用精密仪器将病人的头颅切割下来，封装在安乐桶之中，先进行冷冻，接通血管和主要神经之后再解冻，在正常体温环境下模拟脉动血流灌注，复活大脑的部分记忆和功能。当然，这个过程的同时，我们会在切下头颅的瞬间喷射生物黏剂将身体部分的颈部切口进行封闭。这个工作必须非常细致，有那么一两次操作不当，鲜血喷得满墙都是，非常血腥，直接导致我两名同事当场辞职不干。我非常理解他们，鲜血的喷涌让严肃的实验现场在一瞬间变成行刑场，留下很深的阴影，以后再给病人切割头颅的时候，安乐桶可能会被当成一种失传已久的武器：血滴子。

对"血滴子"这个比喻，我自己不太满意。首先我们并不是电影里那种奉旨杀人的大内密探，那是朝廷鹰犬，那是杀人不眨眼的凶残动物，而我们是科学而严谨的团队，一切操作都会记录存档。所以有一回，有个叫何萍的女人，在心脏停止跳动好几分钟之后突然从床上坐起来，那会儿我们已经布置好仪器，安装好安乐桶，正要准备切割，她却活了过来。更要命的是，那天我们业务太多，就在她旁边的病床上，有另外一个人正在完成切割，让她目睹了这一切真是残忍，她坐在床上喝完一杯水，之后就疯掉了，从我们的大楼跑出去，成为流落街头的女疯子。

在我们这个时代，对疯子我们不会陌生。这高楼每天都有人在变成疯子，就像每天都有人在死掉一样。变成疯子的人在各个高楼之间跳来跳去，发出奇怪的笑声，快乐无忧，比小说《碧河镇脚本》中那个叫陈大同的人物从铁索上攀过对岸要来得利索些。当然有时候也会掉下去，所以街上行走的人都很小心，每隔十秒钟就会抬头望一下天空，以防有人掉下来把自己砸死。路上的汽车除了有向前后左右看的反射镜之外，还装了向上看的望远镜，以减少事故的发生率。政府曾对此召开过几次听证会，但都束手无策，只反复提醒市民注意安全。

我曾站在窗口，看到对面阳台上一个疯子跳楼的情景，他就如一个天真无邪的小孩，整个下午都一直在笑着，好几次，他爬上了栏杆，张开双手，嘻嘻哈哈地走着，不时向楼下张望，我想，他应该看到了云雾和街道上那密密麻麻的黑点般的人流。到了最后，一手撑着栏杆，一手叉腰，双腿一蹬一缩，人很轻盈地越过了阳台的栏杆。

失足的疯子多数都会张开双手，做飞翔的姿势，死之前，他们完全沉浸在翱翔的快乐之中。弗洛伊德曾认为，飞行的梦与性欲有关，我不知道这些疯子真正在飞翔时，是否也兴奋异常，性欲蓬勃。但也有少数在摔下去的瞬间如梦初醒。这是一批不幸的人，他们在死之前体验了极度的恐惧，伸出尖尖的指甲，划过高楼的窗玻璃——我阳台上的窗玻璃，已经被划破了几次。每天临睡，我总会想到今夜有多少个疯子在天空飞翔，就如同古人起床时会想昨夜的雨中会有多少落花。在这件事上，古今并无二致。他们毕竟是幸运的，如果被关进安乐桶里，变成数据的一部分，那生和死就由不得他们了。理论上，只要变成了数据，精神病也自然会被治愈，但疯子从来就进入不了标本采集的名单，所以并没有机会论证这件事。

假如你现在坐在客厅的沙发上，你就可以幸运地看到一束阳光，斜斜地照进来。在这座城市里，能看到阳光，是一件值得庆祝的事情，即使它不会在屋子里存在很久。假如你煮了一杯咖啡，一直在沙发上静静地坐着，你就可以看到夜慢慢地从外面走进屋里，直到一切都完全黑了下来。在天黑下来之前，其实高楼里所有的灯都已经亮了。但假如你有耐心，不急着把灯打开，你就可以体会黑夜来临的整个过程，就如我童年时在乡下看到那样。还有一点，假如在此时，你会听到外面窗玻璃发出尖利刺耳的声音，让你起鸡皮疙瘩，请你捂住耳朵，但不必害怕。如上所述，这是外面的疯子在飞檐走壁。

高空抛物是重罪，但从高楼上跳下来，有罪之身也就终结了。许多人，一生都勤勤恳恳战战兢兢，最后憋住了劲纵身一跃，释放了自己的全部罪恶。我几乎每天都要面对类似的绝望之人，他们游离在崩溃的边缘。他们当中运气较好的那些，会被我拎回真跃进公司，存进人脑组元标本仓库中。标本仓库在真跃进公司大楼的地下八至十三层，这里几乎是真跃进公司最机密的地方。所以我的老板给了我这份差事之后说，这六层楼的机柜里，存放着这个公司最珍贵的财产，一般人连见都见不到，你很幸运，每周有一次机会来看一眼，所以你这份工作职位不高，但必须是我充分信任的人，才能担此重任，你是星河兄介绍的人，我们都信任你，但你得好好干，别把推荐你的人也坑了。

我讨厌这种价值绑架，为什么我做得好不好，就必须影响到推荐我的人呢？他不过给我介绍了这份工作而已。但后来我慢慢理解了这份工作的特殊性，因为它居然让我有机会见到美人城集团的大老板祖先生。祖先生是个传奇人物，他在业界的影响力非常大，经常会跟各国政要一起吃饭，经常在大广告牌上说着什么话，他那颗光头，应该没有人不认识。祖先生每隔一两个月会到地下室的机房来一次，听取技术专家的进度汇报。要说这个显赫无比的人物为什么会被绑架半年之久，他到真跃进的会议行程过于规律，这个安保的漏洞成为坏人行凶的一个突破口。

这里所说的坏人，当然是指破爷和刀爷，他们是黑道上的头目，声名和祖先生一样显赫。他们掌握了这个世界阳光照不到的那一部分，几乎可以为所欲为。小时候我也曾经是个混混，在学校里为所欲为；我终究没有成长为大混混，所以只能看着别人为所欲为。所幸的是，在学校里我打过架，这个你应该听说过，我打架时最厉害的一招叫"慈悲手"。就是一手掐住对方喉咙，一手抓住对方蛋蛋，一把将他摔到背后去。我力气其实不大，但爆发力不错，如果对方是个瘦子，甚至可能举过头顶。这一招重要的是出其不意攻其不备，只要被我的"慈悲手"这么来过一下的人，就不可能不对我刮目相看。有那么一段日子，我刚从学校里逃学出来，无所事事在酒吧里唱歌，刀爷的人曾经找过我麻烦，结果我用"慈悲手"接连摔了三个人，从此我的名声在附近几个酒吧悄悄传开，他们便不再惹我。

3

婷婷，此刻外面暴雨如注，立秋已过，天气还如此反复无常，我安坐窗前，只想同你描述我的《碧河镇脚本》。我在不断虚构它，我期待有一天美人城游戏公司会看中我的游戏脚本，直接买走它。其实，真跃进无人驾驶汽车公司，就是美人城集团的外包公司，美人城是我们的最大股东。包括我在做的人脑采集工作，表面上是为无人驾驶汽车提供在线测试员，但其实也是为美人城公司服务的。

好了，还是回到我心力倾注的世界，外界钩心斗角，而只有我将心力聚焦到《碧河镇脚本》，我的内心才能获得一种巨大的安宁。

在我虚构的彼岸，那个叫碧河的世界太大了，大得使我对它产生了恐惧。你知道，我对一切大的空间都产生恐惧，因为大的空间总会让人孤独。就像我这里有三个房间，都是空的，每次我坐在同样空荡荡的客厅里，想到背后有三个空而大的房间——它们本来应该住着人的，有着人的呼吸和声响，但没有——我就感到孤独寂寞。但渐渐地，我也爱上了孤独，我甚至渴望拥有它。

除了孤独的感觉之外，我想，任何一个人对待碧河镇这片土地，都会如同对待一个暗恋的女子，或者就像探访外星人，必定有三种复杂的情感：一、爱她。二、怕她。三、尽量避免与她正面接触。唯一能做的，便是用思想和想象的触须，偷偷地触摸她，具体到每一片叶子，每一块石头，每一只蚂蚁。我喜欢这样的触摸，她能带给我温暖而踏实的感觉，就如同你带给我的感觉一样。

我承认这样的触摸是病态的——我虚构了一个你，然后爱上她。当你坐在我对面喝着奶茶时，我觉得你是那么陌生，我刻意回避与你进行深层的交流，我宁愿保持一种陌生的状态，只有这样，我的触摸才是有效的。

好吧，碧河太大了，我们的触摸应该从碧河镇开始。

婷婷，我想告诉你碧河镇沿岸所有的东西，但我们的视线只能先从猫头鹰大街开始。观察一条大街有很多种方法，可以肯定，如果你是一个游人，那么你和睡在路边的一个乞丐的观察方式，将完全不同，甚至截然相反。而就角度而言，如果你吹着哨子昂首而行，你对猫头鹰大街的认识就是自下而上的：一块被屋檐和楼台切出来的天空，时有时无的白云，窗台，飘动的窗帘，灯笼，门前的石狮子。如果你是掐着指甲低头走路，那就是由下自上，你的目光就只能看到青石铺成的终年湿润的路面，水沟，下水道的盖子，鱼鳞和纸屑，路边的青树，屋檐下挂着的玉米串，飞得很低的燕子或者蜻蜓，假如你偶尔一抬头，还能看到一只白色的或者黑色的小猫在屋顶悠闲地走过。

在猫头鹰大街上，每当夜晚灯亮起来的时候，每个窗口就像一张张对着街道的嘴巴，开开合合，在嘴巴里面时刻都发生着一些故事，故事贯穿了过去、现在和将来。在美人城，那个元宇宙的游戏空间里，当所有的窗口都亮着灯，我们看到的是一个白色的灯的方阵；而在猫头鹰大街上，橘黄色的灯光十分温柔含蓄。这也是我爱它的重要一点——这非常贴近我的童年。

猫头鹰大街上还有一些水井，非常古老。最古老的水井，连庙里的弥落大叔都说不出它的年岁。最古老的水井在粗牛的铁匠铺旁边，每天早上，那个叫粗牛的孩子都得起个大早，到水井旁去提水，装满屋里的水缸。粗牛他爹说，这口井是这条街的灵气所在，碧河的祖先曾经用这里的水，锻造过碧河史上最好的刀和剑。他说碧河镇史上最好的刀是"烟波浩渺"，是一个姓信的望族的传家之宝。而最好的剑是什么，粗牛他爹没有说。粗牛他爹长着一张凶横的脸，但其实他是一个老实巴交的好人，对人和善，每次陈小鬼去他家，他都会给小鬼吃他自己烙的烧饼。问题的关键还在于：陈小鬼根本就不喜欢吃烧饼，总是推推让让，粗牛他爹以为小鬼客气，拼命说多吃吧多吃点，不用客气。回过头还对粗牛说你看看，人家小鬼的家教多好，谦让有礼！学着点！小鬼只得皱着眉头保持微笑说，大叔您的饼做得就是香，大家都喜欢吃。

在大街的尽头，铁匠的打铁声通常会在太阳升起的时候和小商贩的吆喝声一起响起，一直到月亮出来时，一切才开始渐渐地安静下来。通常在铁匠铺的炉火暗下来的时候，铁匠铺隔壁的豆腐店就开始工作。他们要在天亮之前把各色各样的豆腐摆上街头：油炸的、清蒸的、卤制的……这是忙忙碌碌的一家子。豆腐店里漂亮的媳妇将豆腐搬出店台时，一个挑着烧饼的高瘦年轻人和一个从河边挑鱼赶集的老渔翁，会在店门口相遇，每天如是，但他们从来都没有打过招呼，只是在擦肩而过的瞬间会心一笑。我们都曾有过在某个时间段偶遇某人的经历，但我想，没有人像他们这样每天准时地在豆腐店门前走过。

豆腐店过来是杜老板的布铺，接着是列老板的馒头店，再接着那个角落里有一家当铺，里面有个势利鬼……当我们沿着猫头鹰大街一直走，我相信，你我都会在猫头鹰大街十七号门前停住，因为小说里的人和事都在这里发生。与前面接近市集的忙碌不同，这里是闲适的住所，只有一间理发店。理发店的店主是一个年轻小伙，沉默寡言。他的存在足以证明不是整个碧河镇的孩子都是坏孩子，只能说孩子中有部分变坏了。沉默小伙总是沉默对待每个来理发的人。顾客来了，在椅子上坐下，小伙子拿起一个大圆瓷盆往顾客头上一套，把瓷盆罩不到的头发尽数剪去，理完发的人都夸小伙子手艺有进步，就从店里走出来，个个都像罩了一个黑色的瓷盆，其实看习惯了你就知道那是一种经典发型。

走进猫头鹰大街十七号种着芭蕉的院子，过了那扇奇怪的大门，在天井里你可以看到那个叫陈小鬼的孩子正蹲在地上，专心制作一个木蜈蚣，并在上面刻满了火的花纹。作为我故事的主人公，他喜欢制作一切精巧的工具，这是城堡时代的孩子的重要特征。那天下午他将和隔壁街的孩子有一场约好的决斗，他要用他的火蜈蚣去夺取属于他的胜利。为了获得敌方的敬畏和兄弟们的尊重，整个上午，他都一动不动地蹲在那里。他的专注程度，达到忘我的境界。假如你不去抢他手里的木蜈蚣，即使你在屋子里练蛙跳，都不会引起他的注意。他喜欢鸟，也喜欢鸟的花纹，但今天他在木蜈蚣上刻上了火的花纹，他自己也不知道为什么，就这样做了。他非常细心地处理了花纹里的每一处凹凸，以突出这件武器恶毒的本性。二叔陈大同曾跟小鬼说过：在这个世界上，越漂亮的东西就越危险，所以美女自古至今都是最有杀伤力的武器。

木蜈蚣由一块上等柚木制成，由若干细小的部分组成，蜈蚣的腹部中空，装了一只身强力壮的白毛鼠，那是木蜈蚣的动力来源——老鼠在里面左冲右突，蜈蚣就能动了。该蜈蚣能快速前进，也能够快速后退，唯一的缺点是无法拐弯和掉头，所以尽管制作精美而且有准头，但作战效率不高。整个上午，我的主人公陈小鬼尝试着用各种方法让它掉头，最后终于有了解决的灵感火花——陈小鬼在蜈蚣头上加了两条线，分别由另外两只白毛鼠负责牵引，一只向左一只向右。但由三只老鼠负责的木蜈蚣显得工程浩大，而且两只老鼠皆不听使唤，不但企图逃生，还想拿木蜈蚣去磨牙。这使问题转向了对两只老鼠的训练上……就这样，陈小鬼的头脑饱受这些问题的折磨，渐渐变得十分灵活，脑组织也十分活跃，是以脑量大增。山上的两个道士有一次下山看到陈小鬼，远远望去就见他天庭饱满，一道士一言断定此人定是一个神童，另一道士说是妖胎，二人为此打了赌，赌注是三个馎馎。

在猫头鹰大街十七号的那间石屋，还发生过一些鲜为人知的事情。比如陈小鬼的出生，比如二叔陈大同将他改造成机关遍布的怪物的过程，再比如陈大同兄弟俩与陈小鬼他娘的恩怨爱恨，这些都将作为故事的重要背景和悲剧根源而存在。

走出猫头鹰大街，我们可以远远地望到碧河静静地流淌。走过一片草地，你可以看到一个小湖泊，湖泊的边上有几棵大青树，当日哑巴就是在第三棵青树下面沉沉睡去，以致剑客信难求尸埋荒野。再过去，我们可以看到两边都长着含羞草的小路，沿着小路可以来到碧河边上，那儿有哑巴的渔屋。我写这封信给你的时候，小说中的信难求刚刚死去，逃亡还没有开始，而且，老实说，我还没有想清楚要怎开始它。但信难求偷偷地成为哑巴的父亲，这真是我始料不及的——他们事先一点也没有告诉我。但我也不打算将这个小细节告诉哑巴，因为我还没有想清楚哑巴会如何处理这件事，更无法预料哑巴听到这件事之后的反应，因为哑巴不是陈小鬼，他也不是我。就像当年我知道戴大维居然不是我亲生父亲，我也不知道该如何处理。在现实中，那时我还小，戴大维死后我选择了逃亡，坐着火车横穿了大半个国家。躲避现实是人的天性，所以我将人物放在私奔的路上。只是我让人物私奔的时候，他们会将之变成了一场逃亡，完全没有私奔的影子，或者说，这种私奔已经变了味道，变得比我那时还狼狈万分。

到了冬天，这里会下一些不大不小的雪。我虚构的碧河多年不结冰，所以陈小鬼会带着女主人公森儿到碧河边上去钓鱼，他们挤在一起取暖。森儿总是趁陈小鬼不注意把冰冷的小手伸进他的棉袄里，按在他的小腹上，或者从他的脖子伸进去，冻得陈小鬼嗷嗷直叫，引来他的一阵追打。追打的时候，他们像雪花飘扬的白色世界里的两只快乐的蝴蝶，飞来又飞去。有时候陈小鬼会报复，有一次他也将那双手从森儿的脖子处伸进去，这时他惊奇地发现自己正触摸到一处温暖而柔软的地方。他笨重的大手一阵摸索，就发现了乳房。森儿开始因为寒冷惊叫起来，死死抓住小鬼的手臂，但渐渐地，她的手松开了，也不叫了，面色开始变得潮红，并感觉到自己的心跳。她开始时，全身绷紧，像一条用足了劲的弹簧，后来弹簧就渐渐地松弛了下来，欲望开始在体内蒸腾。这让陈小鬼知道森儿这奇妙的身体上面，有一些地方能使他摸上去感觉很好，同时让她发出柔软而绵长的呻吟。这个发现，可以成为一连串故事的开端。我们的男女主人公，会在某些时候做一些让人激动的事情，这本来也是这条故事线的题中之义。

假如我们把眼光从陈小鬼握住森儿的乳房的那只手上移开，再把时间线拉后一些年，你可以看到杀手信难求也站在碧河的边上，就在主人公陈小鬼和森儿钓鱼的那个地方，凝望着滔滔的河水。他想了断自己的生命，并由此和陈大同有了一次关于生命价值的对话。杀手信难求就是从那次没有完成的自杀中活下来，从此变得贪生怕死，并且研究起了周易。信难求每天起床，都会给自己占上一卦，再用左手给右手号脉，用右手给左手号脉。有时天气湿热，身上长了一点湿疹，他也要翻阅着医书，对着镜子反复研究，比较对照，一副忧心忡忡的样子，整天怀疑自己有病。

4

婷婷，在继续给你写信的一分钟之前，我在拖地板，如果有人在窗外看见我，就会看见我两只脚踩在抹布上擦地板的样子，像个囚徒一样走路。不过，在这个世界里，谁又不是囚徒呢？

我父亲戴大维就是个标准的囚徒。我后来才知道，我从小就是个被父母抛弃的孤儿，他们为了偿还赌债把我卖给了戴大维。戴大维对我挺好的，如果不是出版社的曲灵阿姨，我还一直把戴大维的老情人许嘉晴当成我妈，也一直以为戴大维就是我亲爸。不过又有什么所谓呢？人类早就挣脱了遗传物质对我们的绝对控制，我们会爱，会因爱而死，会在内心笃信某些东西而不惜牺牲性命，我们在超越生命物质链条之上建立了新的生命意义，这就是人类文明的最高价值。

作为人类最后的程序员，即将被人工智能完全替代的码农，我的父亲戴大维在死之前完成了一项壮举，那就是将他自己的大脑信息量子化，传上了云端。我到现在也不知道是谁那么残忍杀害了他，但我明白戴大维为什么要激怒凶手，让他将自己残忍杀害——他必须死得彻底，云端的程序才能被激活，万一被抢救过来，那么一切将前功尽弃。

现在我的脑海中还经常浮现他一边咬着榴莲比萨一边跟我吹嘘他那伟大工程的样子，在这一点上，他跟我故事里迷恋各种机关的陈小鬼非常相似。难道我书写陈小鬼和淼儿，就是为了讲述我不存在的父母的故事？你看看，给你写信，也让我对自己的故事有了新的理解，我顿时觉得这也是非常新奇的事情。但戴大维毕竟不是陈小鬼，他成为整个互联网中的锁匠。所谓锁匠，就是不用钥匙就能打开门的人。他像一个幽灵，在计算机的世界里游荡，也可以理解成他就是电子信息组成的囚徒，但所有的门和锁对他来说都是透明的，他能够在量子层面将所有的密码都拆解掉。当然，他对陈星河的这套"锁匠"系统也心存担忧。他说，一个庞大的虚拟帝国是不会允许有这样的特权系统长期运行的。他告诉了我机器人战争的真相，那就是人工智能已经攻陷了若干城市的政府，主导了权力机器，但最后一切又回归正常，仿佛造物主并不希望无机物凌驾于生命之上。随后的事你也知道，这些年关于机器人的所有信息都被抹除，没有报道，没有当年的音视频资料，没有任何人在互联网世界中提及它。虽然很多跟我一样经历过这场战争的人，都对这件事有一个模糊的印象，但就如一个遥远的梦，而且官方一直将之视为谣言。对此，我们总是无能为力。

但戴大维还是需要一个大脑，可以理解为一个固定的容器。他常常从一台量子计算机逃亡到另一台量子计算机，系统从来没有停止过对他的追杀。所以最安全的办法是找到一个可以与之相容的大脑，让戴大维能够驻扎下来。但有什么样的大脑会允许另一个人入驻呢？当我听到你妈病危时，我内心一阵激动（请原谅我这么说），我看到了一线希望。戴大维几乎没有什么亲人和朋友，他爱着一个叫陈星河的男人，陈星河后来也离开了，我便不敢在他面前提到他。我就是他唯一的亲人了，而你和你的妈妈，是和我同在一个故事线里的人，那么也就有希望兼容。我这样说不知道是否表达清楚了，总之，只有彼此在同一个故事线中的人，才有可能居住在同一个大脑里而不至于互相厌弃。所以后来我给你妈提供医疗援助，我让她住进真跃进公司的高级病房，这不能说完全出于公事公办，我也没有时间论证这件事的可行性，如果这个可行性包含你的情感的话，那就更无法论证，我只能瞒着你践行它。

写到这里，我突然萌发了一个念头，就是我想象你，虚构你，然后爱上这个虚构的你，这件事本身是否也是为了更好地让我爸跟你妈住在一起呢？如果是这样，那么我的行为背后就有非常庸俗的理由了。

不说这个了，这会让我觉得自己这一系列行动非常可耻。我说服戴大维，让他继续在无边无际的网络空间孤独地游荡，让他继续寻找当年机器人战争突然停止的原因。这些年，他总是给我提供一些错误的信息，所以我早就不怎么跟他说话了。比如他让我别写什么小说，也别干什么标本采集师。但如果不收割人脑，他自己如何能长存下去呢？对于人间的事，他大概已经缺乏基本的判断；但探究某个问题的真相，这是他这个锁匠的特长。我告诉他，机器人一定会卷土重来，这是我的基本判断。它们不可能就这样偃旗息鼓，这不符合常理，因为中间缺乏了重要的逻辑链。它们当年为什么来势汹汹，控制了好几座城市的供电，而后来便消失得无影无踪？中间是什么力量扭转了局面，是其他国家的黑科技还是外星文明的干预？这一切渐渐沉入黑暗，成为终极的谜团。更关键的是，事情发生以后，大部分人竟然对这样重大的历史事件没有记忆，每个人记忆中的战争场景又各不相同。

很多年前，当戴大维还是一个穷码农，他给东北黑帮做了一个赌博网站，叫"姜太公"，这个名字应该来自"姜太公钓鱼愿者上钩"这句俗语，那几乎成为全民参与的一个赌博网站，你妈妈毕春花阿姨也在里头亏了钱，所以这么说起来，我猜你应该能记起来这个网站。这是一个复杂的系统，里面充满了博弈的思维。虽然后来因为我偷走了那只闪存盘，导致整个系统的崩溃，甚至间接为戴大维提供了被杀害的动因。但毕竟姜太公系统确实存在过，背后所有人共同参与的数据也是存在过。所以，我怀疑过，人工智能从可控状态突然升级为机器人战争，与他们掌握了这些数据有关。我甚至怀疑，机器人战争的主脑，有可能就是姜太公系统中的博弈数据构成的。人类在赌博中的各种钩心斗角苦心钻营，每一个细小的权衡和选择背后，都是人的灵魂中最锐利和贪婪的部分，我们称之为欲望本身。姜太公系统的崩溃，可能间接成就了人工智能的爆发和升级，它自动形成了一个具有博弈思维的决策中心，并对人类世界发起了攻占。

当然，就我目前掌握到的一些零碎资料，他们的进攻看起来吓人，但是依然缺乏严密的谋略。一系列正确的选择不一定能导向胜利的结果，看起来毫无胜算的节节败退反而赢来最后的反击，这是姜太公系统未能完全领悟的谋略逻辑。

那么，由此看来，机器人战争最后结果是以人工智能的重新被驯服而告终，像驯服了一头猛兽。但是人类并没有选择吸取教训，而是掩盖真相。如何能掩盖一场确实存在的战争呢？如何将一个明白无误的事实修改为妖言惑众呢？权力最终还是做到了，所有数据都被抹除和修改。我不禁怀念那个可以有纸张留存的时代，人们可以保留纸上的照片和文字，那会儿写信，是用笔写在纸上，再用信封装好寄出。那是一个慢时代，也是一个可靠的时代，信息的封闭带来了相对的稳定，甚至连人与人之间的情感，都因为信息的凝固而变得纯洁和忠诚。

我迷恋那个时代，如果可以穿越时空，你能和我一起回到慢时代吗？

5

婷婷，在慢时代，我们还生活在真实的碧河镇，坐在碧河的边上看河水滔滔。婷婷，我们可以静静地对着群山，你知道，大山里头也无时无刻不在发生着变化。在山里除了泥土和石头，其他的一切都是活的。哦，不，泥土和石头也是活的。夜晚和白天，这里都有事发生。特别到了春夏之交，山里的动物就开始抱对交尾，忙着生儿育女。野猫会在这个时候发出一种与婴儿哭声类似的凄厉叫声，听起来直叫人起鸡皮疙瘩。山里的植物，都在夜晚偷偷地生长，发出骨骼破碎皮肤撕裂一样的脆响。假如你走近这些潮湿的丘陵和山谷，你就可以闻到一股熟悉而略带甜味的气息，这属于这个世界阴的那一部分，相对于阳的一极而存在。这种气味能使人性欲高涨，眼睛发红，很想干坏事。假如我们生活在那里，或者只要一个夜晚，我们就可以体味到生命最本原的欲望。

然而在高楼林立的世界里，这美好的性爱已然变质，被标上价格。生儿育女竟然也成为问题，生不出孩子的人们想还原自己本能的欲望，于是想找到一片山谷住下来，按照古老的房中术开始行事。在那里，本真本能从身体中解放出来，这就是说，那个代表着意义的神已经被赶走了，无拘无束成为一种高贵的品质。如果将这种解放延伸到极端，这些不孕者的人群就成为神秘组织，倡导进入万物有灵的洪荒时代。我们可以这样来理解他们的行为：他们反对由人类制定的高高在上的意义来限制人生的各种可能性，包括本能的欲望要求，提倡肉体可以具有不依赖于灵魂的快乐。他们认为现在的生活方式就是错的。他们认为首先必须用意义的钥匙来启动性爱，然后才有纯然身体的感觉，有无爱之欲的沉醉。所以，他们这一场颠覆，目的就是取得人类本来的生命时间，投身自然。某一天他们突然看到了人工智能是可以超越人类自然的神，看到用天然硅胶和各种化学物做成的人造子宫，在宣传片中生儿育女已经形成生产线，人类本该享受不以生育为目的的性欲，他们便开始狂热地崇拜机器，以及人工智能的科技。无论是投身自然还是投身机器，他们都选择了对人类现有生活形态的逃离，他们只是如陈小鬼和森儿的私奔过程（假如把它定义为私奔的话），由一个危机跌入另一个危机，由一个陷阱跌入另一个陷阱。一切都在喧闹中发生，但并没有解决终极问题的办法。

婷婷，在我看来，幸福只存在于时间的褶皱之中，哪里有永恒的爱与幸福。两匹马一起奔跑到草原的无边深处，奔跑到天涯，两只羊静静地凑在一起吃草——只有动物间才有牧歌式的爱，人与人中间没有这种类型的幸福，更多是吵吵闹闹与喋喋不休，而现世的幸福便潜藏在吵闹不休之中，大概如此吧。

还是让我们逃离现世，到碧河世界去吧。让我们偷偷地跑到碧河镇的对岸白水镇，我们可以看到那里发生的一切。到了白水镇，就有必要提一下那里的爱情学校。我们的女主人公森儿曾经在里头念过两年书，对于这个学校，森儿有着深刻的记忆。之所以说深刻，是因为那里有反复重复的生活。那碧河镇里，存在着这样一类事物，它们为了让人能记住自己，故而不断重复一切，毫不手软。这就如同在真跃进汽车公司的公寓里，我每天都在做一些重复的事情（比如刮胡子、吃饭、睡觉、跑步和上厕所），以便让自己有更加癫狂的想象。简而言之，就是用一种重复的方式，力图能将自己逼疯，以此来换取无所顾忌的想象。这个想法又使我想起窗外飞行的人。

按照这样的理论，重复的生活轨迹，为的是在女主人公森儿头脑中留下牢固的烙印，但其实这个烙印只有一件事和一句话。这件事情是：被老师一手扯住头发，拉到厕所里冲冷水。说到底，这是一种惩罚。比如你应该背的书没有背，应该记的东西没有记住，老师一发怒，就可以将你的头拉去冲冷水。自己的头被冲冷水，有两种不同的感受：假如是在夏天，冷水在热气腾腾的头皮上流过，能引起一阵快感，凉飕飕的，但之后会打喷嚏——这也不是坏事，因为你可以请病假，在家休息几天；但假如是在冬天，水冷如冰，流过干燥的头皮，头发就全都竖起来，然后就能感觉到头皮收紧，之后是剧烈的头痛。爱情学校另外出售一种药水，专门用于治头痛。那种黑乎乎的东西涂在太阳穴上有酸麻酸麻的感觉，味道刺鼻，异常难闻，但用上一两瓶，一般头痛都能好。该药价格昂贵，校医因此很有钱。

有关一句话，简单易记，那是这个学校的校训：爱情有毒，是最为高级的骗术；谎言相随，是最富创意的人生。这话看起来会让人发笑，经不起任何推敲，却像一个真理一样出现在学校的各个角落，他们管这种做法叫灌输。这句话爱情学校里的人都能背，因为只要背得出来，考试就能及格。换句话说，它就像一个接头暗号，每个人都能背诵它，但能真正理解它的人寥寥无几。用校长的话说：假如你们能理解它，你们就能站在我的位置上讲话。虽然很多人都没有想清楚站在他的位置上讲话有什么好处，但相信那一定能带来很微妙、很良好的感觉。同学们也看得明白，他们在内心嘀咕：是不是能够真正理解它，还不是校长你说了算？所以他们尝试用 0 和 1 转译这条校训，尝试用姿势怪异的体操来记住这条校训，老师们看不懂这些，更是恼怒，斥之为神经病，于是他们免不了遭受了毒打。每次，森儿都带着偏头痛和一脸的茫然回家。后来她就拒绝上学——她终于明白学校是屠宰场和养猪场的奇妙结合体。但此时她已经被折磨得没有敌意了，更多的是厌倦。

写这个故事线时，我内心充满了不确定。这个故事的灵感来源，是一起绑架案，美人城集团的大老板，祖少爷的父亲祖先生，被破爷和刀爷绑架之后，就是被关进一所废弃的学校里，天天让他背诵校训，给他洗冷水澡，再喂他吃感冒药。破爷和刀爷希望能拿到美人城后台的终极密码，但祖先生就是不说。他们把他的头发剃光，头皮都被烟头烫得起泡，祖先生还是挺着那颗大脑袋，什么都不说。我把奄奄一息的祖先生拖进下水道时，他居然还能叫出我的名字。然后他说了一句："这演的哪一出啊？是刀爷派你来假装救我，然后想从我嘴里套出密码吧？"我没有理他。他说："我们走不出去的。"我没理他，我的意志不会动摇。我们在下水道里躲了六十二个小时，直到确认他们已经走了才出来。他们找不到人只能选择逃离。在那之后祖先生让人把我带到他办公室去，他说他至今还有点担心整个办公室是假的，是刀爷让人布置的虚拟环境。他又拍拍我的肩膀说："你够坚韧。"我退后一步，在他碰不到我肩膀的地方傻笑。

祖先生将眼睛看向窗外，他问我："你说，一个人如果认怂，历史还会记住他吗？"

这个问题过于突然，超出了我的思考范围，我愣了半天，并没有回答。

他非常鄙夷地看了我一眼，然后问我要什么，他可以给我漂亮的房子。我脑海里浮现了一座大房子的情景，里面有亭台楼阁，假山翠竹。但我摇摇头。这时祖先生突然变得严厉，他说："你认识陈星河？你是我儿子的人？这又是一个局？"从他的眼神里，我明白自己也成为机器的一部分，所以我点点头，又摇摇头。我对他们父子间的权力斗争充满厌倦。祖先生叹了一口气："你走吧，一个傻瓜。"他觉得我是个傻子，而我觉得他是个疯子，我转身从他的办公室出来，就这样，我的大房子从我的脑海中得而复失。

女主人公森儿有漂亮的房子。她家是富丽堂皇的将军府，亭台楼阁，假山翠竹，漂亮得非常不真实。但如你所知，这些在一些年月之后都将变成废墟——在森儿离开白水镇不久之后，她爹就被关到监狱里头去了，数年之后，朝廷就下令灭族——装尸体的牛车挤满了整条将军府大街。数日之后，将军府中的血迹都被擦洗得干干净净，擦洗不掉的地方就用白色颜料粉刷涂抹掩盖。之后，人们在街上若无其事地走着，谁都不会再去提这件事。监控的眼线无处不在，大街上连小声说话的人都要受到质疑，道路以目。茶馆的生意大受打击，濒临倒闭。出门办事的人宁可绕过几条街，也不愿意从将军府大街走过。不久之后，将军府大街的水沟就堵塞，清理工从水沟里掏出腐烂的内脏和不腐烂的牙齿和指甲，落荒而逃。下过几场雨后，将军府大街就成为一片淤泥沼泽地，后来那里竟然长起了漂亮的莲花，红的和白的都有，花开时节，花香在微风里飘出很远。

这香味让我想起了碧河镇也有一处废墟。我们再把视线拉回到碧河的边上。在那里向东走上七天七夜，在猫头鹰大街的尽头，你就可以看到那座无比荒凉的院落。其间，是姜姜的荒草，曾经把小鬼和森儿团团围困。但这的确是一处美丽而荒凉的院落。假如将时间悄悄地往前拉，这里的灰尘和破败就完全没有了，也就是说，它从黑白的两色，变为彩色绚烂的世界。这个世界窗明几净，鸟语花香，丫鬟侍婢穿行其间。楼台之上会传来琴瑟之声和胭脂的香气，还有男男女女嘻嘻哈哈的笑声。楼台之下是一个很大的池子，一个小巧的女人正在池边吹笛子，走到近处，你就知道池里全都是鳄鱼。而在另一边，你可以看到信难求就坐在大厅之上，就在哑巴烤狼肉的那个地方，手持那把叫烟波浩渺的刀，正在专心地参悟刀术。时间还早，他还没死，可以专心研究一些东西。假如把时间之轴再往后推二十年，这里就不太一样，你就能闻到一股浓烈油味，盖过了宅院里花和胭脂的香气，呛得人难受。信难求说他一直能闻到那些挂在树上的油炸尸体所散发出来的味道，那些尸体从信难求看到它们那时候起，就开始跟着他，一直到他死在那个叫不出名字的小山坡上。这是属于他的命运，用我们的专业术语叫他的故事线。再后来狼就来了，把尸体都叼走。狼群搬运了很长时间，但动作井然有序。

院落中的人因为生活富足，都白白胖胖，但被烧焦之后，就变得又黑又小；开始时这些尸体都很脆，后来夜里露水增多，渗进尸体里头去，就慢慢变软，到夜里就和夜色融合在一起。赶夜路的人从这里经过，不小心撞到了它们，闻到了一股难闻的气味，但他们以为撞到了人，还客客气气地说了声对不起。回家之后发现脸上一片炭黑，一遍遍地擦洗，用去了大量清水但味道还在。院落里的人被杀之后，空气里弥漫着一股很浓的血腥味儿，这使远方的狼开始行动；而后狼群又闻到了一股油味，但狼对柴火把铁鼎中的油煮沸的场面缺乏想象，所以它们继续行进；再之后它们又闻到了油炸鲜肉的香味，但对它们而言，它们更喜欢有血的鲜肉，鲜肉含有很好的水分，味道清甜，吃了不会上火。当它们来到院子之中，它们看到五口黑色的大铁鼎中黑色的油烟滚滚，树上挂着炸好的干尸体，但它们没有理会这些。头狼一声长嗥，它们就配合默契地去院落中吃新鲜的肉，吃饱之后，它们就开始搬运尸体。信难求就完全能理解这个场面，这一切和杀手有着本质的统一：重要的不在事件发生的本身，而在于做这些事时，它们一定要冷静、沉着而清晰，或者用一个更好的词来形容：干净！

刀爷找到我时，也和我讨论过一个杀手的风格问题。那时"慈悲手"也救不了我，我很快被打趴在地上了。他们准备把我的皮扒下来，做成高级机器人的皮肤原料。刀爷有一家生产机器人的地下工厂，厂长我也认识，叫肖虎，逢人就递烟，一副唯唯诺诺的样子，很不讨人喜欢。他们说要剥我的皮，我马上就想到工厂里的机器人有弹性的硅胶皮肤。这时刀爷挥挥手制止了，他说："戴友彬，听说你很会打架，酒吧里的人还叫你彬爷？"

"我从来没说过我是什么爷。"这倒是实话，并不完全是认怂。但祖先生那个问题突然又在我脑海中浮现："一个人如果认怂，那么历史还会记住他吗？"就在我将要被剥皮的一瞬间，我突然好像明白了"历史"这个词的含义。

但刀爷并没有看到这些，他现在坐在我的破沙发上，一把匕首在他的手指间飞旋，仿佛多年以前老魔术师手中那只展翅欲飞的纸鹤。

刀爷没有看我，他看着他的刀："你认为一个杀手最重要的风格是什么？"他站起来，眼睛还是没有离开他的刀，好像他的刀可以回答他的问题。他的刀看起来胸有成竹。

"干净。"我说。

"好小子，"他愣了一下才说，"你这个词把我思路带偏了。"

他笑了，在我沙发上重新坐下，抽起了烟，我给他递了一只烟灰缸。走的时候他给了我一个地址，说我可以去找他聊天。我对着纸片上的地址发呆，用手背擦了一下嘴角的血，历史已经在我面前展开，我不能认怂。

干净是一个杀手应该具备的风格。除此以外，信难求说："一个好的杀手对周遭的环境一定要熟悉。"说着，他拿出一张碧河镇区街道的地图，在手里扬了扬，他身边的一群小孩都哈哈大笑——碧河镇上就那么七八条大街，从猫头鹰大街到心字大街，从来都没有听说要用到地图。但信难求手里的地图，像画了一幅电路图，上面有各种批注。陈小鬼回了一句："一个杀手如果还要用地图，那就完了！"陈小鬼指着屋里的书柜："书里都写了，杀手都在屋顶上行走，像我二叔那样，你这地图画的全是地面的路，没画屋顶，杀手用它准迷路。"信难求登时语塞，他看着手里的地图，说："你……你……一个小孩懂什么！"

一个小孩子能懂什么？真的可以懂挺多的。当我还是个小孩子的时候，我就知道这个世界不同寻常。如果你看明白我上面的描述，大概也能猜到，这就是当年机器人战争的某种变形和投影。我只能将这个被判定为谣言的事实通过这个网络游戏进行情景再现。那是铁与火对肉的屠杀，那是一连串生命结束时发出的尖叫。我手里的资料不多，不然我就能完全还原那样的时刻，告诉人们危险并没有真正远离，机器人必将卷土重来。

婷婷，我多想在一片鸟鸣声中醒来，像在那个院落中一样，也像我小时候一样。也不知道为什么，人到中年，总是忘不了童年的一切。童年时我曾经在一片竹林中生活过几个月，每天都被鸟声吵醒，醒来时，竹叶尖上还有晶莹的露珠。我清楚地记得，在天将明未明之时，鸟就开始出来活动，那是鸟鸣声最响的时刻。而现在我住在真跃进汽车公司高耸入云的公寓里，一年四季看不到一只在天空飞翔的鸟，相反，我看到很多在天空飞翔并摔了下去的人。那一日陈小鬼他们在院落中睡觉，在天蒙蒙亮的时候，鸟就开始鸣叫不已。他们都被吵醒了，睁开了一下眼睛，就又睡着了。后来太阳就出来了，鸟也就不叫了。他们不但看不到这个院落的时间，也不知道外面的鸟儿在鸣叫，这些在庸俗之中，又在庸俗之外。我在小说中刻画它们，我希望诗意与恐怖并存于同一空间的不同时间。如果美人城集团愿意收购我的创意，让它成为美人城元宇宙的一部分，那么这是一个诗意的梦，也是一个恐怖的梦，它代表了复杂的人世。

在院落中，哑巴孩子那一夜也睡得很好，他应该做了梦，只是醒来时已经不知道梦的到底是什么。梦与醒中间就如隔着一道无形的墙，人有时站在墙的这头，有时站在墙的那头，一直都搞不清楚哪一头更真实一些。在院落里有哑巴的童年，只是他一直都不知道。有时候，人活在不知道中，比活在什么都知道里面，要好一些，也要有意思得多。

6

我喜欢猫头鹰大街，我也喜欢猫头鹰。猫头鹰也叫夜鸮，这种看起来可爱而行动力极强的动物，它擅长捕猎，昼伏夜出，像猫又像鸟，能静又能动……所有这些特性，都与我现在的生存状态类似。我狩猎人头，编撰故事，在现实与虚构之间穿行，安静地在城市的枝头看着这一切。

但我爸戴大维并不懂我的故事，他总认为我是在构思一个伟大的计划，而他会是我伟大计划的一部分。没错，我确实也是这么跟他说的，但我没有想到他居然相信了。戴大维就是那样，有一回我专门做了实验，连续一周叫外卖，每一顿都叫了榴莲比萨，我自己都快吃吐了，但他浑然不觉，整天在那里敲代码，论证人脑的工作机制是量子态的，应该与最新研发出来的量子计算机能产生联动。他自己确实鼓捣成了，在死之前，把自己备份到了云端。但那又如何，他从此不会做梦了，他整天变得无所事事，变成这个网络系统中可有可无的锁匠。他的运作太过于依赖逻辑，所以那些非逻辑的部分，不断在消失，比如他有一阵，已经记不起许嘉晴，那个当年爱他如命的女人，那个他把她的心都伤透了的女人。但他记得陈星河，那是他自己爱的男人。在这一点上，他的记忆非常有逻辑。

我见过陈星河，在我小时候，偷偷去了他的刺青店，在里头溜达了一会儿。陈星河沉默寡言，这一点跟戴大维倒是非常般配。我能想象他们在一起的样子，应该可以半天都不说一句话。

戴大维死在楼顶天台的蓄水池里，在那之后，我坐着火车逃亡了。我记得新闻里提到过机器人战争的事情，开始大家只是作为一个局部事件来看待，觉得是一件可控的事情，后来就传来了战争就要爆发的消息，血洗整座城市成为大家的集体想象。我选择离开城市，坐着一列慢火车一路往西。那时戴大维的信用卡居然还能刷，我用他的信用卡支撑了那次旅行。

但回来以后我就不知道怎么办了，家里来了很多人，他们说了很多话，讨论的焦点是我往后应该何去何从的问题。我在家里的不同角落听到这些讨论，觉得他们讨论的好像不是我。后来美人城集团的教育基金会组织突然上门了，他们说会负责我的所有费用，直到我大学毕业，如果我愿意，还可以继续住在原来的房子里。大家都很开心，认为我运气好，获得这么好的资助。我也是这么认为的，一直到我高二那天，在快餐店跟同学打了一架，我决定辍学出去工作，于是给基金会打了报告，说我不要他们的钱了，他们的钱让我被瞧不起。

报告发出去的第三天，一个穿着大衣的人出现在我的客厅里，他环顾四周，很久都没有说话，又抬头看了看天花板，仿佛那儿可以望见天台。然后他伸出手来跟我握手。他说："你好戴友彬，我叫陈星河。"我点点头，我说我知道。这算是我跟他的第一次正式见面，在此之前，我一直以为他死了。而现在他出现在我面前，我终于明白了关于基金会资助我上学的一切安排，背后都是这个看上去非常怯弱的男人的精心设计。作为戴大维的秘密情人，他身上有某种说不清楚的气息，忧郁、沉静、温暖。而他站在我面前，身份是美人城集团教育基金会首席执行官，后来我才知道，他在美人城集团直接对少当家祖少爷负责，具有很高的话语权。

"如果戴大维活着，他绝对不会同意你这么做。"陈星河开口说了第二句话，他是从戴大维的角度思考问题的，这让我有点感动。因为他的出现，跟戴大维有关的一切纷至沓来，一股猛烈而说不清楚的悲伤涌上我的心头，我鼻子一酸，拼命忍住眼泪，仿佛看到戴大维就坐在角落里吃榴莲比萨。

"戴友彬，你很聪明，你要参加高考，读完大学，大学毕业后，你可以来找我，帮我做事。"他说了第三句话。

而我只能频频点头，眼泪终于忍不住啪啪掉了下来。我低头不敢看他。

后来我多次回想这个情景，我突然觉得，就在那会儿，在我内心深处，仿佛坐在我面前的，是我从来没有出现的妈妈，而我就是那个犯错的孩子——我是说，如果戴大维是我爸爸的话。

我用了很长的时间才走出那种令人沮丧的情绪，不过，这样的情绪也让我安静，变得踏实，在课堂上认真做笔记，认真对待每一场考试。但高考还是没有考好，我读了两年大学，看到各种不爽，看到各种不堪，所以我还是退学了。那年我十八岁半，我在退学的表格上签下了我的名字。因为退

第六章 夜鹗

163

学的缘故，我根本不敢去找陈星河，我更希望他再也不要来找我。我当然幻想过去美人城集团工作会怎么样，但很多事情也只是一种想象而已。我还是希望能继续写我的故事，于是四处找工作，但都没有回音，毕竟我没有完成最基本的大学教育。

我爸戴大维像一个幽灵一样，会隔一阵子就突然出现在我的脑海中跟我说话，但每次都是说那么两三句话，就消失了。他说他一直在逃亡，而对我的情况他都清楚。"无论你做什么，我都支持你，只是不要……"这就是戴大维，一如既往地混账，说这些话有什么意义呢？而他在寥寥数语的聊天中，给我唯一有用的信息是，他作为一个虚拟人在虚拟空间里为陈星河做事，而且很忙，他们在对付一个非常复杂的敌人。"这个敌人是我一手创造的，现在我要消灭它。"他说这话的时候，一定以为自己是一名战士，而我脑海里浮现的是一个消防员的形象。戴大维即使变成量子态的戴大维，依然还是那么不靠谱，只忙于自己的专业，整天就是一个慌慌张张的消防员，准备抢救这个，抢救那个，永远不会有安静下来的时候。

不过他有一回跟我谈起人工智能的主体性确立问题，说了一番话，倒是很有道理。他说："动物刚出生的时候，是通过游戏不断确认自己；人刚出生的时候会舔手指，会玩自己的身体，为的也是在确认自己；而人工智能会通过赌博游戏，慢慢确定它自己。确定哪些是我的钱，跟确定哪些是我的身体，逻辑上是一样的，博弈的基础是先确定彼此的主体归属，这样才会有失去和获得的游戏。这样的主体觉醒，从无到有，从 0 到 1，让我想到生命的另一头，那是主体的消失，是死亡，是漫无边际的黑暗。而宇宙本身，可能就是一场没有尽头的博弈。"

7

城堡时代是一个非常飘逸的时间概念，在它的时间轴上往前拉回一点点，我们可以看到恐龙在这个地球上争食；而向后推进一点点，我们就可以看到二十一世纪初中国乱糟糟的大学教育。时间在这里发生了奇怪的变化，但在碧河族人看来，这些都是理所当然的，就如一个一百五十岁的老人躺在落英缤纷的桃花林里一样，都属于理所当然的范畴。

碧河镇西边是一个叫月眉谷的村庄，开始它叫青梅村，但领导们觉得这个名字太俗气，要换成一个更时尚的名字，于是改为月眉谷。当地人为了表达对这种改名的不满，都用奇怪的口形念出这个名字，听起来像"倒霉谷"。但来这里旅游的游客说，月眉谷让人想起了遥远而古老的希腊。这样的联想纯属附庸风雅，谈论希腊的人基本都没有去过希腊，而月眉谷的村民以为希腊是某种腊肠的品牌。月眉谷生产闻名碧河的青梅酒。凤凰楼是碧河镇最好的酒店，但凤凰楼的酒也是来自月眉谷。除了月眉谷的青梅酒，凤凰楼还以炸鸡腿著称，所以可以说，如果没有月眉谷就没有当时的凤凰楼，那么碧河镇将少很多色彩。月眉谷再过去就是桃花林，这里的桃花四季常开，春夏秋冬都落英缤纷，十分好看。桃花林的那头是坟地，凶猛的野兽都会在这里出没，比如狼和秃鹫，都以尸体为食。穿过桃花林，在那片草地上坐下，你就可以听到碧河淙淙的流水之声。

在碧河的城堡时代，由于开采石头建房子的原因，把山丘都挖得乱七八糟，碧河镇的植被面积一直在减少。然而，桃花林的面积在不断扩大。因为每个将死之人，走进桃花林之前都会种下一棵桃树。去世的人被烟吹走，灵魂左的向左，右的向右，人就在桃花林中死掉了。但他们始终坚信，灵魂都是藏在桃树之中，随着桃树的生长而快乐地呻吟。在桃树之中，所有的灵魂理所当然都带上了厚度。所谓灵魂的厚度是一种想象，被储存进量子计算机之中的灵魂，就没有厚度和长度可言，但是如果要让虚拟的灵魂没有呻吟之声，就需要借助我的故事和场景，让每一个灵魂都似乎经历了轮回，在不断被重置和刷新的过程中感受收获记忆的快感。所以从这个角度上看，我的故事脚本是有市场的，或许美人城集团会出一个好价钱。其实，我跟祖少爷提到过我的写作计划，他对我的《碧河镇脚本》没有任何印象，但当我提到"月眉谷"，他说这倒是一个好名字，正愁直播系统没有一个好名字。这么一个情景让我感觉自己活在梦中，我不知道是"月眉谷"这个词汇自动植入了我的记忆，还是这样一个名词是由我创造的。

我的主人公陈小鬼还是一个少年，他不必为死亡而担忧，于是他经常会一个人跑到桃花林外面，躺在一块石头上，嘴里叼着一根草（和我叼着一支笔一样），做思考状，一双眼睛盯着桃花林中进进出出的人。我需要让生活在虚拟空间里的灵魂感觉到自己与死亡相去甚远，游戏的根本原则在于营造白日梦，但成瘾的关键在于总是可以回到置身事外的现实之中，然后发现现实令人厌倦，还不如游戏来得扣人心弦——在故事中，死与爱总是最能够扣住人的心弦。所以，碧河镇的老人，整天都在计算自己的死期。一般而言，他们会提前数日，带着水壶，来到桃花林中等死，像去参加某个盛宴，带上一些水酒。为了等一个冷战，他们开始感到紧张，有些还小便失禁，但桃花林里美丽的景色能使他们安详。他们开始忙碌着种桃树，并把自己的衣服整理得棱角分明，开始训练死去时留下的微笑——露出六颗牙齿。一切都按部就班，对陈小鬼而言，这是上一个时代严肃的最好象征。

随着死期的临近，老人们开始急躁，但这些只在心里隐忍着——隐忍成为上一个时代的又一个特征。随着死期的到来，他们就渐渐地宁静。但对于其中大部分人来说，与其说宁静，还不如说是被吓得麻木了。这一点大家都心知肚明，只是不便明说。这说明碧河镇的老人，大部分也是俗人，没有经过什么修炼，没有多高的修养，逼急了也会说脏话。死亡的日子到来了，有一些人死去，但有一些人却算错了日子，迟迟不死。他们就感到烦躁不安，这跟女人月经欲来不来的烦躁是一个道理。

有一些老人由于死亡而担惊受怕，结果日期算错得太离谱，他们就拎着水壶，沮丧无比地走出了桃花林，去镇上找算命的。镇上的算命先生就像数学家一样，需要很多稿纸来对这些稀奇古怪的寿命进行计算，以使最后的值都等于一百五十。他们就像医生一样坐在屋里，算命的人在门外的长凳上坐着静候，不敢吱声，等到里面有人在喊自己的名字或者编号，就急急忙忙跑进去。算命先生不单是数学家，还是心理学家——不但要给他们计算，还要给他们安慰，告诉他们该来的总是会来，请耐心等待。老人们从算命先生这回到家里，就开始感觉到荒诞——从对死亡的惧怕到现在对死亡的期盼，这真是一件好玩而玩不起的事情。但其实，老去是从你认为自己已经不再年轻的那一刻开始的，从此开始了计算，开始数数。也就是说，可以是在一百岁，也可以在五十岁，甚至可以是在二十岁，有些人直到躺在桃花林中，还认为自己十分年轻。这就如同我们在高楼之上对于生命尽头的认识，我们期望的值是一百五十岁，但事实往往不尽如人意，当然我们不会如桃花林里的老人那样忧心忡忡。在人工智能的时代，我们最大的问题是认为自己活腻了，生怕以后死亡的权利被资本家所垄断，求死不能成为大家最大的恐惧。

本来老人进入桃花林，是应该神情严肃、一言不发的。但因为有一些老人提前了一个星期到桃花林中来，这个时候他们开始感到无聊，于是就聊起天来。他们相互打了招呼，打招呼不是问吃了没有，而是问：几天？言下之意就是问你还有几天就完蛋。如果答是一天，那对方就会祝贺你可以早日死亡；但假如你说还有一个星期呢，对方就会默哀，表示遗憾，同时安慰你说应该耐心等待，该来的总会来。他们互相问候对方的家人，这些同在一片土地上住了一辈子的人，到现在才开始互相认识，这是最后一次，他们不会像以往一样冷漠地擦肩而过。他们互相询问一切可以询问的情况，客气地问答，内容包括近年的性生活是否和谐。他们还聊起了已经来过这里的人，和即将来到这里的人。桃花林对活着的人是一种威胁，而对将死的人是一种安慰。

打了一个冷战之后他们就安详地死去。为了等待一个冷战，他们忙忙碌碌，整日奔忙，像在完成一个重大的使命。陈小鬼注意到春夏之交，天气忽冷忽热那阵子，是桃花林中老人最多的时节。因为那时是桃花一年之中开得最繁茂的时候，空气清新，早晨的露水还没有化开，这景色简直令人舍不得这个世界。碧河镇的母亲都会给自己的孩子计算出生的日子，如果能选择在春夏之交成为一颗受精卵，也就可以选择在春夏之交死亡，圆满的死亡严丝合缝，那是一件非常值得庆祝的事情。

　　早晨，碧河岸边就会出现一批又一批的浣衣女，她们都非常地小巧，有时还可以听到她们好听和不好听的歌声。在森儿还没有到来之前，陈小鬼会起个大早，来到浣衣女必定经过的路口，那里有一棵大树。陈小鬼极其麻利地爬上那棵树，趴在上面，可以非常清楚地看到这些来来往往的女孩，如果她们衣着入时，还可以看到她们或深或浅的乳沟。但森儿来了之后，很快就识破了他的诡计，下了禁令——假如还去看人家乳沟，那就别再碰我的乳房！看和碰毕竟是两种不同的感受，虽然乳沟对一个少年来说无疑具有无穷的吸引力，但两利相权，陈小鬼不得不学老实了。由此可见，世界上老实的男人都不是自发的，而是被迫选择的结果。

　　除了洗衣服的女孩，地里还有耕地的农民。碧河镇的农民都皮肤黝黑，这是叫太阳晒出来的，是自然而然的事。住在高楼上的市民认为，黑皮肤是健康的肤色。假如你去相亲，有一身黑色的皮肤，那成功率将大大提高（毋庸置疑，非洲的黑人在人工智能的时代享有很高的待遇，到处受人尊敬）。这是因为高楼里的人都皮肤白皙，严重一点的皮肤死黄死黄的，和得了肝病的人差不多，这都是长期没有照到阳光所致。众所周知，人工智能时代的农民都是在楼层里种菜的。城市公约规定，二百层以上的楼层，才能划给当地的农民种田。一个楼层被划分为若干部分，建有一个个透明的小屋，那是蔬菜的生产线。在这里，小麦和水稻都亩产上万斤——这是很吓人的数字。但据资料记载，上世纪的中国人，曾经种过亩产十万斤的水稻，着实令人钦佩。只是与之前农民种田有所不同，高楼之上的供水完全由领导决定，所以经常会听到高楼之上的农民因为被停了水而号啕大哭。这个时代的天空并不会飘下甜美的雨，所以一旦停水就可以听见植物悲号枯落的声音。每当这个季节，大家都会侧耳倾听，听更多的人变成疯子。所谓历史，都是一些不可抽空出来追索比较的玩意儿，要从不同的角度进行装饰性的理解。年轻时我不明白这个道理，险些由此得出人越活越笨的结论。而现在，历史不过就是数据，随时可以擦除。

　　古代的人思想深邃，现在的人却极度脆弱，热爱飞翔；古代的人有非凡的书写，有一些十分出色的书，但现在我在屋子里写小说制造梦境，被人家看成发神经——我自己私底下思忖，我可能是这个世纪最后一个小说写手，活在智能时代的炼金术士。在我这里，唯一的安慰是碧河世界。碧河滔滔，代表了一个梦的厚度、深度和广度。碧河镇的祖先在最先建造它的时候，十分考究地取用了区别于其他梦境的草树、飞檐和墙壁，是以那批族人，连同最漂亮的女子都愿意在此定居下来。这是真正值得庆幸的事情。在这里，岁月就像一块巨大的海绵，吸收着来自各个角落里不断涌现的记忆之潮。包括老人们当初的某些盼望，现在也成为未曾成熟的回忆，散发着绿色的香味。我热爱它们，就像热爱我自己的土地和生命。我现在唯一担忧的是，美人城集团的领导最后大手一挥决定放弃购买我这个梦境，如果他们不买我的故事脚本，那么我的劳作也就会如同高楼之上的农民一样，颗粒无收。

8

婷婷，一种分离的情绪再次充盈了我的心胸。如果可能有另一种看到世界的方式，比如说看到我是一团量子组成的，那么大概可以看到我积郁于心的密密麻麻。一个人内心的思虑和热爱，能否转化为某种看不见的能量？我并不知道。公司的同事认为我是以这样一种方式在逃避思想监控器的扫描。这是一种传说中的机器，谁也没有见过它，但据说思想监控器被布置在这座城市的所有角落。比如，如果你喜欢对着公园里某棵树的一个树洞讲一些秘密，可能在树洞里，就潜伏这一个思想监控器。在我的故事里，思想监控器还有另一个好听的名字，叫真心亭，它遍布碧河镇的所有角落。谁的内心如果有郁郁寡欢之事，只要走进真心亭，默默诉说，元老院的长老们就能听到你内心的声音。但这样说显然将我对你的情感陷于机关算尽之地，觉得我对你的情感模拟是一种深度的伪装，这显然对我是不公平的。如果说我对你的想象和思念有什么私心杂念的话，那么最大的私心便是完成我的故事。我一直认为，一个优秀的故事师，他应该教会读者一种阅读的情绪。写作这部小说，我一直处在一种非常古怪的悲哀之中，一种厚实而透明的忧愁。面对由复杂结构组成的东西（比如由复杂的物质组合而成的人），我需要不断地沉思，扎进这些复杂物质的内部进行思考，这样才能写出有情绪的故事。当然，作为一个职业故事师，我也明白这样的故事最后都只是成为游戏的脚本，很多我认为非常精彩的表达，最终会成为程序员编程语法中的废料和障碍，他们会毫不犹豫地抛弃它。

"进入复杂物质的内部"，这个观点不是我说的，而是陈星河跟我讲的。我从大学辍学之后，曾经流离失所一段时间，跟别人一起玩过音乐，在酒吧里喝得烂醉，最后钱花光了就在酒吧里当服务员。当老板发现我是一个喜欢喝醉的服务员时，他首先对我笑了笑，然后问我喜不喜欢为顾客提供其他服务。我说我是男人，他说没关系，现在无论男女顾客，都有喜欢男人的。我断然拒绝，然后便被轰出来。我又在几座城市流窜，天气开始变冷，日子好像过不下去了。我内心烦闷，在一个地下室酒吧，喝了酒，身上没钱了，最后挨了一顿打，被扔到运河里。我挣扎着从水里爬上岸，本来我想放弃挣扎的，但还是对死亡感到害怕。我明白死亡离我只有一步之遥，只要我稍微放手，就会沉入水底。我浑身湿透，爬上岸，走了一段路，走不动了，深夜静谧，高楼的灯光已经熄灭，四周一片死灰，仿佛置身地狱。我找了一片草地趴了下来，拥抱大地，沉沉睡去。第二天醒来，我发现身边围满了人，他们看到我突然翻身坐起，都发出一声尖叫，四散跑开了。我茫然四顾，也发出一声惊叫——在我身边，躺着一具血肉模糊的尸体，而我昨夜跟他共享了血泊，浑身黏糊糊的都是半凝固的血，怕是刚才趴在那里一动不动便被当成死人。我这个"死人"伸一个懒腰，那个跳楼的可怜虫把他的门牙对着我，让我觉得自己很可笑。警察来了，不久之后，陈星河就出现在我面前。他什么都没说，带我到酒店，让我进浴室洗澡，他在阳台抽烟，不久之后有人敲门，送来一套衣服。"睡醒打我电话。"他抽完烟就离开了，和几年前一样，走之前他把印着电话号码的卡片放在桌子上。热水从我的头上淋下来，我听见房门关上的哐当声，眼泪不禁夺眶而出。

我不得不接受他的安排，来到真跃进无人驾驶汽车公司。我对无人驾驶汽车一无所知，只知道自己进入了一个万物互联的时代。

"你要试图进入复杂物质的内部，在我们面前，一个新的时代已经到来，物质在通过人类复活它们自己。"陈星河说了这么一句让我似懂非懂的话，同时又让我觉得这样的工作安排只能服从。

就这样，我来到了真跃进公司上班。美人城集团持有真跃进公司的股份，而真跃进公司的许多业务收入同时又来自美人城，所以，我成为真跃进公司中那类属于"有背景的人"。我没有经过公司的面试考核就成为正式员工，我是被"安排"进公司的。甚至，对于那些公司高管来说，我这个"背景不明"的员工就是一枚地雷，闹不好是美人城公司那边派过来的眼线。他们有了这样的顾虑，所以我在真跃进公司不可能被安排在最为重要的部门和岗位，管理层经过研究之后决定让我成为一个故事师，可以在家办公；但因为故事师的收入不太稳定，所以不久之后他们便给我升职，给了我另一半工作，负责物色病人，像个猎人一样出门打猎，把冷冻的人头带回来。这样一来，我有三分之二的工作时间并不在公司，这是管理层乐意见到的。而对于其他搞不清楚情况的同事来说，我因为"有背景"，所以"不怎么上班还拿高工资"，简直就是一个混日子的混蛋。他们表面对我客客气气，背后都对我竖起中指。

不管怎么说，作为一个大学都没有念完的家伙，能有稳定收入，也应该感到满意了。混迹酒吧的那段日子，我在梦境收购站打过零工，见过许多穷人，他们一无所有，最终得去卖梦。出售自己的梦境是极端痛苦的，特别是收购梦境的小贩常常非常苛刻，对那些贫瘠而破碎的梦境满脸不屑，他们要收购最美丽或者最惊险的梦境，要饱满，要充满各种具有现实质感的细节，要让所有人都容易进入，例如梦见死去的外婆这一类，他们也是不要的。应该说，我现在就是一个故事师，其实从事的也是造梦的工作。我可以按照我的意愿来制造白日梦境，而不至于担心一夜无梦而用酒精麻醉自己。我明白什么样的梦境能够被用到大型游戏之中，比如杀手信难求，一提到他，你大概就能想象他狼狈不堪的样子。信难求曾经拿着一只凳子和一群带着铁锤的人打架，最后被人活埋在地下。这个场景具有很多种变形，甚至有人得出了这样的结论：一件家具是不能和有杀伤力的武器对抗的。这也印证了陈大同的话。陈大同说："谁拥有武器，谁就是统治者。"陈大同是陈小鬼的二叔，他一直在制造各种各样的武器，包括那一座像屋子一样的怪物。在他的影响下，陈小鬼也会制作武器。唯一不同的是：陈大同制作的武器多是质地粗糙，就如屋子是粗糙的花岗岩砌成的；而陈小鬼的手工精巧，追求精美绝伦的艺术效果，所以他的武器大多用柚木做成，非常漂亮。陈大同制作的东西质地粗糙，并非他不想把它细化，而是因为他在制造武器的同时还注意把他做成器具的模样，这样就一举两得。比如猫头鹰大街十七号里的铁碗铁杯，瓷盆罐头，枕头马桶，都装有机关，可以发射暗器；而低矮的木椅和墙上的油灯，实际上是小型的捕鼠器。但陈小鬼可管不了那么多，他要的是一件艺术品而不是家具（这大概是艺术家和发明家的分野）。所以在这个问题上，陈大同总是骂陈小鬼没出息，陈小鬼则暗地里叫他二叔老顽固。当然，这些都不影响陈大同在陈小鬼心目中的偶像地位。

故事线再往下走，需要一个强烈的刺激，所以杀手信难求还是死了。他的双手双脚都被人切了下来，这让我想起童年时我在农村生活过，曾经去地里收白菜。一把小刀沿着地面切过去，一棵白菜就被齐刷刷地切了出来，切口同样十分平整。我十分满意这样的想象。信难求就如一棵白菜被人砍下来吃掉一样被切去了手脚，切口也是齐刷刷的，光滑如镜。如果你留意到切口的情况，就不难判断：这不是用刀刃切的，而是用一根很细的钢丝，再用骏马的拉力切断的。而不久之前，他还曾用这双脚上蹦下跳，走来跑去；用这双手提着一只凳子，在人家的马阵之中左冲右突，威风凛凛。这场战斗无疑改变了陈小鬼对信难求的看法，但陈小鬼还没有来得及向信难求表达他的看法，信难求就死了。临死时红衣人把他的手和脚都摆到了他的面前，他可能发现自己的手和脚都非常好看，皮肤鲜嫩，纹理清晰，是一件很好的艺术品。他想亲一口，却未能如愿。在这种情况之下，他还是不忘说出那个字：操！当然，这只是一个冷静的推测。我的客户被我们固定在病床上开始割头时，也常常发出这个声音。

信难求在走近死亡的边缘时，和桃花林中的老人又大不一样。他完全是在一种寒冷、恐惧、孤独的环境中完成了他的死亡，说起来这和未来之城中的死亡有某些相似的地方。在这城市里，楼房林立，而且每栋楼都像一根雄壮的男性生殖器一样高拔笔挺。也就是说，如果你在天空的某个制高点远远看来，就会看到在这一片土地上竖立着无数阳物，而且每条阳物都处在勃起状态。或者你会说，在我这部小说里，决绝的死亡代表了阳性雄起的一面，祥和的死亡代表了阴性温湿的一面，对此我虽然不会赞同，但也不会反对。在这栋大楼里，假如死了人，可以分为几种情况。假如你是住在贴近大地的楼层，那说明你是有身份的人，不用担心骨骼疏松的问题，大限将至时也自然会有专门的人员负责开会讨论你的遗体的冷冻保存工作；假如像我这样，在大楼的中段，那么在死之后，可以通过楼道中的特殊通道，输送到城外的公墓——这通道完全是一条龙服务：从这头进去是一个人，从那头出来已经是一个装着骨灰的盒子，盒子上贴着你的名字，盒子沿着底下的传送带送到外面去，按顺序存放到集体公墓里头去。至于高层的楼民和窗外飞行的疯子的尸体享有同等待遇：专职人员跑过去，在你的身上浇上一瓶药剂，一阵烟雾过后，碳水化合物就变成二氧化碳跑掉，剩下的残留物将直接送到楼顶去种菜。这种处理最为环保实用，所以深受广大消费者的欢迎。但无论身体由哪一种途径消失，死亡的时候，我们无法不感到寒冷、恐惧和孤独。在这里还必须提一提一些意外的情况：在这座城市里，人口众多，每天都有大量的人在死亡，所以工作人员经常忙不过来，出了乱子，有时会在人还没死彻底的时候就动手——被送进冷冻柜的人会坐起来打两个喷嚏再死掉；药剂浇上去人一吃痛站起来尖叫狂跳几圈再倒下，肠子掉了一地，很不雅观，但都已经千疮百孔，只能彻底清理；有人在传送带的通道口附近听到里面人的呼吸声和叫喊声，或者机器出故障，骨灰盒上面还有一只手掌完好无缺——这种情况的存在，更让人无限怀念碧河镇那片茂密的桃花林。

但无论怎么说，这都是可以加以想象的死亡时刻。而我后来才知道，作为一名标本采集师，一个人头猎人，我剥夺了一些人死亡的权利。这些经过模拟脉动血流灌注冲洗过的大脑，脑细胞仍然处于活跃状态，只是没有了灵魂，他们不算活人，也不算死人。虽然在他们的自我感觉中，他们认为自己的身体还在，神经系统不停发出信号，希望身体能够做出相应的动作。而很快他们就沉入无法醒来的梦里，梦里有

第六章 夜鸮

•
•
•

179

一条长长的公路，他们开着一辆车一直在没有尽头的道路上狂奔，他们根据本能越过各种障碍物，根据不同的情况自觉踩油门和刹车。真跃进公司会采集这些无人驾驶的数据，进行深度的研究，他们获得一套叫"运动自觉"的算法模型。"我们需要更多的标本。"我的老板恨不得把所有能开车的人都变成标本，以达到让无人驾驶汽车雄霸天下的目的。我去过标本室，在那里有一间大机房是为这些人头专门预留的，装着人头的安乐桶被安放在蓝色的机柜上，排列成方阵，构建人脑神经组元。这是真跃进公司中最神秘的部门，我也只是在每次提交标本的时候，才有机会穿过三层无菌闸门，看到那一排排的蓝色机柜，中间有发出蓝色微光的液压管环绕贯穿。而穿着白大褂的工程师在方阵中间穿梭往来，他们的衣服看起来也像是蓝色的雨衣。有一阵子，我觉得自己迟早会是他们的一员，拿个本子走来走去，登记着各种数据。后来我终于搞明白，这种情况并不会发生，因为那些工程师都是机器人，他们负责维护人脑神经组元与中心服务器的数据传输，以保证当标本出现无效梦境死循环的时候，能够得到及时的解决。

如果一颗人脑标本出现了某种无效梦境死循环，那么治疗的方案是解除它与主机的链接，然后注入一个死亡的梦境。

死亡的梦境能够激活人脑中求生的本能，死的意象越逼真，活的欲念就越强烈。比如，当我们把时间轴再转到信难求被活埋的那个死亡梦境之中，我们就能看到死亡对于一个人的捉弄，属于梦境的捉弄。当泥土刚埋到膝盖时，信难求能感觉到整个身体都安稳充实；当泥土埋到小腹，就会从全身安稳充实渐渐感到压迫；到了胸口就会感到窒息，呼吸就会慢慢地困难，慢慢地加快、急促；当埋到了脖子，这地面上就只有一颗头颅，像长在地面上的一块疙瘩，老鼠可以在他身上钻洞，蚂蚁啊苍蝇啊虫子啊就停在他脸上，不停地爬啊爬啊，还不时在他的鼻梁上咬上一口，又痒又痛，他尝试用舌头去舔，但蚂蚁爬开了。但事情并没有按顺序发展——信难求被拉出土坑之外，切去手脚再重新栽种进去——这个环节进行得快速无比，以致信难求只能感到轻飘飘的疼痛，没有持续太久，他就回到了温厚的大地之中。同时，他能听到体内的血液在咕咚咕咚地灌溉进这片贫瘠的土地，他有理由感到骄傲，就把门牙毫无顾忌地裸露在风中。

9

很多死亡的场景，是刀爷告诉我的。那阵子我频繁出入他的住所，有时候是周末，有时候是刚采集完人头，手里还拎着机器。刀爷的手下认识我，也认识我手里的机器。他们知道我在冷冻人头，都叫我"冰爷"。我开始以为是我名字戴友彬的彬，但后来听清楚了，是冰爷，冰冻的冰。他们中有个人告诉我，是刀爷这么叫的，刀爷要他们都叫我冰爷，"后鼻音，比较威风"。他对他们说："下午冰爷要来，你们去准备点好茶叶。"我成了冰爷之后，他的手下对我都非常恭敬。那时刀爷刚从破爷手里接过整个黑帮网络，只要他在，就没有人敢在他面前称爷，我不明白，他帮我立威风用意何在。婷婷，你知道，我是一个希望远离暴力的人，但这个时候，我不能认怂。

描写这样暴力的梦境可能会让你觉得我是一个非常变态的人，我还是必须告诉你，我并不是这样的人。我希望死亡能给那些人脑标本中带去一丝希望，让他们感觉到与物质牢靠相连的现实存在。当我们进入复杂的物质内部，我们只能发现虚无，发现并不物质的某些魔法。

婷婷，你还记得吗？当年我们都还小，机器人战争爆发，你的爸爸失踪，我看到毕春花阿姨两眼空洞的绝望。我虽然少不更事，但我非常理解这样的绝望，它需要希望来救治，或者说，需要一个梦来重新激活一个人的灵魂（这样说起来，我似乎非常有当医生的潜质）。于是，我编了一个故事，告诉你的妈妈毕春花阿姨，你的爸爸钟局长不是一个逃跑的懦夫，而是一个英雄，而她需要作为英雄的遗孀，一定要接续英雄的意志投入战斗。我的话果然奏效了，春花阿姨沿着我构建的故事，获得了继续生活的动力。我们现在复述这样的往事，一切似乎轻而易举，而那时置身其中，我甚至都不知道自己说过的那一句话，会对另一个人有用。那会儿无数人逃离城市，钟局长应该也是其中之一。

这就是梦境对于病人的疗愈。你要相信，一个略带恐怖的梦境，对于一个被安置在安乐桶里的人脑来说，也是一种疗愈。比如下面这个梦境：

那一天夕阳西下，陈小鬼在看河。他也许并没有认真看待沉船这件事，更不知道做这件事会使他失去了自己心爱的女人。也没有想到"人物KK"会被竹竿刺中挑在空中，就如同在西餐馆用叉子将一块牛排刺中挑在空中一样。但他一定想到了死亡。在小说里，"人物KK"被撑在上面，开始由于发怒，他的脸很红，但后来身体各部分渐渐地变冷，他发红的脸也就跟着渐渐地变成紫红色的了。河面上带着水汽的风吹过来，使那张脸看上去就像一串紫葡萄。这是生活在高原的人特有的健康肤色，要经过多年的风吹雨打，不想"人物KK"在一瞬间就具备了。所以可以推测，在"人物KK"身上，一定有一些疼痛的几何形状，从上腹一直辐射到头发尖和脚趾头。他可以感觉到那支竹竿刺进他肚子的那一端削得很尖，不然刺进去的时候不可能有那么麻利。那根竹竿从他的胃下面穿进去，一定压迫到肝脏，刺穿了一些肠子，应该是小肠。我们知道肠子是很柔韧的，能刺穿又再一次印证了竹竿的锋利程度。"人物KK"感觉到那支竹竿的顶端，紧紧地顶住了他的脊椎，然后下半身就没有感觉了。接着，他感觉到自己的大小便都失禁了，这时他想用力缩一缩腿，缩一缩屁股，但已经做不到。为了不让下面的人看到他难堪的一面，他不得不用手拉了拉裤子。同时他开始唱歌，以此来分散他自己和他人的注意力。这是他在这个世界上做的最后也是最成功的一次遮掩，他相信没有人知道他此时已经大小便失禁。"人物KK"小时候十分怕生，看到陌生人就会哭个不停。到了十岁的时候，"人物KK"还会尿床，他一直为这件事感到羞耻，一直耿耿于怀，成为一个最隐蔽的秘密。不想在生命最后，他还是有了一次大型的尿床，而且身不由己。竹竿上的"人物KK"在唱歌，开始时中气十足，歌声坚硬锋利，但越过水面时，却被周围那层厚厚的水汽全都吸收了。这是因为竹竿并没有刺中他的要害，未能一招致命，他还能感觉到自己身体之中的能量。但竹竿可能刺中了一条大血管，血开始顺着竹竿往下流，如你看到的那样。他试过用手去捂住伤口，顺着竹竿想把热烘烘、黏糊糊的血抹回去，抹回肚子里去，但他渐渐知道流出来的血就如撒出来的尿，是抹不回去的。他开始感到慌张，在半空之中，不能动弹，也无法挣扎，他的声音渐渐地低了下来，最后只有他自己听得到。他开始感到头晕目眩，开始头痛，头脑中开始出现空白，并知道自己的身体在慢慢变轻，最后他连眨一下眼睛的力量都没有了，所以就睁着眼死掉了。这说明他和桃花林中的老人不在同一类，没有像他们那样事先想好自己的最后的微笑和眼睛的开闭程度。小时候我爱抓那种金色的大苍蝇，喜欢用一支牙签从苍蝇的屁股穿进去，当然不能将它刺穿，这种刺法的要领也是不要刺中要害。此时你就可以听到苍蝇发出一种嗡嗡的声音，来源于它的那对不停振动的大翅膀。苍蝇的脚在凌空舞动，假如你此时递给它一条细小的草芥，它就会顺着时针舞动起来，像戏台上舞棍的人。

"人物KK"在这里可以被随意代入，梦境的紧张程度可以随意调节，从而变化出无数个版本，就像强烈程度不同的针剂，用于治疗不同的无效梦境死循环。

一次次的实践反复巩固我的一个观点，那就是人类赖以生存的也许不是物质，而是关于物质具备意志的故事。一次接近于梦境的布道，比一把抵住咽喉的刀，也许更有改变现实的力量。一本小说就是一个虚构的世界，当然，作者或叙述者也是虚构的一部分，也是事先就设定的。在这个小说里，他是个凝重的人。我不可避免地要提到他，就像我不可避免地要想起你一样。我生活在美人城里，整天叼着笔做一些不着边际的思考（发呆又不能用来换钱），在别人看来，这只是发神经的另一种方式，跟窗外飞翔的疯子没有多大区别。按照他们的理解，一切所谓的美好都是骗局或者谎言，所谓"意义"其实和意淫是同质的，只是一个硬币的两面。

第六章　夜鸮

这个观点我表示理解，但不能同意。作为一个孤儿，我见过丑陋，但我内心保留了对美好世界的执念。我用这种执念去影响那些病人，所以他们见到我，如见到救命稻草，一般会在一个小时之内就决定与真跃进公司签约，成为我们人脑组元的备用库。哪一天他的身体走到了尽头，那么他的灵魂就属于我们，被我们关进梦里。

我去过孤儿院。如果当年戴大维没有将我买走，我应该是他们中的一分子。我看过那些孤儿睁得大大的眼睛，其中有个男孩，有着忧郁的眼神。他爱玩积木，能制作风筝，是一个很有创造力的家伙，但经常被人欺负，总是哭鼻子。我很喜欢他，跟他在一起度过了一个愉快的周末。我在一个路口遇到他，他身后的小路边是两排木栅栏，高度刚好挡住视线，木栅栏旁边是低矮的草丛，再后面就是远方的蓝天和白云，他就站在那个路口，用警戒的眼神看着我，皮肤很黑。碧河镇里的陈小鬼就和他重叠在一起了。这也是我要将陈小鬼写成父母不明的孤儿的原因了。假如有一天我死了，我希望你能去看看他们。

我通常会在阴冷的天气里来到孤儿院。知道吗婷婷，在孤儿院里，有一个大眼睛、牙齿很白的小姑娘，她坐在一个角落里吃午饭，不时用那双大眼睛看我。我对她的好奇感到奇怪，后来才弄明白她不是对我好奇，而是对我 T 恤衫上的图案好奇。她问："这是什么？"我说："你觉得是什么？"

她说："鸟……猫头鹰！"没错，那是一只蓝色的猫头鹰。当我再次走过时，她问我："哥哥，你要吃鱼吗？"这时她天真地笑了，露出洁白的牙齿，和淼儿在榕树下烤鱼所做的一样。现实在某个瞬间暗合了我的虚构，仿佛我的虚构也是被安排好了一样。我的眼泪不小心就滴下来。当然，我做得很成功，没被他们发现。在一群孩子面前流泪，是一件很丢脸的事，所以对这一切我显得波澜不惊。还有一点我想偷偷告诉你的：那个小姑娘笑的时候很像你，都是嘴角往上拉了拉，再灿烂地笑开了。我在看她第一眼的时候，就喜欢上她了。假如哪一天你能去看她，记得给她带几个鱼罐头，她喜欢吃鱼，这一点也和你一样。看到她，我总想起你吃东西的样子——你经不起饿，一饿你眼睛就发绿，像一只跌跌撞撞的小鹿。

小鹿一样的婷婷啊，我知道你这些天遇到了困难。你在电话里哭泣，可是我不能说太多的话。这些天没有写稿子，也没有出去收人头，我生了一场小病。不用担心，只是小病，并不会被我自己的团队抓去割头。那天我到大街上去，难得我会挤那么久的电梯到地面上去，但一到地面就给人溅了一身水。严格地说，是给车溅了一身。这些天一直都在下雨，地面的排水系统不好，路面看上去都成池塘了。飙车的家伙从我身边疾驰而过，我眼前一亮就浑身湿透了——我和这些飙车的人，有着天然的代沟。我总觉得，我和他们无法沟通，他们成为这个本该充满秩序的世界里的异数。我无法理解他们的世界，他们也不可能理解我的世界；在我的世界里，汽车只是一个被赋予了移动意志的物体，可以把人类输送到任何地方。而对于飙车党来说，他们觉得自己正在操纵一台足以杀人的凶器。这样的念头本身就是危险的，说了你也不信，我老是觉得有一天，我会死在车轮之下。

生病的时候，我梦见曲灵阿姨，梦见有人将我带进一个手术室，梦见我在挣扎，梦见戴大维。在梦里，我又将触角伸向了虚构的碧河世界。在碧河六镇的其他地方，有驴子的叫声，煤烟的污垢，海产的腥味，这是碧河镇所没有的。碧河镇里居住着一些庸俗的民众：吵架时会朝对方吐口水，会将马桶倒在大路上，或者因为一个面包而引起两户人家之间的斗殴……即便如此，我也是爱他们的。我更愿意相信他们是一群高雅的人，比如说会在路的两旁种上白色的玉兰和我所喜欢的茉莉花，老人（碧河镇里老人是最多的）会在门口拉着二胡，年轻的女子不但不会穿着睡衣上街，而是衣着朴素干净。看上去穿得很保守，实是颇费用心：都会露出浅浅的乳沟。

在碧河世界里，陈小鬼和森儿一直在奔逃。当然，在他们看来，这是私奔。就如当年机器人战争爆发时，我也想和你私奔。我记得你到码头送我，我邀请你加入我的计划，但你拒绝了。在我的故事里，森儿并没有拒绝陈小鬼，他们一直在摆脱围住的状态，也就是说，有这么一条路，向这边走是传统，但总被定义为媚俗，然而他们就可以得到一份正常的，并因带上人生意义而沉重的幸福。就比如我们可能被升级为智人 2.0，听起来似乎也是美好的。但是道路的另一边，向相反的方向走则是颠覆，但十分艰辛，并必须为所有的反抗付出代价。假如陈小鬼和森儿都是好孩子乖孩子（或者这曾经是他们所渴望的），他们就会像其他人那样，安安静静，虚度此生，活到一百五十岁，然后打一个冷战在桃花林中死掉。写到这里，我突然也打了一个冷战——假如被装进安乐桶、安置在蓝色机柜里的人类，就是智人 2.0，那么我岂不是变成实现机器人计划的一部分？只要某个机器人混入了权力机构，比如美人城集团的决策圈，他就完全可以发布这个计划，那么，机器人战争 2.0 模式早就已经开启，只是我们置身其中，都浑然不觉。

　　想明白这个道理，我只能更勤奋地制作死亡的梦境，让成为标本的人类在梦里可以拥有壮烈死去的可能。

10

　　下雨了，窗外尽是雨声，婷婷你过得好吗？婷婷，每次在雨中我总想起了你，而现在，雨打着我的窗玻璃，雨水在玻璃上慢慢地滑动，从里面往外看，玻璃有一种粗糙的感觉，比平时来得美。在这个灰色的城市里，雨是最具灵性的了，你看，连玻璃都因为它变漂亮了。

我想起我们的小时候，我们的乡下，想起台风来了，大人们曾带着我去绑竹屋。我们用绳子，绕过了屋顶，将整个小竹屋绑住，绳子的两头，都捆了石头。想想真好笑——台风要真的来，这点小伎俩根本就不起作用。在童年的乡下，风都是善良的，台风也这样。有一次台风来时，我站在窗口，用手去摸从窗缝杀进来的风，它们都是热的。透过窗口，我可以看到晒谷场上有一个人被风带了起来，转了几圈，又稳稳地放到了地面，就好像元宵节时看花灯的人，在小卖摊上拿起一个泥人，看了一看，又稳稳当当地放回去。

我还不知道森儿会不会是陈小鬼的好女人，就像你有一天会是我的好女人一样。我明白自己这样对待感情非常幼稚。那天，我去跟你妈妈毕春花签合同，让她成为人脑组元的一部分，在客厅里，透过虚掩的那扇门，看到你坐在马桶上抽烟，还跷着二郎腿，我突然觉得我对你是如此陌生。我内心涌起一种恐惧，你成为我的所有世界，我不知道如何亲近你，也不知道如何跟你聊天。你送我下楼，我们在奶茶店面对面坐着，谈起了过去，谈起曲灵阿姨，谈起了小时候遇到的老魔术师，我内心涌动着一股说不清楚的情愫。一个人无法去制造或修改另一个人的生命感觉，这大概是人类活着的最好证据，是机器无法做到的那一部分。我的生命感觉就是自卑而怯弱，而在我的公司里，所有同事都不这么看我。他们认为我果敢而无情，在某些时候做事不择手段。他们当然不会忘记我是如何让寇主管对我服服帖帖的，他们看到了事情的结果，却永远不知道我用了什么手段，让这个一半是机器一半是人类的老男人屈服。很简单，我只是将他捆了，放在洗衣机里面洗了几个小时，他的 AI 系统就自动将我识别为危险物。但祖少爷又对我不错，他从人情世故的角度又不能不给我面子，所以他一般选择躲着我。

对于故事里的森儿，我一直喜欢她，她那时蹲在火堆旁，手举铁叉，一条黑乎乎、香喷喷的鱼就在铁叉上，她的视线刚好越过那条鱼的腹部，投射在我的眼波里，一切就变得无比温柔。她还露出洁白的牙齿，笑了笑说："哥哥，你要不要吃鱼？"我从那张又黑又脏的脸背后看到了飞扬的青春。我本来想在沙漠里让森儿变坏，以此来突显人性，但始终下不了手，总觉得有点不好意思。况且，那个时候他们一心一意逃命，也未必会理会我的话——他们早就不听我的话了，连哑巴是信难求的儿子都不曾告诉我。

但终于森儿还是离开了陈小鬼，她没有中途跑过来，哭着对陈小鬼说：我好想你！她没有说我想你，所以就没有再回来，这样的逻辑关系似乎可以成立。对于森儿的离去，我们还可以做这样的理解：这块土地可以是快乐的，也可以是悲伤的，而渐渐地，在时间的选择中，它选择了用一根看不见的线将一个生命与另一个生命连接在一起，瞬间又松开了，由此来产生疼痛，使每一个奔波的人都认为自己是一个不幸的人。但是，一个人总要习惯自己身上的伤口，就如同当日我在码头上决定逃亡，你在亭子里送我，我觉得你会目送我离开，但又怕你没有这么做，所以一直不敢回头。我还记得凉亭的柱子上挂着一副对联：青山似书常乱叠，红豆如灯最相思。在往后的时间里，我常常梦见这座凉亭，梦见这副对联。我告诉自己，习惯不等于忘记，忘记不等于改变。有一些东西，一辈子都无法改变。

分离是此岸和彼岸的常态，是人与人的常态。在我的故事里，森儿离开之后，在茉莉园那个小院子里，陈小鬼应该会被一种恶劣的情绪带到碧河的边上。他的眼光穿越烟波弥漫的碧河，他似乎可以看到对岸也有曲折蜿蜒的街道，有尘灰中乱成一堆的破房子，有火灾，有干旱，还有黑暗中的尖叫声……这一切都标志着彼岸与彼世一样，也并不快乐。

苦乐终究难明，复杂的情绪是我对游戏脚本最基本的质量要求。而故事显得破碎，对于一台机器来说，又有什么所谓呢？它们要的，是逼真的场景和细节，像一个真实的白日梦。

多年以后，陈小鬼还清晰地记得弥落大叔抚摸他后脑勺那只温暖的手，但那已经是整个碧河镇都陷入火海的时候。

而在森儿离开时，正是秋天，落木萧萧，到处都是一片凄然肃杀之气。这是阳痿的征兆，不是火的征兆，这一切只能让陈小鬼想起在河边吹笛子的哑巴和乌山鹰熟悉的鸣叫。但其实他一回头就可以看到哑巴，一抬头就可以看到乌山鹰，他想到的，只是一种已经过去的时间。过去的时间只能用于怀念和回忆，那些人和事在记忆里走近又走远，零零碎碎，往往就把人的心给踏疼了。

当你拥有了一份绝望的爱情，你就会像城堡里的巫婆一样，被自己疯长的指甲托起，飘浮于高高的天空。一些东西在疯狂地生长，但一些东西也在不断地老去——我们对谁都没有信心，我们永远感到绝望。我们正在慢慢变得无力。岁月正在使我们对时间和空间失去感觉，也对时间和空间产生惰性。我们已经无力回忆，也无力再去召唤远方的人和事。"故人生者，如钟表之摆，实往复于苦痛与倦厌之间者也。"在真跃进汽车公司，连一个领导谈话都会使我疲惫，岁月就是这样让人绝望。岁月是一把极端温柔的刀，知道古时候的太监吗——在岁月那里，人都要被阉割的。阉割或者熄灭，是另一个复杂的问题。被熄灭的人们，在地面上辛勤地劳作，小商小贩，斤斤计较，不知寒冬将至。"岁月"这个词，在我的笔记里，是一个代号，它指向某种不可知的力量：到底是什么停止了当年的机器人战争？到底是什么力量熄灭了物质的意志？我曾一度怀疑外星人的存在，但它终究不可证实，也不可证伪，所有的研究指向了一块石头。是的，长此以往，我大概会成为一个疯爷爷，你想，地球上有多少石头，而谜底竟然就藏在一块石头之中，怎么可能呢？大概我只能到荒野里，抱着一块石头说话了。

婷婷，我不知道如何向你描述疯婆婆的指甲，那是一些在瞬间会着了魔疯长的东西。早上，你可以用指甲来给肚皮挠痒，非常舒服；中午时，假如你后背和膝盖痒，你笔挺站着，也可以挠得到；到了晚上，你就是躺着，也能够给脚底板挠痒了。这只是一般速度，指甲会在你心情烦躁时疯长，也就是说，你的心情越不好，它就长得越快，所以疯婆婆只住在高高的瞭望台一样的屋子里，这样，半夜里她的指甲就可以穿破墙壁挂在屋外，是以那间高高的小屋总是千疮百孔。

指甲还会在夜晚加快生长的速度。邪恶总是在黑暗中生长，指甲也是。所以婆婆一旦不小心在地面上睡去，她就会被指甲托在高高的空中。被指甲托起的感觉一定很爽，应该能看到远方迷茫的山峦和有雾的田野，以及一些以前看不到的东西，都能在这个角度看得清清楚楚。

关于婆婆的长相，还有一点值得补充的地方：如果你比较细心，就能发现婆婆的脸有两种不同的颜色——她有一半脸接近于红色，另一半脸接近于绿色，看上去非常可怕。但按照森儿的观点，这是一种当年流行的化妆款式，只是婆婆还十分顽固地保持了下来。森儿还猜测说，这可能是用红色的花和绿色的叶酿成的汁染成的，反正这里都看不到一面镜子，她想美容养颜结果把自己弄成丑八怪，这怪不得谁。森儿还说，越把自己搞得花里胡哨，以为是新潮，其实越是花哨就越是传统，她自己可不愿意这么干。

写到这里时，婷婷，我已经完成了第一部分的写作，也就是完成了原先计划的私奔部分（或者叫逃亡）。虽然我自己也不知道到底写出了些什么，但我相信我已经完成了它们的建构，或者是自以为完成——它们能脱离我而独立存在。这种想象的狂欢显得十分重要，因为它可能是机器与人类之间唯一的区别了。机器沉迷于逻辑，而人类沉迷于毫无逻辑的想象。想象荒诞如梦境，梦境会成为新的商品，横在人类和机器中间。我很想把我对机器人战争的相关研究都告诉你，但这太复杂了，复杂得用一辈子都讲不完。况且我已经没有一辈子了，在我们这个时代，战争随时会来，而我已经到了生命的中途，时常会迷失，假如你在这个时候拉着我的手，我就会乖乖跟着你走，像一个听话的小孩。这是神奇的一年，如果以后能够时光穿梭，让我回到这里，看到今天的我，在一栋高楼之上写小说，并想念着你，而你就在不远的地方，偶尔还给我打电话，哭诉你内心的愤懑。一个陌生而熟悉的碧河世界或远或近地围住我们，就如机器人围住了人类，就如鳄鱼围住渡船，红衣人围住信难求，狼群围住了小鬼和森儿，芒草和沙漠围住了前进的路途……紧紧围住让我们窒息，但我们仍然不能舍弃它。

我们始终认为存在一个与我们完全对立的世界，有形的和无形的，天界或者地狱，都时刻在制约着我们。其实碧河世界是一个被描述的世界，正如历史是被描述的历史一样，我们一出生，所能知道的世界，就是被描述的世界。假如有人拿出数据和图像告诉我们，世界其实是另外一番样子，我们也会相信。这个世界本来就在不停变幻，不停修改着它自己的逻辑顺序。比如现在，我为了证明人类与机器的区别，成为一台制造白日梦的机器，日复一日，收割与虚构，我也不知道自己到底是什么。虽然我们从此岸看去，彼岸的一切也没有什么细微的分别：草木与草木之间，山水与山水之间，这个身体与另一个身体之间，看不出有什么可以让人激动的不同。当我们累了的时候，坐下来闭上眼，我们就知道，碧河世界的一切都在运动，充满不确定性，同时它们又如此令人厌倦。逆着这种厌倦往回看，我们大概应该早就明白，机器人战争从未停止，只是这场战争掩盖在人类的逻辑之下，将人类变成数据和标本，再用数据喂养人类。就如猫头鹰张开翅膀开始捕猎之前，它只是把要吃掉的对象，全部变成了老鼠。仅此而已。

11

婷婷，这阵子我太忙了，好久没有给你写信。那天我在美人城集团分公司的走廊上，看着你从对面的楼梯走下去，戴着渔夫帽，内心有说不出的激动，但我没有叫你，我多想时间能停在那一刻，就让我一次次看你从楼梯上走下去，即使是将我囚禁在时间里无限循环，我都感到心满意足。没有比这个情景更美好的事了，而我知道，你已经是"美人城世界"里当红的主播了。相信我，人不能认怂，只有自己强大起来之后，你拥有更多的粉丝，你才能帮助更多的人。

就像我，我如今已经是冰爷了。我接受刀爷的条件，我可以协助他完成智能机器人升级换代的事，而他会让我成为受人尊重的人。你应该大概明白我的意思，只是在虚拟世界探寻真相是不够的，我还需要在现实世界中扩展自己，让自己长出臂膀和眼睛，去做更多的事情。

婷婷，我刚获得消息，机器人战争又开始了，但是这一回，居然是从无人驾驶汽车开始，我好像明白它们的想法了，但你就在漩涡的中心，我担心你有危险，我现在马上就去找你。这封信没有写完，我担心它会按照我的设置自动发送，我也担心自己再也……

第七章　孔雀

1

白鹤路原来是弯曲的。袁子叙为自己这样的发现而不禁发出一个苦笑，在白鹤路租住了一个多月，居然才第一次发现它并不是一条直街。

"你别不信，只要借助了外星人的技术，人是可以飘浮起来的，我也就不用再开出租车了，更不用考虑是不是干脆顶他妈出租车公司的肺，自己弄个车，去开网约车。假设，我是说假设，每个人都会悬浮术，两点之间直线最短，想飞哪就飞哪，也不用穿山打洞。"

出租车司机边开车边喋喋不休地说着，自从袁子叙在白鹤路上车时礼貌性跟他说了一句话之后，他的话匣子就打开了，也不考虑袁子叙是否喜欢听。如果说北京的出租车司机都是政治家，国际形势皆了如指掌，那么这个城市的出租车司机大部分都比较深沉，像个哲学家，但袁子叙今天碰到的应该是个演说家。

"不过，如果真的学会悬浮术，那白云市的黑人就会更多了，他们直接飞过来，也不用护照了！"他指着不远处的落梅山，继续说，"前两年还在热烈讨论落梅山隧道要不要开通的问题，如果都会飞，跟 UFO 一样自由，也就不用建什么隧道了，黄婆洞水库的水位也就不会下降一米，你说那么多水到哪里去了？"

袁子叙不想接话，他闭上了眼睛，把注意力从司机的声音转到汽车广播的声音上。汽车广播里正在播报一个叫曲黛灵的哲学家的消息，主持人声音很激昂。现在的人为什么都这么激动呢？安安静静做一棵橄榄树不好吗？

终于到了，可以把该司机的悬浮术、水库、隧道之类的话题通通抛诸脑后，袁子叙推开车门，一阵热风扑面，就如冰箱里的速冻饺子被扔进热锅里。一扇弹簧门拯救了他，让他重新回到空调的冷风之中。在卡座的沙发上坐定，他要了一杯咖啡，服务员问他是否点餐，他说稍等，还有一个人没到。

距离十二点还差一刻，落地玻璃外面的阳光如此耀眼。他在等一个人，一个陌生女人。一切都因为他一个月前离开东州，来到白云市，换了一张尾号 886 的手机卡。开始总是有一个尾号 885 的电话拨过来，电话接通，却没有人说

第七章 孔雀
·
·
·

199

话，他以为打错了，就挂了电话。反复如是几次之后，她在电话里对他哭泣，叫他詹森。袁子叙说，我不是詹森。她又哭了，说这就是詹森的声音。后来她似乎开始相信他不是詹森，断断续续讲述她寻找朋友詹森的种种细节，他从好奇转而感到厌烦，他决定请她吃个饭，彻底解决这个问题。

"我们见个面，这个号码现在我在用，我们聊聊，然后你不能再骚扰我了。"

他们约好在这家西餐厅见面。时间一点点过去，玻璃弹簧门还没有动，袁子叙在心里计算了见这一面的成本，包括出租车费、餐费，还有时间成本。作为一个前记者，他对成本的计算十分精明，这种精明让他有时候很不喜欢自己，但这几乎成为一种本能。

弹簧门还是没有动。他拿起手机再一次看时间，又打开微信给钟秋婷发了一条信息，说他在餐厅里等一个人，顺手还拍了一下桌子上的盆栽发给她。钟秋婷很快回复了一个鄙视的表情，然后说："被人曝光，出了丑，丢了工作，还死性不改，跑到白云市不好好工作还去约妹子，难道真不怕报应？"

"怕啊，出门都躲着雷呢。"

发完这条信息，他抬头望了一眼外面，竟然风云变色，刚才还阳光灿烂，天瞬间就黑了下来。他赶紧补了一句："说错话了，天突然黑下来，眼看要下雨，看来出门得带着避雷针。"

钟秋婷发来一个笑脸。

过了一会儿，钟秋婷继续发来信息："你大概只会无聊才会找我聊天，我的存在就是你用来打发边角时间的吧。许多的人，深情多年都没有结果，你突然闯进来，然后……你对我意味着什么呢？你可以很无所谓，你一直声称我们那一次很美，但我不知道美在哪里？"

袁子叙把信息看了两遍，他感受到一股幽怨的情绪，提了一口气，觉得应该认真应对："深情多年很美，瞬间绽放也可以很美，在我看来两者是平行的，而不是一个推导出另一个结果。"

"我也明确地问一次，你凭什么要让我觉得很美？就因为瞬间？做了然后你就跑掉了，无关痛痒，这很美？"

袁子叙想起两年前的那个夏天，他跟钟秋婷的相遇，他们是同学，她过得不是太好，她谈起了一些事，隐约记得她提到一个青梅竹马的男人，还有小时候遇到的一个魔术师。后来她就哭了，他安慰她，然后他们开始拥抱。那时候他不知道她还是处女，整个过程太紧张，他来不及好好表现就已经缴械投降。这个"无关痛痒"的词刺痛了他，她好像不痛，当然，更可能完全没有任何快感。他后来提出再见面以证明性爱的美好，他坚定地告诉她，如果她愿意多试试，她一定会喜欢上这件事。但她都拒绝了。他突然有点后悔这个时候跟她发信息讨论这么严肃难缠的问题，但现在又不得不回复，于是他说："不是我要让你，是我这么理解，你认为当时你是完全被迫的吗？"

"所以嘛，是你认为，一切都是你认为，你当然会这样认为。这就是我最郁闷的一点。我当时猝不及防，你的理解离我的理解太远了。"

"在我的理解里，我们顺应了彼此的情欲。"他感到沮丧。一个女人无法感受到第一次性爱的快感，大概就会怨恨夺走她处女之身的这个男人吧。这个观点好像是在一本地摊杂志上看到的，或者是那个坏蛋实习生告诉他的。

"那你就给你自己翻案吧，反正意念很重要，你的意念我左右不了。"

"或者可以这么说，你如果一开始告诉我你不愿意，你不喜欢，我相信不可能去强奸你吧。翻案没有任何意义，一切也只能留给时间。"打下"强奸"两个字的时候，他简直感到愤怒。大概是那个坏蛋实习生实名投诉他性侵的事给了钟秋婷这样的暗示，然后又间接点燃了他的愤怒。而他的愤怒的背后是无能为力，他并不能改变什么。

"这么虚无。你把推当作就，当作半推半就。你连幼稚无知的实习生都能下手，还有什么干不出来？"

她果然是受到那个事件的影响。在他看来，那不过是一件小事。他想告诉她，那个实习生可比她老练太多，但打了一行字，又删除了，打了另外一行字。窗外的云影在地上走，现在看起来也没有那么美丽。

"我本来以为做了一件让你快乐的事，但后来发现你并不这么认为，也很沮丧。作为人世间两个生命，我们可以像分享小秘密的孩子一样窃喜。"他想起了哪本书里见过，描写偷尝禁果的欢乐有一个更好的比喻，但忘记了如何表达。沮丧的情绪弥漫在心头，让他感觉做什么事都没兴趣了。

"你又要我去承认当初的'美'，即使不行也要我退一步承认当初'你情我愿'，或许你从头到尾，就是用你的理解摆平我的想法，其他女生或许会受到你的蛊惑，被你诱导着去美化这件事，但对我，这确实没有办法看作可以从容的一段。"

她的意思，是说那天袁子叙强来吗，袁子叙回想了一遍，他自己从来没有强行去做什么，他感到委屈，但这种委屈又让他落入道德的下风。他发现自己打字的手指有点发抖："如果我没有记错，那时我躺在地板上，你坐在旁边，你俯下身来，我们第一次接吻。我只能理解为这是道德在你心理上发生微妙变化之后的一种推诿。如果整个事件的发展，你将之定义为一个错误，那么，我也就认了吧。"

内心焦灼的愤怒让他眼睛里快喷出火来，他毫不犹豫地将她的微信拉黑删除，顺手也删掉她的手机号码，似乎这样的删除可以让自己心里痛快一点。删完之后，他抬起头，才发现有个女人站在旁边在看着他，她穿着蓝白相间的裙子，不是服务员，哦，他想起他今天约了人。蓝白裙子朝他挥手："嗨，你很忙？"

他并不知道她站在旁边多久了，他赶紧站起来，让她坐下。这时一个女孩从蓝白裙子后面探出头来。他一愣，旋即又对这个突然出现的小女孩一笑："你女儿？"

她点点头，又低头尴尬地笑着："没人带小孩，我得自己带出来，希望你不要介意。"

"不介意，怎么会介意呢！"记者职业化的老练总能让他完美化解各种尴尬。

"我叫焦彤，你可以叫我阿朱，我朋友们都这么叫我。哦，我女儿叫帕莎。"

这个外国名字让他重新注意到小女孩的肤色异乎寻常地黑。

"混血儿？混血儿漂亮哦。"他给她面前的玻璃杯倒水，并让服务员再给帕莎来一套餐具，心里在琢磨着詹森这个名字。

"你说的詹森是她爸爸？"

她点点头。

她在找一个黑人，而这个黑人是她女儿的父亲。袁子叙现在用的手机号码，就是詹森失踪之前用过的。

"电话号码停机三个月，就会被收回，但你的声音，真的跟他很像，都是那种很低沉的男中音。所以我一直以为你就是他。"

"他的卡都停机三个月了，为什么我使用不到几天，你就打过来？你没有让人窃听这张卡吧？"袁子叙目不转睛看着她。

阿朱摇摇头："我又不是什么有钱人，没钱雇用私家侦探，我妈是开甜品店的，我就是在甜品店里认识了詹森和萨尔佩。我认识他们的时候，他们都是驯兽师，整天跟着他们师父去喂豹子。后来我怀孕了，詹森跟着另一个老板去做服装生意，说要赚钱养我。现在，我只是想告诉詹森，如果他再躲着我，我就要跟萨尔佩去加纳了，白云市的男人都不会接受帕莎，只有萨尔佩喜欢帕莎。"

虽然答非所问，但袁子叙大概也听明白了，这是一个甜品店老板娘的女儿的跨国爱情，看起来还是三角恋。这时服务员过来点餐，他要了一份牛排，阿朱只点了一份炒饭，袁子叙主动帮帕莎要了一杯可乐和一份薯条。外面噼里啪啦下了一阵雨，然后不到几分钟又收住了，阳光重新明媚起来。

"我是说，人都失踪这么久，生死未卜，你难道常常打这个号码吗？"袁子叙认为这个问题有必要穷究到底，毕竟这个号码作为他的新号已经告知所有朋友，他不希望再换一次号码，每次换号码确实非常麻烦。

"他才不是生死未卜，他一定还活着，只是躲着我们母女俩，他就是不想负责任，为了他，我都得罪了所有人，我是说所有人，包括我妈。我本来已经快要死心了，但手机提示，他登录了'美人城世界'。"

"哦——"袁子叙想起来了，换了号码之后，他本来想用新号码绑定他自己在"美人城世界"的游戏账号，但发现这个号码已经在这款流行游戏中被注册，所以他用这个新号码登录了游戏平台。

"我在游戏里设定了特别关注，只要他登录，我就会收到提醒。"她长长叹出一口气，"你不知道收到提醒的那一刻，我有多开心，我打开游戏，看到了他停止了很久的步数统计开始重新计数，眼泪都流出来了。我马上拨打了电话，竟然打通了，接通之后我就哭了。他们都说我勇敢，其实我做什么事都很害怕。"

薯条和可乐端上来，帕莎开始专心吃东西，她小心翼翼观察着袁子叙，有点羞怯。帕莎眼睛很大，看起来比两岁的同龄孩子要高出一个头。炒饭也来了，阿朱看起来也饿了，拿起勺子就开始吃，吃了几口才说："你的牛排还没来？"袁子叙说不碍事，让她先吃。

"你真体贴人。"她说。

袁子叙微微一笑，拿起手机，对这类随机式的赞美他已经免疫。钟秋婷重新申请加他为好友，他犹豫了几秒，还是通过了。

"你每次都把自己弄得像个受害者。"钟秋婷在微信里抱怨道。而此刻，她不过是个活在手机里的女人。他决定冷落她，没有回复她的信息。

牛排在这个时候端上来，铁板上发出吱吱的声音，他切了一小块，放进嘴里咀嚼，却发现帕莎目不转睛看着他的嘴巴，也看着他盘子里的牛排。于是他切了一小块，用牙签挑起来，送到帕莎面前。帕莎转头看着她母亲，阿朱点点头，然后说，要说谢谢。

"多谢。"帕莎接过牛排，说了第一句话，却是字正腔圆的粤语。

"我很爱他，我希望他能回到我们母女身边……"

阿朱还没说完，袁子叙就打断她："我很理解，但我没能力帮你什么。"

"你人真好，"她总是习惯性地赞美，即使这样的赞美显得很西方，"我只是想让你登录一下'美人城世界'这款游戏，我想看看詹森到底在上面跟外语大学的那个女生聊了什么。"

这款"美人城世界"的游戏非常火爆，许多不愿意结婚的年轻人在里面找到了虚拟的伴侣，所以坊间有个广告语：如果需要感情，养条狗，或者走进美人城元宇宙。美人城里有太多属于个人的秘密。在老龄化严重的当下，许多老学究在媒体上呼吁关闭"美人城"，以提高出生率和降低离婚率。

"这恐怕不行，毕竟这是他的个人隐私。"

来跟阿朱见面的前两天，袁子叙略略翻看了这份虚拟世界里的聊天记录，虚拟世界里的詹森，可不是一个身份，也不像一个父亲。如果不是性侵实习生的事件被曝光，袁子叙很有可能成为东州报业年轻一代中最有潜力的记者。职业身份让他阅人无数，就像眼前阿朱这种女孩，生活能力其实很差，帕莎的两条辫子都不对称；她自己锁骨上隐约可见的文身可以推测她年轻时候的叛逆，这种叛逆如果无法贯彻到底，就会转化为怯弱，将世界屏遮在世界之外的退缩。他明白这种性格的女人，是无法承受任何人设崩塌的结果的。她曾经为了爱一个人对抗了整个世界，代价沉重，再让她知道更多，则会覆灭。他看了一眼帕莎，更坚定自己的想法。

"那当然是个人隐私，但也不是你的呀。"她皱着眉头。

"我实名登记买了这个号码，用这个号码登录了游戏，号码是我的，游戏里的所有东西现在当然也归我所有，这个不存在任何疑问。"

这样的说法当然十分牵强，但袁子叙用毋庸置疑的口气说出来，这件事情似乎就成为一个有严密逻辑且不可撼动的事实。阿朱果然不出所料被镇住了，她开始退缩："那……那你能不能帮我看看，在游戏中留下的手记，有没有提及落梅山隧道的事情？"

"什么事情？"

"就是灵异事件，落梅山隧道不是挖了一半出了事情，隧道口被封闭了起来，有传言说里面有灵异事件，据说有人走进洞里就失踪了。我担心，詹森也在里面。"

这些网络上怪力乱神的事情他向来不信，不过落梅山底下要挖隧道，一直就存在争议，民众不同意，落梅山脚下的外语大学也不同意。民众认为落梅山是白云市之肺，也是白云市风水中的龙脉所在，隧道横穿虽然能让落梅山东西两侧不再被大山阻隔，但也必然破坏环境和风水，产生不必要的问题。外语大学则认为，隧道的建设势必拆除教学楼、图书馆、门诊部、幼儿园、教师公寓等一系列建筑，将落梅山脚下的这所名校一分为二，严重影响学校教学。

但是民众和学校的抗议无效，隧道在去年轰轰烈烈开建，然而不到半年就神秘停建，连洞口都被封闭了起来。官方的说法是环境评估之后不适合继续建设，确实，景区内的黄婆洞水库水位出现明显下降，原来立在水里的水杉现在看上去好像自己爬上了岸，周围也死了很多鸟。

"詹森参与了外语大学那帮学生组织的什么抗议活动，还说要去探洞，要去曝光什么东西，他那时候跟外语大学的一个女生搞得火热，我们常常因为那个女生吵架，他说我疑神疑鬼，我说我已经怀孕了他就想抛弃我，然后他就说孩子也有可能是萨尔佩的，我当然知道不可能，我跟萨尔佩真的没什么……"

在阿朱喋喋不休说着什么的时候，袁子叙已经在手机上打开"美人城世界"这款游戏，詹森确实在里面留下了很深的痕迹，他上次随意翻阅的时候，曾注意到他跟一班人都聚集在一个叫"落梅山隧道谜案"的小空间里。阿朱见他打开了游戏，就探头来看，他坐直身子瞪了她一眼，她赶紧缩了回去，眼睛还是直勾勾看着他的手机，仿佛詹森就被关在手机里。

"我先看看，有什么发现才给你看。"他给她重申了规矩。她不语，然后眼睛看向窗外，呼出一口气，开始给帕莎喂了几口饭。但帕莎不想吃饭，她很灵活地从桌子底下钻出来，跑到门外，贴着玻璃窗对他们笑。

袁子叙走进了那个叫"落梅山隧道谜案"的小空间，他刚登录，就发现里面的人纷纷下线离开。过了不久，游戏好友跳出来对他说话："你不是詹森，你是谁？"

袁子叙查看了一下对方昵称，叫"青铜鸽子"。青铜鸽子对他说："盗用别人的账号是非常不好的行为。"

袁子叙想了想，回复了一句："万一我就是詹森呢？"

过了很久，那边才又说话："那你认识阿朱吗？"

"她就坐在我对面，吃炒饭。"

"不可能！这个世界没有鬼！"

袁子叙干脆一不做二不休，悄悄拍了一张阿朱和落地玻璃外面的帕莎在玩剪刀石头布的照片，发了过去。然后，对方就下线了。

　　袁子叙握着手机，发着呆，他隐隐觉得詹森已经不在人世，这个玩笑开得有点大，这是一桩命案啊。如果没有来见阿朱，如果没有登录游戏，那么，自己跟这一切就没有关系。

　　"阿朱，"他第一次这么认真地叫她，这一声让她停止了跟帕莎的游戏，看着他。"阿朱，刚才游戏登录还是有些问题，这里信号也不是太好，要不这样吧，我们今天就是见个面，互相认识一下，反正如果有其他消息，我会告诉你。至于那些落梅山隧道里的灵异事件之类的，你也别相信别人乱说。"

　　他发现自己胡编乱造的能力几乎是天生的，在糊弄这对母女方面，他有充分的自信。他结账，出门帮她们母女俩拦了一辆出租车，但她感谢了他的细心周到，坚持说她们去坐地铁就好。于是他自己上了车，她们母女俩在车窗外朝他挥手告别，他庆幸自己逃离了一团麻烦。

2

　　车在拥堵中慢慢行进，他总觉得有什么事没有做，突然想起还没有回复钟秋婷的微信。于是拿出手机，对她说了一句："刚吃完饭。"他对她这样描述自己的生活，"刚吃完饭"

算是对迟复的解释，也是对刚刚发生的事实的复述，这样的复述有利于让网络另一边那颗悬空的心安定下来。

这毕竟是实实在在的生活，他已经因为一次不小心毁掉前面好几年的经营，不能再行差踏错，让自己陷入难堪的境地。他从穷苦的山村里走出来，他不允许自己再变得一无所有。

"哦，我还以为你不想再理我了。"钟秋婷的话语中有抱怨，但似乎已经柔和了下来。他为刚才的冷处理奏效而感到一丝得意。

就在这时，他的电话响了，是一个陌生号码。犹豫了一下，他还是接通了："喂——"对方没有声音，他看了一遍号码，确认并不是阿朱的。"喂——"他发出了第二声之后，准备挂断，这时里面有个女孩的声音传出来："听声音，你不是詹森，你究竟是谁？"

袁子叙愣住了，半晌才反应过来："青铜鸽子？"

对方听到他说话，更明确他不是詹森，音量提高了："你究竟是谁？"

这时候不能尿，他的音量也提高一倍："我说你这人怎么回事，我就是这手机的机主，怎么啦？刚办的卡，怎么啦？你们一个个找上门来是怎么回事嘛？"

他停了一下，正准备挂电话，对方说话了。

"不好意思，"青铜鸽子的声音柔和下来，"你认识阿朱？刚才照片里的是她女儿帕莎？"

袁子叙谨慎地嗯了一声。

"我一直联系不上阿朱，詹森有遗物留给她，我得亲手交给她，但我没有她的住址，也没有她的电话，你能否……"

"这事跟我没关系。"袁子叙挂掉了电话，他刚从一团麻烦中逃离，似乎又陷入另一团麻烦之中。

是不是应该再换一张新的电话卡？但他又一转念，这号码是个死人的已经够烦，万一再换一个是个杀人犯或者逃债的，是不是还有层出不穷的新麻烦？阿朱发了一条信息感谢他的午餐，赞美了他的善良。帕莎也发了一条语音，标准的粤语，无关肤色。钟秋婷也发来信息，说她午睡做了一个梦，梦见袁子叙跑到她家上厕所了，她问他，这是什么寓意？哪有什么寓意，不过是她午睡憋尿了呗。但他回复了一个笑脸，然后把手机收起来，人往后仰，头往后靠。窗外，是落梅山。

"师傅，你知道落梅山挖了隧道的事吗？"他慵懒地说。

这个出租车司机不太爱讲话，停了一下才说："挖啊，后来又停了。"

"不是说破坏风水不好吗？"

"香港狮子山也挖了狮子山隧道，也没听有人说坏了香港的风水。"

袁子叙又看了一眼落梅山，山体时而被高楼遮蔽，时而又从低矮的楼房上方露了出来。

"据说挖出了东西，死了人，出大事了，当官的都怕事，所以封锁了消息。外语大学的一群学生进去调查，听说也出了事，具体啥事不知道。不过听说机器人战争又要来了，人类会不会存在都难说，管一条隧道做什么？"

这个出租车司机，好不容易说了这么多话，袁子叙再问，他就什么也说不清楚了。袁子叙说："你们出租车司机，不应该是无所不知的吗？"司机笑而不语，伸手盘玩着套在换挡杆上的佛珠。

没事可做，没人说话，他只能又把手机重新拿出来。青铜鸽子请求添加他为微信好友，是通过电话号码找到他的。他通过了，她发了一个微笑的表情，然后又发来一张图片。

那是一个白色的耶稣受难像，系在一条黑色的细绳上。他放大了图片看了又看，质地不像是玉，应该是动物的牙齿，估计是象牙。

"这是詹森的母亲给他的，他死的时候，让我亲手交给阿朱，他说阿朱看到这个就会明白一切，她以后会给帕莎。"

"他是怎么死的？"他感觉自己已经走进了一个大坑。

青铜鸽子很久没有回复。袁子叙又发了一个问号，她才说，这个不能告诉他，唯一能说的，是詹森是为了救她遇难的。

"在隧道里？"

"是。"

"隧道里有什么？"

"我不能说。"

袁子叙沉思片刻，微微一笑，他将她的微信删掉了，然后静静等待。果然，没过多久，她重新请求添加他为好友。

"你赢了，"她说，"你什么时候有空，我带你去见证奇迹。"

"随时有空。"

"那就今晚，但你得答应我，今晚所看到的一切，必须保密。"

他在学院南路的尽头见到了这个小个子女生，她穿着一身黑色的运动服，看起来非常干练。她见到他，腼腆一笑，没有直视他的眼睛。

"为什么不报案？"

"这事没有人愿意声张，我们五个人进洞的时候早就签了生死状的，死在里面，就算是死得其所。为了弄明白真相，我们五个人组织抗议，一起出生入死，跟各种力量斗智斗勇，才走到今天。"

"那我们现在干什么？"

"上山，进洞。"

青铜鸽子打开了背包，递给他口罩、一瓶类似喷雾剂的东西、一顶带有应急灯的安全帽，还有一根绳子。她解释说，进洞之后，打开灯光，手不能离开绳子。

"这瓶空气清新剂是做什么用的？"

"走到某个深度之后，就会出现失重状态……别这样看着我，你没听说，没有重力了，或者说，重力暂时失效，整个人会悬空飘浮起来……詹森就是为了救我，将我推向洞口，而他自己飘走了，跟空气里的石头和尘埃一起消失在黑暗里。"

"没空气？外太空？"他眯着眼睛看着她。

"有空气，就像是在水里，但你没法子游泳，所以只能用这瓶动力推动器喷一喷，你可以获得一个反向的推力，当然，这个是我自己设想的，我看电影里的宇航员也是这么滑行的，我们之前都是靠绳子才逃出来的。"

袁子叙看着她，她认真的样子不像是在撒谎，但也让他有那么一瞬间有点恍惚，很怀疑她会不会有精神问题。

既来之则安之，只能登山了。他跟在她后面，开始沿着台阶登山。夏日的傍晚，石阶上还散发着热气。不久之后他们又转入没有台阶的山道，再之后连山道都没有了，沿着有人踩过的痕迹在灌木丛中穿行。太阳一点点落下去，但夏日的光线不知道从哪里跑出来，把一切都照得十分明亮。青铜鸽子走得很溜，他跟在后面逐渐气喘吁吁。终于他们像土拨鼠一样从草丛中钻出来，来到一块空旷的地方，地面坑坑洼洼，可以看到还有车轮碾过的印迹。

但没有洞口。

青铜鸽子也转头看了看四周，他看出她也在寻找洞口。

"明明在这里的，两道铁门锁住，不用撬开铁锁，只要从旁边扒开土就可以进去，我们之前就是用铁锹挖开了一个缺口，但洞口怎么不见了？"

他疑惑地看着她。她没有看他，眼睛一直在搜索四周的环境。

"真的没骗你，这个位置，之前就是洞口，一定有人将洞口用泥土填埋了，我们还在洞里看到飘浮起来的盾构机，非常巨大，但飘浮在空中。"

她所说的地方，泥土上确实没有长植被，但没有任何证据可以证明那个地方有个洞口。袁子叙掉头就往山下走，她跟在后面，十分沮丧。

"无论如何，你要跟我一起把这个东西送给阿朱，我答应过詹森的。"

她举起那个象牙挂饰，绕到他的面前。受难的耶稣在他面前转动着，似乎没有停下来的意思。

袁子叙对她说："你把它收起来，别在我面前晃，不然我就报警。我会把阿朱的电话给你，你自己去联系她，你们都见鬼去吧，一群神经病！"可能太激动了，他一脚踩空，滚了两滚，头撞在花岗岩台阶上。

他觉得自己并没有晕过去，但再次醒来时，他在出租车上。出租车司机是个演讲家，他喋喋不休地说："这些人，非要将落梅山麓拦腰斩断，隧道挖好之后的道路距离是六七公里，而目前从黄石路走同泰路到一五七医院，不过八九公里，缩短了两三公里，只节约十来分钟，真不知道他们在搞什么！"

他说完了，伸手打开收音机，里面正在播放林志炫唱的《没离开过》，歌声那么深情。袁子叙问司机："我是怎么上车的？"他说："你不是喝醉了吗？你朋友把你塞上车，你醒来就好，我们现在去哪儿？"

3

接下来的几天，袁子叙变得异常忙碌，忙得他几乎忘记落梅山隧道的事情。这家新媒体公司对待员工比他想象中更加苛刻，又忙了几天，他就在忙碌中被炒鱿鱼了。"你太优秀了，应该有更适合你的公司。"人事部门的女主管说话的口吻像是在跟她的初恋男友说分手。

弯曲的白鹤路停电了。这条该死的路总是这样。出租屋的那台破电梯当然闭着眼睛。袁子叙恨不得在电梯门上打上一拳，但他怕痛，只能捏了捏拳头，掏出手机照明，一步一喘爬上七楼。一步步接近门口，他习惯性地摸了摸裤袋里的钥匙，硬硬的还在。他只顾掏钥匙，脚下被什么绊了一下，一个趔趄，险些摔个狗啃泥。他正想发作，地上一团黑影突然慢慢膨胀起来，他吓得一声惊叫，黑影也跟着尖叫，声音怎么这么熟悉——

"是我！"是弟弟袁子量的声音。他这一天浑浑噩噩，竟然忘记弟弟袁子量几天前说要过来跟他同住的事。看样子，袁子量蹲在门口都不知道多久，估计睡着了，被他一脚踩醒。

"你到了怎么不会给我打个电话？"

袁子量没有回答，但也就等于回答了。他就是这样的性格，宁可在门口守着，也不愿意打个电话问子叙什么时候能回来。

兄弟俩进了门，好不容易找到一截蜡烛，点亮了，放在客厅的茶几上。

"吃了吗？"袁子叙突然感觉到饿。

袁子量摇了摇头，然后又低下头去看他的手机，手机屏幕把他的脸照亮，却看不到他脸上有任何表情。弟弟比他高出一个头，在他面前，袁子叙常常觉得自己像武大郎。不过他现在连武大郎都不如，武大郎至少还有个毒蝎美人潘金莲当老婆，而他什么都没有。

袁子叙打开冰箱，冰箱不大一目了然，里头空空如也。

橱柜里面只剩下一包方便面。停电了也烧不了开水，兄弟俩把方便面掰成两半，分着吃。这个过程如此自然，以前他们也常常这么干。一阵风把桌子上的蜡烛吹灭了，整个屋子都黑了，窗外反而有一些奇怪的亮光，大概是远处的汽车车灯。黑暗里只听见咀嚼方便面的声音。

"咳！咳！"袁子叙干咳了两声，方便面还是太干了，"他不会追来吧？"

"不知道。应该不会吧。"袁子量依旧在刷着他的手机。

袁子叙的这个弟弟从来都不让人省心。他学的是编程，却不喜欢鼓捣计算机，去研究什么逻辑语，现实中他不怎么喜欢说话，也不爱交往，但却整天在网络上跟一班人打得火热，着了魔似的希望研究一门完全没有歧义的语言。袁子叙这个整天跟文字打交道的人，看到文字都有点恶心。他无法理解这个弟弟对研究一门语言的热情来自何方。袁子量一直都是个清心寡欲的人，在他没有女朋友之前，袁子叙有阵子很怀疑他的性取向。但袁子量有了女朋友，麻烦更是接踵而至——爷爷居然知道他陪女朋友去堕胎的事。爷爷见过那个女孩，认定了这个人就是自己的孙媳妇了。结果堕胎之后不久，他们又分手了。袁子量也不出去找工作，在家远程帮朋友做一些杂碎的活儿，拿点刚好养活自己的钱，足不出户，一日三餐都是外卖解决。爷爷给那女孩打电话，那女孩并没有接；爷爷就认定袁子量做了什么对不起人家的事，伤了人家的心，于是坐了一夜的大巴来到城里找袁子量。一个星期过去了，爷爷看明白袁子量是怎样过日子的，用爷爷的话说，袁子量把自己变成了监狱里的犯人，爷孙之间的矛盾终于爆发，爷爷发了一通脾气。袁子量本能地选择离开，和以往每一次的情节类似，他投奔哥哥来了。

在白鹤路住下来，袁子量并没有任何改变，他依然热爱囚徒一样的生活，整天就抱着一台电脑研究他的神秘语言，吃饭都是随便对付，快餐盒子吃完也不扔掉，摆得到处都是；总能够在沙发的缝隙里摸到他的袜子和内裤。袁子叙说："爷爷说得没错，你就应该进监狱，被人管教一下。"袁子量回答说："我们谁不是时间的囚徒？"

这样的回应让袁子叙感到无奈。他瞪了他一眼。"头发乱蓬蓬的，到楼下去剪一下。"他的头发简直就是拖把，连袁子叙这么不修边幅的人都看不下去。

袁子量并没有动，而是俯身从抽屉里拿出一张明信片，递给他哥。袁子叙接过来，看了一眼，是钟秋婷，她到黄鹤楼旅行了，门票就是一张明信片，她顺手就寄给她，她在明信片上面写了一句话，说半个月之后会顺路来找他，约他一起爬落梅山。

袁子叙突然不知道应该把这张明信片放在哪里，多年没有收到纸质的信件和明信片了，这种古典的方式让他感到陌生，又有点不知所措。钟秋婷所说的半个月，如果按照明信片的邮戳计算，显然已经过了时间，但她并没有来。袁子叙突然想起已经有些天没有跟她联系了——最近确实焦头烂额，他觉得生活快要把他变成一个小丑。

"你是不是考虑找找工作，或者找个女朋友？"袁子叙脑海里闪过钟秋婷的面孔，然后他觉得弟弟应该搬出去，让他有机会在出租屋里约约女孩子。这个念头不太好，但就这么闪过去，然后又被别的想法所代替。

"我们造语圈发现中古时代的神秘咒语或许不是无稽之谈，应该存在一种绝对准确的语言，能够激发物质本身的能量，甚至可能让物质悬浮起来。"袁子量自言自语，答非所问。

"你是说突然失重，飘浮起来？"

"对！"袁子量转过头来看着他，"我以为你会以为我疯了，你信我说的这个？"

"不是，是我这两天在找工作，有一个面试，可能可以用这个思路。不过我看你自己就一直飘浮在真空里，你也是时候找点正经事做一下了。"

袁子量眼睛里的光黯淡下去。他们终究还是两根平行线上的人。

袁子叙确实需要为工作焦虑，他弟弟在房子住着，但房租还得他来付。被新媒体公司炒了鱿鱼之后，他面试了几家公司，但都不合适。手机里的"美人城"游戏程序突然推送来一条白云市分公司的招聘信息，他投了简历，人家居然也给他打电话，表明来意之后，劈头盖脸就给了一个问题："如果在美人城里给你一间房间，让你设置好最简单的条件，做一款游戏，你会怎么做？不着急，你有三天的思考时间，三天后如果有思路，就直接到公司来面试。"

第一次见到这种面试的形式，居然先给考题，再让应聘者来面试。

应聘几乎需要穿过整个城区。自从丢了工作，袁子叙就不敢再打出租车了。他坐上摇摇晃晃的公交车，到了地铁站，钻入地下，换乘地铁。在拥挤的人群里，他内心多多少少有些苍凉，隐约闻到了中年的气息。出了地铁，还需要再转一趟公交车，已经很近，三站就到了，距离约定的面试时间还足足有半个小时，袁子叙把头靠在车窗上，不一会儿竟然迷迷糊糊将要入梦。就在这时，他感到额头上一阵剧痛，摸了摸额头，他明白自己撞在前面座椅的椅背上。原来公交车一个急刹车，车上的人都一阵尖叫，纷纷大骂司机。司机是个胡子拉碴的胖大叔，指着前面说："都看看，这帮家伙又出来闹事，再这样下去，迟早得变成第五十七个……你们都坐好！"

"大家不要慌！"不知道谁在喊，随后汽车一阵晃动。

定神看时，才发现前方的路面上满满当当都是人，正举着横幅，喊着口号，在密闭的车厢里不知道他们喊的是什么，但依然可以感受到他们激动的情绪。车里有小孩吓得哭起来，孩子的妈妈一边抚慰小孩一边说："早就应该管管了，这帮家伙一下飞机就撕掉护照，十几个人挤在一间出租屋里，白天睡觉，晚上出去勾搭说粤语的妹子！"

其他人纷纷附和。一个戴眼镜的说："就是啦！要我说，有些女孩就是贱，还不要脸地说什么'Once you go black, you never go back'，图个快活，给他们生一堆黑不溜秋的娃！"

车里的人七嘴八舌地说着话，各种口音都有，有些人还争辩了起来，各自认为自己的观点就是真理。周围的吵闹声让袁子叙感觉自己是在做梦，他揉了揉眼睛，看着窗外。公交车一动不动，转眼十五分钟过去了。袁子叙看着手机上的时间，开始有点慌，他凑到前面去，跟司机说能否放他先下去，他急着要赶时间。

胖司机提高嗓门说："小伙子，没看这是什么情况吗？这车里谁不赶时间？没到站不能落客，这是规定。再说你下车了能一个筋斗云飞过去不成？还是老老实实在车里待着，不小心抓错人，或者挨了揍，吃亏的还是自己！"

袁子叙被他这么一顿说，觉得自己就是个不懂事的小孩子，只能灰溜溜缩了回来，坐在那儿眼睁睁看着时间一分一秒过去，一筹莫展。他环顾四周，刚才群情激昂的高潮已经过去，车里的人有的剪指甲，有的戴着耳机看剧，有的凑在一起打游戏，仿佛外面的事跟他们都没有关系。半个小时过去了，终于有人说了一声："散了散了，开始赶人了。"果然，外面开始烟雾缭绕，车里的人此起彼伏发出咳嗽的声音。又过了一会儿，车流开始慢慢移动。

终于看到平时屏幕上非常熟悉的"美人城"图标悬挂在高楼之上，乘着透明的电梯往上走，他才发现玻璃罩外面的墙壁上都画着美人画像，皆是游戏里熟悉的形象。匆匆赶往面试的办公室，里面空空荡荡，一张大办公桌对着一张圆形的会议桌，这么大的空间却一个人也没有。他心中一凉，明白自己已经错过了面试的机会。

就在这时，一个穿着大红衬衣牛仔短裤的中年男人走了进来，是个光头，他边走边用纸巾擦手，显然是去洗手间刚回来。他也没有理袁子叙，走到会议桌的前面，低头收拾一叠表格，慢悠悠把笔帽套上笔尖。

"如果一句古老的咒语可以激发物体本身的能量，万物悬浮，在固定的空间中穿梭，你需要克服重重困难才能帮一个孩子找到父亲，而道具简陋，只有一瓶空气清新剂，那么游戏的戏剧性由此注定，危险重重却饱含深情。飘浮，是我们每个人的追求，也是每个人人生的本质。生而飘浮，死于散漫，而人生的根无处寻觅。"袁子叙也不知道自己哪里来的勇气，憋足了劲，一口气说了这么多。

袁子叙看着光头男人，光头男人没有看他，而是提问："我问你一个问题吧，你家里请了一个保姆，保姆保留了你后门的钥匙，这个后门可以直接通向卧室，你会让她留着这把钥匙吗？"

"保姆只能有保姆的钥匙，主人的卧室未经允许，保姆不得进入。"

"你的意思是我还是必须收缴钥匙，对吧？如果这个保姆也是一个锁匠呢？"

"没错，任何可以直通卧室的钥匙，都必须掌握在主人手中。保姆不能是锁匠，自带危险属性，那就只能解雇她。"

光头男人抬头看着他，足足有十秒，并没有说话。

"我是说，我虽然迟到了，但能不能给我一个面试的机会……我刚已经答了题……"

"面试？哦，人太多，面试地点改在隔壁会议室，出门右转，很多人在那排队的地方就是。"

袁子叙脸上一红，顿时觉得自己是个蠢货，低声说了一声谢谢就往外走，刚走到门口，光头男人用浑厚的男中音喊了一声："回来！"

他转身看着他："你读过曲黛灵的文章？"

袁子叙一脸茫然，摇摇头说没有。但这个名字，他似乎在哪里听过，只是想不起来。

"坐。"他绕到办公桌后面的椅子上坐下，并示意他坐在对面的椅子上。

"你不要背书，把你刚才的想法再说一遍。"

袁子叙暗暗深吸了一口气，侃侃而谈，扯了一通悬浮在空中的理论："这个世界上应该存在一种绝对准确的语言，能唤醒事物本身的能量，所以我觉得中古时期那些神秘的咒语并非无稽之谈。"

光头男人点了一支烟，然后问他："抽吗？"

袁子叙客气地摇了摇头，说不抽。

"你的想法很有意思，我也常常梦见自己飘浮起来，离地三米，就像在云端行走。"

他伸手在办公桌上的按钮上按了一下。外面很快就传来敲门声，他大声说进来，一个穿着黑色西装的女人款款而入，十分职业地欠身行礼："祖少爷！"

"把他带去故事师二组团，就说我面试过了，让老寇安排一下。"

祖少爷按灭了手中的烟，人往后仰，把脚架到了办公桌上，嘴里呼出了一口烟。

4

爷爷没有牙齿，也不愿意做假牙，这让他的上下嘴唇好像是刻意折叠在一起，也让他的眼睛显得特别大。

爷爷出现在白鹤路，几乎都在兄弟俩的意料之中；令人意外的是他居然没有发脾气，而是十分安静。十分安静地做早课，煮早饭，又用他两片嘴唇对着热气腾腾的白粥吹气，每个动作都那么认真。

这种认真让袁子叙感觉到十分不安，总觉得爷爷在憋大招，但爷爷又什么都没有说。他甚至都不再提及当年那位暗中资助他们读书的神秘人士，也不再讲什么不能忘本之类的道理。他来到白鹤路的出租屋，干的唯一一件事，就是下楼去，从什么地方找来了一块三角形的木板，然后用客厅里的一只哑铃当锤子，将木板钉到了墙角上。他转头问袁子叙："墙上可以钉钉子吧？"袁子叙说："您都已经钉上了，房东估计也不会说什么。"爷爷没再说话，他小心翼翼从包里掏出他的达摩神像，认认真真供奉起来。整个过程他拒绝了兄弟俩的所有希望帮忙的动作，他决绝的眼神让他们明白，他要自己完成。高个子袁子量一直站在旁边，生怕爷爷在椅子上站不稳摔下来。但爷爷还是稳稳当当完成了每一个动作。真还别说，袁子叙第一次觉得爷爷长得越来越像木架上的达摩老祖，牙齿掉光了之后就更像了。

家里有了爷爷的坐镇，干净了不少。阳台上本来已经枯死的盆栽，竟然长出碧绿的青草来。过了一些天，在青草中间又长出了瓜苗，郁郁葱葱向上攀援。有一天下午，爷爷坐在阳台上看火烧云，袁子叙想到阳台上拿袜子，却被爷爷一把揪住。他让他小心脚下，有一队蚂蚁正从阳台浩浩荡荡经过，看样子是在搬家。爷爷守着它们，就像它们的神。

有那么一瞬间，袁子叙内心似有所动。但他的心思很快就被一个电话牵扯过去了，电话里，那个叫青铜鸽子的女孩希望能再见他一面。

"我已经见过阿朱姐姐了，也了解到您是个好人，我们现在需要您的帮忙，真心求助，希望您不要拒绝。"

袁子叙望了望外面红彤彤的天空，告诉她台风就要来了，现在连蚂蚁都在搬家，确实没有时间去见她，也不想再谈论什么失重飘浮的事情。

不谈论不代表不会发生，失重飘浮终究是风中之事。台风正面袭击白云市，很多高楼的玻璃如落叶纷纷飘落，还有人目击两把木沙发在空中飘浮。大风停息，人们惊魂初定。所幸白鹤路有落梅山挡着，并没有什么大的破坏，也没有造成大面积停电，在短暂的停水之后，一切慢慢恢复正常。只有路边被折断的枝丫和路面被大雨冲刷的痕迹，成为大风肆虐的重要证据。雨已经停了，风依然松一阵紧一阵，路上行走的人都缩着脖子，在水洼之间跳来跳去。

第一个发消息来问候他的居然是钟秋婷。她问他好吗，他说好；她又说上次她想去落梅山，但还是没有去成。他说没事。她又说，还是想去爬山："落梅山，光这三个字就让人神往，只是我已经开始工作，每天忙着直播，压力也挺大，不过日子还是能过下去。我们应该在一个秋天的下午，一起去落梅山看夕阳。"他将这样一句话解读为对他的约会，所以不打算接话。他内心有一丝感动，又一转念，觉得她也许是因为无聊，或者只是对台风的关心顺便迁移到他的身上。让他心头一惊的是，他突然觉得自己已经不太能想起她的脸，以及她身体的其他部分。他打开手机，刷了几张她的照片，既熟悉又陌生的感觉浮上心头。她就像一阵台风渐去渐远，这风中的情事，来得快去得快，大概如此。他身上作为雄性动物的那一部分，常常让他自己都感到难过。或许存在一些随机的冲动，能让人在欲望之外保持一点属于诗性的东西。

可是寇主管并不这么想。他对于世界的理解近乎刻板，像一个机器人那样刻板。面对这个祖少爷突然介绍过来的新员工，他并没有多少好感。他斜着眼睛看着袁子叙，仿佛他就是一只浑身长满毛发的猴子，还没能得到很好的进化。他将手里袁子叙提交的游戏脚本打印稿重重地甩在办公桌上，还重重拍了两下："你这样一个狗屁设置就想开发一个游戏？"

他在办公室里踱步，机械的重复让他更像一个机器人。

"小袁啊，无论什么故事线，最重要的是背后的情感动机，一定要理清楚这个人物为什么要这么做，我们不需要符号化的人物，我们要一个有血有肉的人物，我们需要知道这个人物的全部细节，她为什么要为孩子寻找父亲？她为什么不是选择去恨一个人？这些你都没有说清楚。还有，失重的状态下，打个喷嚏会怎么样，你能不能给我描述清楚？我只是举个例子，意思是，必须有细节，支撑全部想象的细节！"

他的手指在办公桌上敲了敲，发出咚咚的响声。

"所以您要我怎么做？"

"所以，你现在给我滚出这间办公室，滚出我的办公楼，去给我想，想明白了所有细节再回来，别以为当几天记者你就能成为一个优秀的故事师，我知道你就是冲着薪水来的，那你也得对得起你这份薪水。一个故事师，就应该是一个造梦师，他应该能触摸每一个细节，你照照镜子，你身上哪有一丁点故事师的基因？"

袁子叙一脸阴沉地从他的办公室里退出来，退到走廊上，然后大踏步走向电梯间。那个身穿黑色西服的女孩跟了上来："子叙先生，您也别生气，这个部门几乎每个人都挨过这样的批评，寇主管就是这样的性格，他觉得不好的就会踩得你体无完肤，但如果你做好了他就会把你捧上天去，所以……我帮您按电梯！您自己路上保重，最近好像听说一个叫萨尔佩的人意外死亡，大概是生病，但很多人出来表示抗议，要争取他们的权利，等会儿如果街上人多，您最好绕着走。再见！"

已经走进电梯的袁子叙突然伸出手臂挡住了即将要关闭

的电梯门。

"你刚才说的黑人，叫什么名字？"

"好像叫萨尔佩，或者萨贝尔，您自己看看网络上的消息，铺天盖地都是，还有个视频。哦，那个人好像是动物园里的一个驯兽师。"

第八章　鸽子

1

在这次台风中，一共死了七个人，其中三个人失踪了，不知道是被风吹到天上去了，还是被雨水冲进了下水道。天底下的死法有很多种，但死在下水道里应该算是比较惨的一种。地上的亲人都在寻找，而没有人知道真相，真相被埋在下水道的淤泥里，跟死老鼠腐烂在一起，需要很多年之后，人们才知道那里有一堆人类的骸骨，钙化成奇怪的姿势。或者，永远也不会知道。

袁子叙就坐在马路牙子上，脚下踩着下水道盖子，浮想联翩。他不想提前回家，家里爷爷能一眼看穿他的心情，他几乎没有办法在爷爷面前掩饰任何悲喜。他还可以选择折返公司，朝寇主管吐口水，扬眉吐气地把辞职信丢给他，仰天大笑出门去。但然后呢？再重新一家家去面试？很多负责招聘的人事主管现在也精得很，都会打电话到原单位去调查，如果了解到他曾经性侵实习生，不但会让他滚蛋，而且眼睛里往往充满鄙夷，即使他们自己的私生活也可能混乱不堪。他没法解释，当时是那个混蛋实习生主动来勾搭他的，事后发现他并无法帮她达成入职报社的目的，竟然反咬了他一口。报社这么破落的地方，何必非要钻进来？她说只是为了考验他愿不愿意为她付出。他追问她，考验不通过就非得这么做吗？难道不知道这样的举报会让他丢工作？她笑嘻嘻地说："你那玩意儿太短，老娘不高兴，搞你一下怎么了，我觉得好玩就行，你能怎么地？"

他确实不能怎么地。后来事情闹大了，面对镜头，该实习生竟然楚楚可怜起来，她脸上打着马赛克，看不见她的眼泪，但听得出她说话的声音带着哭腔，让人不寒而栗。对此钟秋婷的点评就是：你就是管不好你的下半身。钟秋婷长叹一声，说明她是站在他这一边的，她的温柔和包容让他有点感动。他本来想冲动一回说出什么话来，但终究没有。

他坐在马路牙子上拨打青铜鸽子的电话，但她没有接。一辆洒水车缓缓开过来，他应该起身躲避的，但他突然不想动，故意就这样让洒水车喷射出夹杂着泥沙的水雾笼罩了他全身。

青铜鸽子拨回电话。他接了，告诉她，见个面吧。

电话那边停了好几秒，然后她说："你声音不对，你没事吧？"女人的直觉有时候真可怕。他赶紧提高了嗓门，说："没事，只是不小心被洒水车喷了一身水，生气呢！"

青铜鸽子笑了，她笑起来的声音真好听。

"我见过洒水车在消防栓上接水，你可以找个消防栓试试。"

又说了几句，他才知道青铜鸽子的名字是葛青桐。葛青桐说："你还是叫我青铜鸽子吧，我朋友们都觉得我疯疯癫癫的，像一只飞过火山口的鸽子。"

见面地点依旧是那家有着巨大落地玻璃的西餐厅。门开了，挂在吧台上方的风铃响了起来。袁子叙看着她们三个人鱼贯而入，小女孩帕莎走在最前面，她的胸前挂着那个白色象牙的耶稣受难像。她走到他面前，对他笑。他伸手搓了搓那个象牙饰品，她也没有拒绝，然后用粤语说："萨尔佩也是这样摸了摸它，然后就说一定要去找詹森，他们是兄弟。"阿朱和青铜鸽子都笑，她们边坐下还边在笑，但坐下的时候阿朱就开始抹眼泪了。这是四个人的卡座，帕莎被安排坐在袁子叙身边。袁子叙还是给她要了一份薯条和一杯可乐，她也很乖，安安静静不吵不闹。袁子叙和帕莎闲聊了几句，等着阿朱的情绪慢慢平复，才坐直了身子问她们："那么，萨尔佩到底是死了还是活着？"

青铜鸽子道："你这是直奔主题啊，如果按照网络上流传的视频来看，失踪多日的萨尔佩应该死了，但我们有足够的证据表明，萨尔佩还活着，他只是去找詹森了。"

阿朱接过话说："但萨尔佩的好友兄弟们都不信，他们觉得我如果不是疯了，就是已经被收买。问题是，如果人还活着，那么他们在那里闹事就显得很无聊，但我们说的是真相，就是没有人相信我们，你看，他们还打了我！"

阿朱掀起覆盖在左脸上的头发，她的左眼角有一大片淤青，触目惊心。她说几天前还更严重，在医院缝了两针，现在好一点了，已经慢慢消肿。

"他们把甜品店也砸了，阿朱的妈妈也觉得女儿是个灾星，母女俩闹翻了，阿朱的妈妈已经回乡下，说躲一阵再回来，免得又被打。"青铜鸽子又补充了一句。

袁子叙摆了摆手："好了，那现在你们想怎么样？要我帮忙去打架吗？我可没那个能耐，我笨手笨脚，上次跟着她去爬山，还摔了一跤。"

帕莎吃完了薯条，喝了几口可乐，就开始打瞌睡。她回头看了袁子叙一眼，就往他身上蹭过来，蜷缩着身子，趴在他的大腿上睡了。

"她这么快就睡着了？"

"小孩就跟手机一样，没电很快自动关机。"

"确实，新手机，充电五分钟，待机可以很久，续航能力超强。"

"她可爱吗？"

"可爱……你们相视而笑什么意思？"

"我们想上一次山，但没有人照看孩子。"阿朱说。

"不，我带不了孩子！"

"问题是，那帮黑人兄弟整天说要把孩子带走，"青铜鸽子说，"你就忍心让他们把帕莎带走吗？只是暂时放在你这边一段时间，难道还能放我学校宿舍吗？你看，她现在有点喜欢你了。"

阿朱说："就周末两天，我真的想到落梅山隧道去看看。"

停了停阿朱又说："我是说，如果我回不来了，这孩子你就帮我交给我妈吧，她现在不想见我，但毕竟她是外婆。"

"洞口不是被填埋了吗？"

青铜鸽子说："也说不清楚，大概就像薛定谔的猫一样，不同的人去，洞口也随机开合，要不也解释不清楚萨尔佩为什么能进去。"

"两天可以，但是要带上我，我也去看看！"袁子叙当然没有说他的游戏项目，他的说法是两个女人进洞不安全。

"帕莎可以交给我爷爷照看，他喜欢孩子。"他补充说。

爷爷果然很喜欢帕莎。帕莎捏着爷爷的白胡子，又捏着他手背皱巴巴的皮肤，爷爷搂着她哈哈大笑。大个子袁子量也看呆了，坐在旁边傻笑。袁子叙对弟弟说："你看爷爷多开心，你就结婚生个娃算了。"袁子量脸上的笑容凝住了，摇摇头，回到他的电脑前，还喃喃自语："你们还是将我当成外星人，我只是以人类的形象生活在你们中间。"

爷爷转头去看着他。他说："不结婚，即使一定要结婚，也不生孩子。"

"不生孩子你结婚干啥？"因为帕莎的到来，爷爷显得理直气壮。

"人类就是这么无聊，有什么办法呢？"

青铜鸽子听他这么说，就凑过去，问他在鼓捣什么。两人于是聊起来，聊了一会儿，袁子量突然叫起来："你就是那个说话疯疯癫癫的青铜鸽子？"

"量子道长？天天在宣讲曲黛灵学说的道长？"

他们混在同一个造语圈，刚才见面却不相识。青铜鸽子嘲笑他："你一个程序员跑来抢我们外语专业的饭碗干什么？！"袁子量说："我没有抢任何人的饭碗，从来都是叫外卖。"

帕莎还是粘着爷爷不放。

"他们讲我是个外国人，都不中意我。"

帕莎用粤语说了两遍，爷爷听不懂。袁子叙翻译了一遍，爷爷又哈哈大笑。他举起一个手指，指着墙角木架上的达摩老祖像，告诉帕莎："他也是个外国人，来自印度，皮肤和你一样黑，但是，我每天都在拜他，求他保佑我们老袁家福泽绵长，多子多福。"

"他有什么本事？"帕莎问她妈妈。

袁子叙帮阿朱回答："他能站在一根芦苇上，从水面上飘飞过去。"

"芦苇是什么？"

"就是草。"

"就是飘浮在空中，不会掉进水里？"

"不会，他可以站在空中。"

"那好犀利啊，我也要去拜拜！"

帕莎从爷爷的膝盖上跳下来，跪到达摩跟前，拜了又拜，嘴里还念念有词。爷爷也起身过去拜，他告诉帕莎，动作要慢。帕莎就在嘴唇前面竖起一根手指，然后环顾四周，对着她的妈妈扮鬼脸。

2

袁子叙给钟秋婷打了个电话，他问她最近好吗，她说她正在做一件疯狂的事。他说他也是，然后告诉她，他准备进入落梅山隧道，在里面，人可以悬空飘浮。钟秋婷说，你是说落梅山隧道里有台风吗？袁子叙说，没有台风。

"我以为只有我疯了，原来你也疯了。你要多注意休息，电子游戏的世界毕竟和我们的现实不一样。"

袁子叙不知道说些什么好，他挂了电话。很快他收到钟秋婷的信息，她当然非常不高兴，让他走着瞧："我已经不是从前的那个我了。"

台风吹折了太多大树，落梅山道变得更加曲折难走。云脚压得很低，空气湿润，草木都变得比平时更重。他们用了比平时多两倍的时间才来到落梅山隧道的洞口。在雨水的冲刷之后，洞口大开，旁边有一块歪歪斜斜的牌子写着：隧道危险，禁止入内。旁边还画了一个红叉。

站在洞口，可以感觉到风非常大。风并不是从隧道里面吹出来的，而是从外面直灌入隧道之中。隧道通向哪里？不是说只挖了一半，并没有贯通吗？他们对视了一眼，隧道里面一片漆黑，并没有人能够回答他们的问题。

"所有的洞口都应该通往另一个世界，这个洞口不会是通向地狱吧？"

说话间风突然停住了，周遭的树叶也一动不动。阿朱说不会有什么老虎出没吧，书里面说老虎要出现之前都会起风，现在风停了。青铜鸽子说："我们都不看书，只看屏幕。洞口吞了这么多的空气，就像一只巨大的史前生物打了一个哈欠，又徐徐往外吐气。"青铜鸽子让袁子叙帮忙，把一根绳子绑紧在洞外的一棵大树上，袁子叙摆了个架势，试着拉了拉，想象大树应声倒下，但大树纹丝不动。他觉得这么一个情景可以放到游戏里，这大概就是寇主管要的质感。

他们拉着绳子慢慢走进洞口，就像他们是三块鱼饵，正被送入大鱼的口中。如果洞里洞外分属不同时间，那么这个时候，游戏应该响起音乐，然后看到萨尔佩背着奄奄一息的詹森从洞中走了出来，阿朱哭泣着扑了上去，大团圆结局。

但现实的情况是，洞里并没有人往外走，只有他们往里钻。就在这时天空飞过一群黑鸟，袁子叙回望了一眼，心想如果不幸死在洞中，这大概是他最后一次看到鸟。隧道里的积水差不多淹没了膝盖，他们准备的水靴完全是无效的，很快就灌满了水，每迈一步都能感觉到水靴在水中的运动。如果真如青铜鸽子所说，在某一个临界点出现失重状态，那么这么多水飘浮起来，随时都可以被吸入肺里把他们憋死。

青铜鸽子让他们打开帽子上的头灯，还要紧紧攥着绳子，防止突然失重的到来。空气有点紧张，袁子叙开个玩笑说："这么细的绳子坚固吧？"问完没有等别人回答他，他又觉得无聊，自言自语地说："相信你的设备都是专业的。"

"不专业也没办法了，除非你想往外走。"

听了这句话，阿朱突然停住了："我们往外走吧，这里没有奇迹；如果有奇迹，我又怕连累你们。"

但他们都推着她往前走。袁子叙对她说："人还是要勇敢。"

阿朱说："嗯。"

袁子叙说："我小时候穷，邻居家也穷，但后来我发现他们家天天都有肉吃，觉得很羡慕，直到有一天我到他们家去，他们邀请我吃了一碗饭，还给我碗里夹了不少肉，吃完了之后才告诉我，这是田里的老鼠肉，又甜又美。我险些当场吐了。但是第二天醒来肚子饿，我又觉得那肉其实也没有那么难吃……"

青铜鸽子说："停！停！别说了，我都快吐了，你说这个跟勇敢有什么关系？难道我们要在洞里勇敢地吃老鼠肉吗？"

"不是这个意思，我的意思是要勇敢地从洞外走进洞内，就像我看到他们一家人都在幸福地吃肉，但从来没有想过他们吃的原来是老鼠肉。勇敢走近，你才能知道真相。但知道真相并不是最后的理解，还有一层理解，就是现在，这个时候，我会觉得小时候他们烤制老鼠肉的办法还是挺独特的……"

"好了，我们都理解你的理论，但能不能换个例子，我不想再听到老鼠肉了。"

话音刚落，青铜鸽子的头灯照在洞壁上，上面黑压压都是老鼠的头在蠕动。她一声尖叫。这些老鼠顿时化为黑鸟往洞外飞出去，原来是一群蝙蝠。

阿朱说："这么黑的洞里，住着这么黑的生物。"她扭头看着什么，但太黑，袁子叙看不见她的眼睛。

袁子叙说："就是一群蝙蝠，广西人还用来炖汤呢，他们的小孩尿床就要喝蝙蝠汤，补一补身体。所以，很多事物，走近了就会觉得没什么。"

"那不是，恶心的东西，走近了还是觉得恶心。"青铜鸽子说。又补充一句说："你这种人，遇到大时代，一定会变成汉奸！"

袁子叙刚想说很多汉奸也是好人，话到嘴边，咽下去了，却问："你倒说说上次你们是在哪里失重的？"

没等青铜鸽子回答，阿朱就提高嗓门大声喊："詹森！""萨尔佩！""你们活着还是死了？我也不知道要找你们的哪一个……"

洞里传来嗡嗡的回声，仿佛她的叫喊，变成了形状不一的气流在狭窄的空间里流动。她开始小声啜泣起来。

青铜鸽子让他们别动，她又往前走了十米，然后对他们说："并没有悬浮失重，你们看，这个巨大的盾构机并没有飘浮起来，而是卡在岩石里。"

他们攥紧了绳子，黑暗中一切都那么安静。也就是说，这里的一切如此正常，没有颠倒的时空，也没有任何人飘浮在黑暗中。盾构机旁边有一块比较空旷的高地，大概是工人休息之处。他们爬上去，却发现是一块石碑，上面有一些歪歪扭扭的文字，青铜鸽子说袁子量应该对这种石碑会感兴趣，下回可以带他来看看。

"你究竟有没有骗我们？我觉得你跟我弟都有点神神

道道。"

青铜鸽子还没回答，阿朱说："我相信她，她骗我们到洞里来干什么，我更愿意相信他们进的隧道跟我们的隧道不是同一条，他们通往天堂，我们还在人间。"

袁子叙说："我并不关心天堂和地狱，整座山这么重，这么多石头和泥土，怎么可能飘浮起来呢？"

阿朱叹息一声，正想说些什么。就在这时，隧道深处突然传来一阵深沉的轰鸣，就像一列地铁正在从更深的地方开过来，又如地底的巨兽突然醒来，怒气冲冠，坚硬的脊背似乎要把落梅山顶成两截。他们都没有再说一句话，奔跑成为本能，他们不约而同都往洞口冲，因为手里抓着绳子的缘故，他们慌乱中抱成一团摔了一跤。有那么一瞬间，袁子叙感觉自己似乎飘浮了起来，他清楚听见阿朱喊了一句："我还不能死，我死了帕莎怎么办？"他突然感觉到难过，他并没有一个帕莎。他推了阿朱一把，自己也爬了起来。恍惚间，他第一次有了一种"活腻了"的冲动。大概小孩会怕死，老人会怕死，刚好人在中年，反而觉得万事皆可以休止，所以即使突然归去，也算功德圆满吧，反正该经历的都没有落下，该错失的也无法挽回，人生大概如此。终于看见青铜鸽子在对他说话，却听不到声音，青铜鸽子主动伸出手来，握住了他的手，她的手那么娇小冰冷，却十分柔软，那种触感在瞬间唤醒了他的动物性，整个人都奋发起来，朝着光亮的一端移动。

出了隧道，青铜鸽子显得非常沮丧，她问袁子叙，为什么要带着他们往外冲？袁子叙说："地底下发出轰鸣，我以为就要地震了。"青铜鸽子困惑地望着他："哪里来的轰鸣，你不会是耳鸣吧？"

阿朱靠着一棵树坐下，并没有停止流泪。对阿朱来说，洞中没有奇迹，就意味着她的詹森和萨尔佩可能已不在人世。

青铜鸽子说："我们可能找到他们，也可能死在洞中，但这只薛定谔的猫给出了一个最庸俗的结果，就是没有悬念的现实。我只能相信这是诸多结果之中的一个。"

这时袁子叙的手机嘀嘀响了起来，来了好几条信息。他摸出手机一看，弟弟袁子量给他打了好几个电话，都显示未接，大概是洞中没有信号的缘故。他拨回了电话，只听到袁子量边哭边说："爷爷快不行了，我在等救护车，你们快回来。"

袁子叙知道爷爷一定不喜欢救护车，他没想过自己会客死异乡，所能选择的就是不要死在医院里。果然，袁子量又来电话，说爷爷让他把救护车叫回去。他说爷爷的状态现在好了很多。挂了电话，袁子叙悄悄发了一条信息让袁子量一定要仔细，怕是回光返照。他也不知道回光返照会怎么样，只是突然就想到了这个词。

出租车里，阿朱伸手搭了搭他的肩膀："希望爷爷没事，不然我会内疚一辈子。"

"哪有什么是一辈子的事，而且也不关你的事。"

"有，有一辈子的事，当时我遇见了詹森，我都不知道他是驯兽师，但他的眼睛，真的就让我想起了豹子的眼睛，那个瞬间就是一辈子的事，如果詹森已经死了，我们的故事就是他的一辈子。"

"应该说抱歉的应该是我，"青铜鸽子说，"但我也不想再说沮丧的话了，只想问问你，你的游戏脚本有思路了吗？想想你的脚本，也许你就不会那么焦虑了。"

"想起游戏脚本我更焦虑。"

袁子叙笑了笑，但确实笑不出来。所以他们也就不再说话。车窗外的风呼呼地吹进来，打在脸上，好像他们坐的不是一辆车，而是一艘在大海上航行的轮船。突然"哐"的一声响，他的头重重撞在车窗上。出租车司机笑了："小伙子打瞌睡了？带着两个美女出来溜达把你累的，我都羡慕得流口水。"

袁子叙没有理他，但也觉得挺尴尬的，于是说："做梦了，梦见回到小时候的橄榄树下，爷爷站在树上敲橄榄，我和弟弟举着竹筐站在树下接。爷爷那时候就说，如果他能有达摩老祖一苇渡江的能耐，站在橄榄树上就不用那么害怕。我们后来才知道，爷爷其实有点恐高，只是为了生计，每次还是要去爬树敲橄榄。再过些时候，天气变冷，橄榄就要熟了，绿里带黄最好吃。"

"我以前不喜欢青橄榄，但后来慢慢喜欢上了。有时候喜欢不喜欢，就是一种习惯而已。"阿朱说。

回到白鹤路已经是落日时分，天气阴沉，白鹤路上因为水电施工出现车流拥堵，司机们焦躁地按响了刺耳的喇叭。坐着电梯到了七楼，袁子量就把房门打开了，可以猜到他一直在阳台探头探脑等他们回来。

"怎么样？隧道里有失重悬浮的现象吗？"

"没有，隧道里只有无聊。"袁子叙的声音仿佛是在地底下发出来的，他环顾四周，只见帕莎坐在地板上玩一块拼图，安安静静不吵不闹，爷爷斜躺在沙发上。袁子量告诉他哥，爷爷睡着了。又悄声说："我刚探过鼻息，没事。"

爷爷鼻子哼了一声，上气不接下气地说道："就知道你小子来探鼻息……子叙来了啊？"说完这句话他直喘气，也就闭嘴不说了。他耳朵变得这么灵敏，这么小声说话都被他听见。他似乎是在歇息，过了一会儿，眼睛才睁开一条缝。

"我就是打了三个喷嚏，打完喷嚏就这么累。"

袁子量也说，午后爷爷在阳台一连打了三个喷嚏，然后就靠着阳台的推拉门慢慢跌坐在地上，他说看见奶奶就站在阳台外面，悬空站着，跟他说话。

"把我吓得够呛！"他吐了吐舌头。

"你奶奶白疼你了！"爷爷说话开始像喝醉酒的人那样大舌头，"天这么快黑了？"

其实外面虽然阴沉，但还是很亮的。袁子叙在他耳边告诉他，外面阴天。他说不用凑那么近，他听得见。又说："不着急，你们都去吃饭，不用准备我的份儿。"

同一个意思，他说了两遍。大家只能应着，青铜鸽子主动说她下楼去买快餐。

"别让帕莎饿着。"

他一句话又让阿朱转头去抹眼泪。这个时候他还惦记帕莎。

"要找的人找着了吗？"

阿朱摇摇头："爷爷，没找着。"

"放心，都活着，活着难啊。"

说着，又悠悠闭眼，不用去探鼻息，都能听到他像猫一样发出轻微的呼噜声。

"子叙啊，这是什么地方？"

"白鹤路。"

"白鹤好啊，都会飞的。"

袁子叙问他要不要喝水，他说好，喂他喝了两小口。他说被子太重，要把被子拿掉。被子拿掉之后，他说话显得比较有力气，这才说了三件事。第一件事是骨灰带回老家，埋在后山，墓早就修好了，就在奶奶的墓旁边，分开住才不会吵架。第二件事是不用每年都回去烧香，奔波辛苦，不如多给达摩祖师烧香。第三件事是——

"你们都是我收养的，也不存在血脉不血脉，但有了孩子，一定要烧香告诉我。"

他喊子量，子量就过去，握住他的手。爷爷摸着他的手，摸着他的脸，又摸到他的头，然后在他的头顶轻轻打了一下，打得这个大高个泪流满面，呜呜大哭。

爷爷却笑了，然后把手慢慢松开。

3

殡仪馆的车来了，然后殡仪公司的人也来了，一切进入了另一个程序。就像突然来了一帮人，指手画脚，指挥他们兄弟俩如何扮演悲伤，又如何为了扮演悲伤而花钱，有各种可以打折的套餐。最后兄弟俩一合计，把这些人通通赶出去，又客客气气把青铜鸽子和阿朱都送走。客厅里只留下骨灰盒还有一幅黑白肖像。兄弟俩点了蜡烛，在客厅里对坐，说了一夜的话，从第一次爬上橄榄树谈到第一次性经历，仿佛可以把半辈子的话都说完。

天亮的时候，大个子袁子量趴在茶几上睡着了，发出磨牙的声音。袁子叙看着天边的曙光一点点亮起来，似乎想明白了整个游戏设置，他在纸钱的背面写下一行字："快乐的人凌空舞蹈，有的人只因为悲伤的重量才被压在地面上。"

他写完又觉得自己的理解非常浅薄，也许她就喜欢这种浅薄，于是他还是把纸上的字拍下来发给钟秋婷。但等了很久，她没有回复。她此刻应该在甜甜的梦里。

按照故乡的习俗，他们守灵的时间是七天，他们兄弟俩也真的坚持守了七天。到了最后一天，他们相对无言，已经不知道自己在干什么了。总的来说也没有什么闪失，他们总能够在香炉里最后一截香快燃尽的时候续上香。

兄弟俩合力把爷爷的照片挂到墙上。老人好多年没有照相，用的是他多年前的一张证件照，爷爷看起来很年轻，似笑非笑的表情让人觉得舒服。照片上墙，看上去很自然，好像一直挂在那里。

也就在兄弟俩挂好爷爷遗照的时候，机器人战争又一次来了。

首先手机上弹出了警示新闻，电视屏幕上直播了汽车如何疯狂碾压行人的视频。街上并没有行走的机器人，只有被操控的汽车队伍。躲进家里也并不安全，日常使用的所有智能物品都开始攻击人类，电饭锅、空调、风扇、电线……在万物互联中它们都成为杀戮的工具。然后，这些新闻很快就消失了，屏幕变黑，人工智能控制了网络信息传播的通道。

袁子叙家的扫地机器人也开始异常，拔掉电源还蹦跶了很久，不过很快只要踩上几脚，也就安静了。他们家因为贫穷获得了安宁，兄弟俩环顾四周，松了一口气。

接着开始断电。袁子叙以为是机器人太坏居然断电，但子量认为是人类这边在实施物理断电，只要回到了没有电的世界，人工智能也就不复存在。但很快，电源就恢复了，街头的电视屏幕也打开了，连续播放着汽车袭击人类的画面，一种恐惧在空气里传播。街上的人们开始抢食物，害怕社会崩溃会导致食物短缺，每个人想到的是先囤好食物再关门不出。

其实这场战争仅仅持续了不到一百三十六个小时，甚至也无法判断波及了哪些地区。这短暂的失序带来的唯一反应，是所有人不约而同地拆除了家里的智能用品，除了照明和加热食物之外的电源都被剪断，最为原始的电话线被启用，超市门口甚至出现了销售纸质报纸和杂志的摊贩。街上的垃圾桶堆满了各式家电，路边到处都是被砸得稀烂的无人驾驶汽车。"真跃进"公司顷刻破产，股票被退市，无数人咒骂，不少文章深挖"真跃进"背后的利益群体，但人们发现这家公司的保密工作做得太好了，大家对它所知甚少。

人们谈起了惊魂的一百三十六个小时，每个人都有自己的故事。

在最接近末日的时刻里，袁子叙承认自己脑海中不止一次突然浮现钟秋婷的脸，他给自己的解释是，他也没有可以想念的人。他试图联系钟秋婷，但她一直关机。他想过她会不会在这场灾难中死去，但他翻查了官方公布的八百一十二个遇难者的名单，没有发现钟秋婷的名字。他突然想起可以到"美人城世界"中去找她，她有一次跟他提起了她是个网红，每天的工作是直播。

袁子叙对着手机屏幕发呆。粉丝页面上面头像的那个人，有几分像钟秋婷，但身材这么好，真的是她吗？又看了看，可不就是她嘛。"粉丝数六百三十八万。"袁子叙不禁念了一遍，这个数字比丹麦全国人口数量还多。她的网络昵称叫"悬浮女王"。于是他打开游戏进行搜索，果然是她！袁子叙明白，只需要再过一些天，这些砸掉智能电器的人，就会重新回到网络世界，直播房间会重新爆满。他打开她的直播房间，里面是黑的，并没有开张营业。但有一个视频留存了下来，看时间是昨晚刚录制的。视频很短，只有她一个人坐在房间中央，身穿白色长裙悬空坐着，摆着各种姿势。她站了起来，一条玉腿从裙摆下面探出来，她左臂挥舞着一只呼啦圈，呼啦圈炫目飞动，它可以毫无障碍地穿过身体周围的所有地方，以证明她整个人都是凌空悬浮着的。她的脸上没有笑容，她的目光空洞，神情冷漠。

钟秋婷什么时候学会如此神奇的魔术了？她现在拥有这么多粉丝，相当于拥有千军万马，他想起那天发生的事，不禁打了一个冷战。他心底升腾起一股凉意，却也不知道自己为什么会害怕。他正想退出游戏账号，钟秋婷留在"美人城世界"里的一段公开语音响起。袁子叙知道，每个直播都会预先录制好这么一段语音，只要你想离开，它就自动播放进行挽留。那是钟秋婷的声音："请你不要走，我从落梅山带回了一块可以悬空飘浮的石头，它成为我的秘密，我是一个凌空舞蹈的快乐女王，跟我在一起吧。"

就在这个时候，惊人的一幕终于发生了：手机屏幕上钟秋婷的头像突然消失，然后变成另外一个女人的脸。

袁子叙指着手机屏幕对袁子量喊："她，她怎么消失了？"

"她是谁？"

"钟秋婷！"

"钟秋婷是谁？"

"我不记得了……"袁子叙只觉得一阵头痛欲裂，瘫坐在地上。

第九章　凤凰

1

陈星河死后，哲学家曲黛灵完美代替了他，成为这个时代的精神图腾。澳洲有个导演还将曲黛灵的人生故事搬上了大银幕，以这种非常古典的方式致敬这位震古烁今的天才。根据导演的考证，曲黛灵的原名叫曲灵，曾经在一家出版社工作了好些年头。但这些都是道听途说，无从证实，大家还是更愿意接受，哲学家曲黛灵来自另一个时空。因为有人仔细查证过，那个叫曲灵的女编辑，在多年以前和她的丈夫女儿一家三口登上了 MH666 航班。这架飞机消失在印度洋上空，周边多个国家曾合作成立搜寻队，搜寻了十年，始终不见这架飞机的踪影，连同飞机上的两百多名乘客，似乎从来没有在这个世界存在过一样。有人翻出当年的报纸，曲灵的名字赫然印在遇难者悼念名单中。

逝者如斯，不会回来。

哲学家是曲黛灵给自己安上的头衔，人们在新闻中也用这个头衔来代指曲黛灵，比如"有游客在华山之巅发现哲学家行踪"这样的新闻标题，无疑要比直接提到曲黛灵更为优雅。其实大家心里清楚，在这里哲学家代指的就是预言家。

但曲黛灵不喜欢别人称其为预言家。她在一个流传非常广的视频中说道，她最瞧不起那些所谓的预言家，装神弄鬼毫无诚意，与他们不同，她所陈述的哲思很快会凝固为事实，而凝固的事实是不需要预言的。这样的话语方式让大家感受到某种神话般的快意。然而哲学家曲黛灵的预言能力毋庸置疑，她曾经对全球的三次大地震、八次水灾、十四次重大事故作出准确预言。她的预言能精确到秒，对死难者人数更是分毫不差，不听从她的预警会死多少人，听从她的预警进行疏散会死多少人，竟然都一一应验。她的预测方式是展示某张未来的报纸，报纸上赫然印着新闻，两份版式相同的报纸，上面印出两种不同的结果。

无数生命因为她的预言而活了下来，那些死里逃生的人们，匍匐在大地上感谢这位看不见的恩人。是的，曲黛灵从来没有露过面，她是以视频方式敬告世人，而视频则是在美人城元宇宙的"月眉谷"上发布，故此这一系列视频也被称为"月眉谷预言"。"美人城元宇宙"是美人城公司开发的一款虚拟空间程序，最早以网络游戏"美人城世界"被人们熟知，后来更成为每个人都会使用的生活程序，而"月眉谷"是短视频和直播崛起之后美人城集团开发的一个子产品，以无与伦比的传播速率打败了诸多直播平台而一统江湖。换句话说，"美人城元宇宙"上的身份相当于你现实生活的复制版，人们已经习惯在上面完成所有的生活场景，包括房屋交易和终身教育等人生大小事务，都会通过这个程序来完成。而曲黛灵的视频也是借助"月眉谷"传遍了世界的每一个角落。

人们已经非常熟悉她的出场方式：一面白墙前面放着一把椅子，她身穿黑衣，缓步走入镜头，稳稳坐下，开始说话。一块悬浮的黑色石头永远飘浮在她的面孔与镜头之间，刚好完美遮挡了她的脸庞。大家一开始以为那块石头是后期处理加工放上去的，相当于马赛克，但后来人们发现，这样一块违反万有引力的悬浮石块，竟然是实物，而且在放大以后也可以看到石头的纹路，甚至还能在石头上发现一个凤凰展翅欲飞的图案。无数民间专业人士开始讨论这块石头，他们用实验证明现实中几乎没有办法能让这样一块石头腾空飞起并实现定位跟随，智能操控。

曲黛灵也从来不预言跟开奖号码、体育比分相关的信息。"我的视力有限，只有生命值得拯救，金钱与我无关。"她在视频中回应了有些人让她预测彩票号码的要求。但几乎所有人都明白，她可以做到，她能够毫无悬念地知道如何用预言获取财富。所以有坏人头子铤而走险，劫持了一列火车，声称曲黛灵如果不现身听命于他，他便杀掉这一车厢的人们。曲黛灵并没有回应，她直到生死攸关的最后时刻才发出一条仅有十秒的视频，视频里她一言不发，仅仅展示了一张女人的照片，照片下面还有一个名字：皮皮苹。该坏人念了三遍"皮皮苹"，便泪流满面，跪地不起，中止犯罪并自动投案。这一幕震惊了所有人，"皮皮苹"是什么咒语吗？人们纷纷猜测，有人用了技术手段搜索照片里的女人，但发现这个女人并不存在，"皮皮苹"三个字也不知道是什么东西。民间专家认为最有可能是这个女人的名字。

没错，正是这个女人的名字，戴着手铐身穿囚衣的坏人头子在癫狂过后，对着采访他的记者说："那是我老婆的名字，不会错，那个女人就是我的老婆。对，现实世界中我并没有老婆，但你不懂，就像前世的记忆突然被打开，我突然记得自己跟这个女人过完了一生，她是那么完美无瑕，有这样的女人心甘情愿陪我走完一生，我怎么可能还是一个十恶不赦的混球……"坏人头子的哭声让他完全变了一个人，仿佛被恶魔附体，或者就是曲黛灵的托儿。什么前世记忆，不少人怀疑这是一场秀，是之前排练好的一出好戏，但坏人锒铛入狱确实是不争的事实。应该没有人会愚蠢到以牢狱生活为代价去演出。

这样一次没有露面的演出，也让所有人见识了曲黛灵深不见底的神力。她既然可以让一个无恶不作的莽夫在十秒之内跪地求饶，那么她就有能力制造更大的惩戒。其实不少专家也坦言："不需要任何神力，她只需要宣布人类社会应该杀掉某一个人，这个人就活不到明天，她的狂热追随者会帮她完成这一切。"这样可怕的影响力也是任何国家政府不愿意看到的，所以有不少真正的专家也在追踪视频的来源，但他们发现，没有信息源，这些视频可追溯的源头是诸多完全不知情的用户，他们在不知不觉之间已经帮助曲黛灵完成了视频的发布和传播。

无名者曲黛灵、巫师曲黛灵、神婆曲黛灵、预言者曲黛灵……为了统一这些杂乱无章的头衔，曲黛灵说："你们还是叫我哲学家吧，因为世界因认知而存在。"

哲学家曲黛灵就这样成为一个神话，她的所有视频都广为传播，人们不断在猜测，这样一个人物到底是谁？她的目的是什么？

"我没有任何目的，我只是凝视着最黑暗的夜空。"她说。

2

这个世界上，除了疯子，每个人的行动都必然带着目的。即使是毫无目的躺在沙滩上晒太阳，其目的也是获得愉悦安宁的心情。所以所谓没有任何目的，是一个经不起推敲的托词。

哲学家曲黛灵的另一个举动，也证明了这一点。在今年夏天的一条视频中，她颠覆性地证明了"曼德拉效应"的正确性。"曼德拉效应"是指很多人会发现自己对某个事件的记忆与历史记录不符，存在某些错位。就比如许多人对南非总统曼德拉的去世时间存在争议，曼德拉去世的新闻出来之后有很多人言之凿凿说曼德拉在多年之前死于狱中。再比如有很多人记得巴黎博物馆的著名雕塑《沉思者》，其姿势应该是拳头顶住前额，但事实是手背托着下巴。当发现记忆出现差错时，你去查找资料则会发现，没有任何资料证据可以支撑自己的记忆。如肯尼迪总统遇刺案，很多人记忆中肯尼迪遇刺当天乘坐的车是四座，车上也只有四个人，但史料照片却显示车上有六个人。这些群体的个人记忆与现实的历史记录不符的情况，被统称为"曼德拉效应"。但是，"曼德拉效应"在许多科学家看来就是瞎扯淡，社会主流的声音认为这是个荒诞的理论，不过是一些记忆力不好的人在互相证明彼此的错误记忆具有正确性。也有人站出来说，自己正在做某件事都有一个感觉，这些事以前曾经做过；而有一些记忆，确实存在被改写的情况。

哲学家曲黛灵在她声誉如日中天的时候，突然推出了十三个证据，证明我们这个十分太平的世界，曾经发生了两次规模不小的"机器人战争"，许多人在战争中遇难，而关于他们的记忆，或者已经消失，或者被扭曲。她并没有用"曼德拉效应"这个被大家熟知的概念，而是称之为"人类过往时空剪辑技术"。曲黛灵列举的十三个证据，包含了七个已经从这个世界消失的事物，以及六个带有身份的名字：一个叫"姜太公"的赌博系统、一本叫《碧河镇脚本》的小说、一条叫白鹤路的弧形街道、一家叫"真跃进"的无人驾驶汽车公司、一个在系统里复活了福楼拜和鲁迅的"鹦鹉计划"、一项叫"头颅冷冻记忆萃取术"的记忆保存技术、一条并不存在的落梅山隧道、美人城集团寇主管、程序员戴大维、标本采集师戴友彬、直播女郎"悬浮女王"钟秋婷、机场开搬运车的毕春花、同性恋者陈星河。这些从来没有听说过的事物让人感到陌生，这些人物姓名多数大家也都一头雾水，但最后一个名字简直让舆论炸了锅。作为神一样的存在，陈星河代表了构建"美人城元宇宙"的科技形象，人们提及曲黛灵只能说"继陈星河博士之后最 XX"，而不能说曲黛灵比陈星河更为伟大，也就是说，他们之间属于并列关系，而如今后者要用恶毒言语来诋毁前者，此举看来居心叵测。

曲黛灵的这段信息以疯狂的速度传遍了这颗星球的每一个角落，而信息又如同蒲公英的种子一样，飘到"美人城元宇宙"中潜藏在各式身份之下那些富翁和穷人的手机屏幕上。一夜之间，所有人都在讨论曲黛灵和她所揭露的"人类过往时空剪辑技术"。人们最初倾向于表达情绪，认为曲黛灵不知好歹，这一番所谓的揭秘真相无非是为了抹黑陈星河。但后来，随着这十三个证据逐渐生根发芽，一些互相印证的生活细节在人们的脑海中浮现，越来越多的人站出来，提供一些线索以证明"机器人战争"的真实性。

所有人担心的坏事还是发生了。在芒种这一天，美人城集团的大楼里跑出来一个中年男人，对着街上"美人城元宇宙"的多个镜头大喊大叫，虽然他的声音很快被消除掉，但有技术人员从他的口型解读出他叫喊的大致内容："快查消失的飞机。"后来从新闻里大家都知道了他的名字，他叫袁子叙。袁子叙因为连续五天不眠不休研究曲黛灵提到的"钟秋婷"这个名字而陷入癫狂，医生给出的初步诊断是，大脑长时间关注不存在的事物而出现过度兴奋所导致的脑损伤，他提醒大家要注意劳逸结合，规律睡眠，避免猝死。

"美人城已经成为利维坦。"中年男子袁子叙被强制送医之后，民众开始怀疑"美人城元宇宙"已经背叛了美人城集团最初的承诺：这是全体人类参与运营的去中心化虚拟空间，它不属于任何公司，也就是已经不属于美人城集团，而属于每一个参与其中的人类。"科技不会撒谎。"多年以前，还活着的美人城集团董事长祖德治在宣传片里这么说。

经营网络游戏起家的美人城集团，如今影响力已经在全世界范围首屈一指，为何还要做这种自毁根基的事情？是被什么力量侵袭了吗？基于这样的猜测，关于"十三个证据"的研究从此转入了地下，甚至以古老的纸和笔来进行，从事研究的人们将这件事简称为代号"十三"。经过反复商讨，"十三研究组"在德国慕尼黑新市政厅前面正式成立，他们戴着标有数字"13"的口罩，在玛利亚广场上围成一圈相互拍照，就像游客一样正常交谈，然后在钟声敲响第十三下时同时欢呼，惊飞啄食的鸽子。这次会议达成了四个共识：

第一，证据保存问题。为了抵抗"人类过往时空剪辑技术"，保存现有的证据链，必须将这十三个证据重新编排，形成若干个具有一定逻辑的故事并广为传播。而且必须预留怀疑入口。如果某一天知道"十三个证据"的人都被修改了记忆，那么，如何凭借现有的故事质疑现实的虚幻呢？就如同要在透明胶切口处预留一个翻折，以防第二次使用找不到撕口，故此这些故事又不能过于逻辑严密，必须预留一定不符合常理的空隙。

第二，曲黛灵的身份。基于被抓捕的中年男子袁子叙那句没有声音的喊话，应该将"曲黛灵＝曲灵"这个可能性重新进行论证。至于如何论证，他们其实心里都没有底。关于曲黛灵的信息太少了，能挖的内容早被挖出来了。又有人提出，如果曲黛灵能直接领导这个组织，那么或许一切问题便迎刃而解了。然而，没有人真的看过她，她到底是不是一个真实存在的人还无法被确认，怎么能期待她突然现身呢？但无论如何，那架凭空消失的飞机 MH666 应该是这一切的关键，需要有人通力合作将这架飞机的资料重新收集整理。

第三，曲黛灵所说的"人类过往时空剪辑技术"可能是一项外星人技术，垄断这项技术的人或组织，都将成为人类的公敌。

第四，如果发生过两次"机器人战争"，并且完美抹除了痕迹，不排除人类世界已经被人工智能悄然控制，但我们并不能自知。想到自己成为机器的俘虏，很多人感到不寒而栗。

正当会议进入高潮的时候，一个高高瘦瘦的年轻人突然说话："他们此刻应该正盯着你们每个人，然后总结你们说的都是屁话。"大家在错愕中打量这个年轻人，他衣衫破旧，蓬头垢面，就连口罩也肮脏不堪。

他说："我叫袁子量，袁子叙是我哥哥，他昨晚在医院里自杀身亡。"

这时市政厅的钟声又准时敲响，三十二个木偶又出来唱歌。这个年轻人的眼神看起来如此悲戚，"十三研究组"的人们突然感觉一种空虚和沮丧。这个世界的机器过于庞大，而个人如此渺小。这种渺小已经严重影响一个人类个体的认知，从而使所有的侃侃而谈都成为屁话。连这么一个不知道从哪里冒出来的袁子量都可以轻易找到他们，那么这么一个活动被锁定应该是轻而易举。这些人会在时空的重新剪辑中全部消失吗？他们脑海中浮现了各种想象，年长的浮现一把剪刀和一条长长的胶卷，年少的看见了一个全息投影，外星人挥挥手指，一个人类的生命故事便宣告消失。

"我就问你们，谁能把这个故事写出来？这么多年谁也说不清楚 MH666 究竟飞去哪里，花了那么多钱都找不回来，你们凭什么认为你们就可以？谁在剪辑这个世界真的能找到答案吗？那是上帝之手，那是最高本体的凝视，你们究竟知不知道什么叫绝望？"

没有人能回答袁子量的质问，每个人耳边只有不绝鸣响的钟声。

3

还是有必要在这里梳理一下 MH666 航班神秘失踪的前因后果。

那年春天来得格外迟，3 月 2 日凌晨一点，搭载了二百二十六名乘客的 MH666 航班从马来西亚吉隆坡国际机场起飞，目的地是中国东州，然而起飞不到一个小时，MH666 却突然失去联络，同时失去雷达信号。这架长 63.7

米的波音 777 飞机便这样神秘消失，没有发出任何求救信号，查看飞机消失区域红外侦查卫星图像资料，也没有发现该区有任何爆炸的迹象。随后，有十几个国家组成的搜救队在印度洋海域进行了为期数年的搜救，搜救从海上搜救逐步转移到水下探测，搜救工作多次停止，又多次重启，但至今没有与这架飞机有关的任何消息，令人失望。

有网友曾经盘点过飞机失联的十种情况，包括：机长劫机论、乘客劫机论、恐怖袭击论、机械故障论、电器起火论、缺氧论、击落论、雷暴湍流论、太空垃圾论、外星人劫持论等。但很快遭到另一批网友的逐一驳斥，无法成立。也有人提供证据说飞机可能在安达曼群岛或越南的某个小岛上降落，飞机上的乘客与机组人员都成为人质。但这种说法后来被证实为谣言，在技术上也不可能实现。

其实无数的家庭更愿意相信飞机已经被劫持，就停在某一个海岛上，用树叶覆盖了飞机的顶部，以防上空的侦查。这些家人，父母、妻子、丈夫、儿子、女儿，都日夜守着手机，担心错过任何一个电话。他们不厌其烦地接听任何推销电话和诈骗电话，只希望能听到家人还活着的消息，即便是敲诈勒索的电话，只要提出赎金，便有生还的希望。

然而没有希望。

网友们开始搜索关于女编辑曲灵，但能够找到的资料非常少。只有一篇网络日记中大概提道：女编辑从出版社辞职之后，她丈夫也选择跟她离婚，不久之后她被一个神秘组织骗进深山修炼了三个月的藏传经络大法。所谓"百日筑基"，这个组织的头目在机器人身上加入了经络，当然，为了研究经络理论在机器人身上的实践，那么就必须先研究女编辑身上的穴位。为了消除研究的耻感，参加实验活动时必须服用一种迷幻剂。在日记中，女编辑详细记录了她同时与四至六个男人的同居生活。在药物的作用下，她有点迷糊了，记不清楚全部细节，甚至记不清楚人数，但记忆中的某些画面依然令人羞于启齿。修炼结束时，神秘组织顺便骗光了她本来就所剩无几的全部钱财。下山之后，她的精神已然崩溃。那段困难的时间里她所能做的，是每天在网络上查找自杀的方式。但不久之后，她却在日记中非常兴奋地说自己即将迎来人生的高光时刻。不过关于最后这一点，倒是符合很多被传销拐跑之后的人格。

这则网络日记之所以会被重视，一个是与女编辑的身份吻合，另外还有女编辑的丈夫也叫范冰，与曲灵的丈夫同名。但其他细节就并不吻合，因为我们知道，曲灵始终没有跟丈夫离婚，而是一家三口登上了那架突然消失的飞机。假设曲灵并没有上那架飞机，她进了传销组织，那么后来呢？也无法证明曲灵便是曲黛灵。这中间缺失的故事情节太多了，根本就拼接不了。

"十三研究组"的人感到非常沮丧，他们穿过慕尼黑的街道，准备到皇家啤酒屋喝一杯。经过袁子量的提醒，他们也没有必要遮遮掩掩，而是大摇大摆三五成群走在路上。他们问袁子量，他为什么还专门赶来慕尼黑宣布研究组的行踪暴露，打个电话不就得了。袁子量说他只是顺便经过，他想去研究大型强子对撞机对曼德拉效应的影响，而这个大型强子对撞机就在日内瓦附近，在瑞士和法国的交界侏罗山地下100米深处。

啤酒屋里都是大口喝着啤酒的人们，他们谈笑着，看着台上的巴伐利亚民族歌舞表演。女舞者穿着裙子不断转圈，男舞者则脚踩皮靴踢着节奏，音乐俏皮而欢快。这个歌德和莫扎特都非常喜欢的地方，果然有奇妙的气场。袁子量喝了好几杯啤酒，大家让他少喝点，他却摇摇头："你们不懂。"

他谈起了自己的哥哥袁子叙，谈起他们小时候在橄榄树下那些快乐的穷日子。谈起他们去世的爷爷时，袁子量的眼泪止不住地往下流。他说他哥哥作为一个被阉割掉记忆的人，每天都痛苦不堪。袁子叙反复梦见一个女人，醒来时却叫不出她的名字。袁子量不止一次见到自己的哥哥面对着屏幕上的网络搜索引擎发呆，他那时候觉得奇怪，但现在明白了，他的哥哥想不起那个叫"钟秋婷"的名字，他应该在努力地想啊想啊，但终究是一片模糊的白色。为了保护大脑，袁子量基本不碰酒精类的饮品；但他的哥哥却喜欢喝酒，喜欢深夜买醉。袁子叙失眠，他经常在凌晨三点拎着两瓶啤酒到街上去，找清洁工阿姨聊天，找流浪汉聊天，找二十四小时营业的超市跟售货员聊天，如果找不到人，他就找流浪狗对坐聊天。天亮时，他又穿戴整齐，到公司的格子间去上班，喝咖啡提神，对每个人笑脸相迎。

袁子量说："你们不懂，我对不起我哥，我一直以为他精神有问题，是现代性给他造成的压抑，其实是我精神有问题。我还跟他反复讲解社会压力是文明的一部分，只能学会接受；而我自己却非常自私，每天散漫活着，不求上进。"

一个研究组成员听他讲述袁子叙的生活，接话说："或许时空剪辑也有它的合理之处，它让我们忘掉战争的残酷和悲哀……"

袁子量站起来打断他的话："不！这不是好不好的问题，时间的连续性是不可让渡的权利，除了最高本体，没有人可以这么做，没有谁可以任意剥夺，这是关乎正义的事！"

他的话铿锵有力，让研究组的人安静了下来。台上滑稽的舞者正在做着鬼脸，他两撇胡子像两个钩子朝脸的两侧翘起，眉毛抖动着，引得周围的人呵呵笑起来。但研究组的人，都没有笑，他们一脸严肃，陷入沉思。

走出皇家啤酒馆，外面下起了一阵小雨。袁子量看起来没有醉，但走路动作有点迟缓。大家问他住在哪里，他说他能弹吉他，这些天在酒吧外面弹琴赚点生活费，天气也不冷，他找地方将就，住不起酒店。大家都对他表示赞赏，也表达安慰。

"你们也不用说安慰的话，每个人给我捐点零花钱当路费吧，我哥死了，我没钱了。说实话，这也是我来找你们的真正目的，不然，我才不想打扰你们。"

见提到捐款他们面面相觑，袁子量又压低声音补充了一句话："我觉得我能帮你们找到哲学家，我熟悉她写过的每一个字。"

"活的？"

"对，活的。"

4

很快，在"美人城元宇宙"，这群戴着标有数字"13"口罩的人们，被视为一个笑话，他们在广场上开会的视频竟然被人以直播的形式进行传播，这简直是对这个秘密会议最大的讽刺。来自上海的网友比较直接，说他们"十三点"。

就在这次严肃的抵抗差不多转变为一个娱乐项目时，哲学家曲黛灵又为大家带来了两个全新的词语：固体人文明、代号为"凤凰"的研究项目。

这次哲学家曲黛灵在一天之内连续发布了三个视频，这在之前是从来没有过的。在第一个视频中，她科普了什么是固体人文明，并在视频结尾征集大家的提问，然后在随后发布的第二个视频中予以回答。至于第三个视频，她提到了代号为"凤凰"的研究项目，然后隔空喊话，终于表露了她连续动作背后的真正目的。

据说在第一个视频发出来之后的半个小时里，全球信息网络的活跃度下降了百分之七十，随后信息量又突然暴涨到平时的十倍以上。这沉默的半小时，后来被学者称为"错愕半小时"，以此来形容对固体人文明这个理论进行消化吸收的难度。

其实在这个视频里，为了讲清楚前因后果，曲黛灵已经史无前例地增加了道具：一张桌子、两只瓷碗和一双筷子。两只瓷碗一灰一白，安静地摆在桌子上。她用白色的瓷碗代表人类世界，又指着灰色的瓷碗告诉大家，这是混沌世界。然后指着筷子说，这就是固体人文明。

人类世界是有序世界，这里光速恒定，时间可控，所有宇宙的参数也符合规范，所有事物遵循相对的因果，逻辑思维有效。而混沌世界刚好相反，里面的参数是随机的，混乱的，不可控的，毫无逻辑的。如果为了方便理解，可以理解为地狱。两个世界是造物主的两个器皿，横跨两个世界的连通管部分，则是固体人文明。固体人文明被造物主赋予了两个使命：一个是维持熵增和熵减，最后完成两个世界的逆转；另一个则是维持两个世界的生命故事增量平衡，在故事达到峰值时进行收割。固体人文明与两个世界之间有不可渗透的机制，但这个机制因为人类世界人工智能的一次偶然爆发而突然失效。机器人战争的出现，显然破坏了原有的剧本，有悖于造物主采集生命故事的设定，所以固体人出手制止，直接扼杀并进行时空剪辑。但这个过程却突然打开了一个后门，让人类可以通过人工智能开发的加密语言与固体人取得对话。

"造物主采集生命故事。"这个表述让许多人感受到一种诗意，也感受到一丝残忍。更为重要的是，人类的科技与宗教终于在曲黛灵那里得到了统一。古今无数先哲都希望能够证明造物主的存在，安瑟尔谟、阿奎那和笛卡尔更是从各自不同的角度给出了本体论证明、宇宙论证明和目的论证明，现代科技发展以后，包括爱因斯坦、杨振宁、霍金在内的无数科学家也不断讨论宇宙形成的第一因，希望反推出造物主的存在。但如今，曲黛灵竟然轻易就给出了答案。那么，她究竟是如何证明的呢？在第一个视频的最后，她却说她也无法证明，因为她此刻就在那架 MH666 的飞机上，飞行在混沌世界，不生不灭不增不减，困在永恒与湮灭之间。

曲黛灵最后说："人类是一个短暂又悠长的词，它包含的意义应该从这双筷子说起。我无法给出证明，因为我本身就是证明，这是来自天堂和地狱的电话，而我随时会被作为一个漏洞进行修复，在此之前，请大家享用这个世界的真相。"

如果这样的荒诞观点是其他人提出来的，大家可能会用三秒钟就嗤之以鼻，认为不过是民间科学理论研究，但如今是由曲黛灵提出来的，这个救人无数、近乎半神的人物，是人类世界的精神领袖，经过半个小时的沉默消化之后，信息洪流汹涌而来。曲黛灵的回应非常迅速，好像她已经猜到人们会问一些什么问题，在第二个视频中，她自问自答：

神真的存在吗？一定存在，但不知道是什么样。他可能出门远游，这里只有两只碗，一双筷子，没有其他了。

人死后会有灵魂吗？濒死体验会穿过长长的隧道，那便是固体人在采摘你一生的故事信息，能量和信息不灭，也可以被置换到混沌世界之中飘荡，可以简单理解为死神和地狱，只是定义不同。你见到的是两只瓷碗，但这两只瓷碗有可能是同一只的两个面。

那架消失的飞机是怎么回事？是固体人文明执行时空剪辑任务的时候，出现的一个差错，这架飞机被吸入混沌世界，再也回不来了。

固体人是否属于外星文明？如果是指电影里所

描述的外星文明，这个显然不像；但如果说是人类以外的文明，应该又属于这个定义。世界可能并不是我们理解的那样，即使我现在提供的理解，也不一定是正确、稳定和唯一的解。

为什么我们无法直接跟固体人说话？根本原因，是对时间的定义不同。举例说明，参照人类时间，比如"人类"这个词，若固体人用十万年说出了"人"，再用二十万年说出了"类"，他们传达了这个信息，但对我们的文明来说，根本就没有条件收到他们的话，人活百年，夏虫不可语冰，根本听不到一丝声响。

人类在固体人看来如何？固体人看人类的故事，就如同我们在看壁画，一览无余。人类世界只是诸多剧本之中的一个，而每个人不过是悬浮在空中被随机挑选的人物角色，如果故事的进程出现差错，便要随时进行剪辑和调整，以改正原来的错误。

造物主采集生命故事有什么用？终极目的不可知，也许这两只碗只是放在一个实验室里，而造物主放暑假去了。

人类时空没有被阉割之前，机器人战争是什么样的？在第二次世界大战的欧洲战场，如果一个人

第九章　凤凰

活了下来，那么他就是见过末日的人，没有什么人会表示怀疑。在机器人战争的重灾区，如果一个人声称自己看到了人类末日，也应该没有人会表示怀疑。所有的战争都同样的惨烈，但是，战争对一些人是灾难，对另一些人却是生意。

人类如果能够和固体人达成合作，时空剪辑技术岂不是能让人类避免末日灾难？这个合作目前已经由部分人与固体人达成协议，也已经造成灾难。比如那架飞机上二百二十六名乘客和十二名机组人员，便永远困在这个微宇宙之中，对这架飞机上的每一个人来说，这件事就非常不正义。左手是生存和道德，右手是霸凌和奴役，正义是在两手中间一条弯弯曲曲的小路。

是否能够利用固体人的技术将地球的环境恢复到从前？在人类的怂恿下，固体人滥用了神的权限，他们本来不应该如此随意删改人类的时空故事线。一件华美的衣袍，如今已经被裁剪得破烂不堪，你说，还如何能够还原？

人类的未来究竟会怎么样，您能够预知所有未来吗？我的视力有限，能看见的不过冰山一角，而且人类的未来充满了变量，没有人能知道造物主真正的剧本。

第三个视频时间很短。

哲学家曲黛灵说："祖德治、陈星河，你们这两个章鱼，还不从英吉利海峡的古堡里现身，二十四小时之内如果不把戴友彬给我放出来，我就会公布代号'凤凰'的那个研究项目的全部内容。如果你们放人，我可以站出来跟你们对话，不会永远藏着。"随后她手一抖，一只手拿着一张照片，照片上面是两只泛着金属光泽的大章鱼。

这段视频虽然非常短，但透露出来的信息量却很大。人们不禁疑惑，难道祖德治和陈星河竟然还没有死吗？哲学家所说的"凤凰"究竟是什么？

5

在陡峭的贝康沃尔海岸，这座六百年历史的古城堡隐藏在林木葱郁之中。大海涨潮时，这里便是一座孤岛；而当潮水退去，这里则是海边的山峦。山间的小路若隐若现，海鸟在夕阳的霞光里滑翔，宛若跳动的音符。

一个年久失修的梦境把陈星河惊醒，梦中有笨重的囚车，将他与其他的许多人运到帝国的边境。一场末日的审判会在太阳出来之前进行，阴冷的残酷击破命运的蛋壳，大祸临头，他在床上坐了起来，深深倒吸了一口冷气。

揭开窗帘，窗外漆黑一片，只有远处灯塔的光芒依旧耀眼。他把窗帘拉上了，此刻，应该有一个女人，或者一个男人，睡在自己床上。只要他或她轻轻发出鼾声，那么他就不至于被恐惧袭击。

在选择成为一条章鱼以前，陈星河曾经是个风中少年。他身上带着半步村成长的痕迹，那里有碧河流水，有山野传奇，稻谷丰收的季节，忙碌的农人会用独轮车推着一袋袋稻谷走在田间的小路上，稻谷还是湿的，在他走过的土路上会留下水滴成行的痕迹。

如今，稻花香味只能是一种遥远的记忆。作为美人城集团的二把手，陈星河可以说为老板创造了一个拥有无限疆土的帝国。他从一个刺青插画设计师变成整个"美人城世界"的总设计师，这中间的故事绝对是一部励志小说。在美人城这个商业帝国里，他拥有一人之下万人之上的地位，就是祖德治的大儿子祖延泽，见到他也勾肩搭背客客气气。甚至于祖先生决定割头之时，也要带着陈星河一起。当然有一种说法是祖先生希望在这种高风险手术进行中，有一个人陪着他，形成身体数据的参考系。但祖先生是这么说的："星河啊，美人城可以没有任何人，但就是不能没有你，你还是随我一起长生不死吧，无论变成什么，总得有个说话的人。我儿子的主要职能是传播我的基因，而你才是我天长地久的好朋友。"

陈星河听懂这句话，把他留在人类世界确实太不安全了，是对祖家的巨大威胁。在手术之前，他主动将"锁匠"系统交给祖少爷，并告诉祖少爷系统中"锁匠"的角色在第二次机器人战争中早已经被量子化，戴大维消失之后，他便没有兴趣再重新设定"锁匠"。言下之意，"锁匠"系统早已经不是达摩克利斯之剑，祖少爷多年来的防范实属多虑。"锁匠"系统的主要作用是对"美人城元宇宙"进行钳制，能够越过应用层，从更底层的逻辑打开后门，以最简便的方式绕过系统的盘查，而获得控制系统的权限。"锁匠"系统由当年的董事会投票决定建设，意在平衡祖家与股东的关系。但后来董事会已经没有了，只有祖先生。显然，祖家父子不希望他手里握着这样的武器。

至于祖先生所说的长生不死，这个倒是没有骗人。这项叫"头颅冷冻记忆萃取术"的割头手术，确实能让"缸中之脑"从一个哲学寓言变成一个活生生的现实，它能将整颗头颅封存在一只钢桶之中，再营造一个适合大脑生存的环境，接通所有的神经，让这颗大脑匹配一具可以随时替换的身体，感知外部世界。大脑的重量还不到三斤，简直是一个非常便携的物品；而设计这些仿生躯体的专家说，地球上最好的身体构造是章鱼。章鱼拥有所有人类渴望的操控性和灵活度，跟人脑达成协作训练之后，几乎拥有无可比拟的生存

第九章　凤凰

· · ·

277

技能。

实验成功之后，他们在灌满海水的泳池里反复训练。半年之后，他们第一次走出古堡的地宫。面对星空和大海，陈星河甚至紧张得听见了自己的心跳。当然，这样的紧张和心跳声都是大脑模拟出来的。他们来到海滩上，大西洋苍茫无边，他们一步步走进海水之中，开始了另一种生活。最长的一次，他们竟然在海里停留了一个星期，直到古城堡中的机器人按照事先设定的安全协议向他们发出呼叫。

"这才是绝对的安静，这才是真正的人生。"祖先生对他说。

他明白祖先生的意思，从此美人城就会属于他们两个人的了，长生不死，意味着永久地占有。他们不需要吃喝拉撒，甚至可以不用外部供氧，如果需要，他们完全可以横渡大西洋，只要不碰到人类的潜艇或者凶猛的鱼群，大概率没有太大的困难。即使在大海深处，他们也依然可以控制着整个美人城集团，以特殊的权限登录后台系统，实现无所不能的操作。

当然他们也不会冒险，更多的时间他们会盘踞在这座古堡之中。古堡地宫中也挖了一条地下通道，可以直接通向大海。古堡之中也没有人类，只有来回巡逻的机器人。机器人现在不可能再发起战争了，人类手上有更厉害的武器。

面对没有尽头的时间，陈星河有一阵生怕自己会得抑郁症，会空虚，会觉得活着没意思。但并不会，求存几乎是一种本能，永远存在让他踏实。而祖先生每天都非常忙碌，他比陈星河拥有更强大的控制欲。

"我们的存在一定是有原因的，我们要帮助人类开辟一条前所未有的航道。"

在机器人战争爆发之后，在量子计算机操纵的人工智能失控之后，他们突然发现了一种前所未有的力量正在干预这个世界。计算机在黑盒子里自主学习之后，已经拥有一种人类也看不懂的语言，正快乐地与另一个世界进行交谈，他们交谈的媒介是一块石头，来自一个直播女郎。

"这是上帝之手，"祖先生对陈星河说，"一定是造物主给人类送来了礼物。"

必须有人亲手拆开这份礼物，而这个人无疑就是处于人类阶层顶端的祖德治。他解密了人工智能与固体人文明的聊天记录，兴奋地告诉陈星河，这就是他寻找已久的航道，人类将因此站在宇宙新的制高点上。祖先生是一个绝对的理想主义者，他全身心投入了这项会让人类活得更好的伟大事业之中。根据他的观察和理解，固体人生性热爱做生意，弄懂了人类赌博的原理之后，他们非常愿意跟人类进行博弈游戏，因为这个非常有意思，而赌注就是生命故事。

"此刻，我们就是人类文明的哥伦布。"在深海里泡澡时，祖先生依旧兴奋地说道，这种兴奋的情绪让他的耗氧量

第九章 凤凰

大增，而他们也不得不提前结束这段旅程。但陈星河对待此事要更为冷静，他不止一次提醒祖先生，希望能够控制固体人文明的想法，有可能也是写在造物主发给人类的剧本之中。

"包括你我二人此刻的对话，可能就是造物主剧本中的台词。"陈星河说。

但祖先生何等人也，他不会认命。他认为凡是系统就必然有漏洞，造物主的系统也必然有其漏洞，而现在他们手里拿的，就是漏洞。

这一点倒是与曲黛灵后来的说法不谋而合，他们确实破解了造物主反渗透系统中的漏洞，他们渗透到了固体人文明之中。虽然这个时候，人类对固体人文明所知甚少，但至少明白一点是，固体人的存在意义，就是帮助造物主收集生命故事，而如果美人城集团能够为他们提供等量的生命故事，是不是说他们也可以出让部分操作权限。

故此，代号为"凤凰"的项目启动，项目的目标是为固体人生产源源不断的故事，这些故事必须带着生命的体温。凤凰涅槃，人类能否失而复得，就取决于这个项目能否成功，所以他们要不惜一切手段获取成功，因为这符合全人类的根本利益。

而令祖德治兴奋得跳起两米高的是，陈星河居然在多年以前就已经着手研究如何用人工智能来讲述故事。"鹦鹉计划"是多么带有前瞻性的举动，简直是为"凤凰"解决了最为基础的那部分难题。但是"鹦鹉计划"确实是一个失败的项目，他们反复尝试，在人工智能与生命故事之间，确实有一条无法逾越的鸿沟。

"只剩下唯一的选项了。"陈星河说。

祖德治在无比沮丧中仿佛看到希望，他看着陈星河。但陈星河却犹豫了很久才说，那是故人之子，他曾在二十多年前便将"虚体鹦鹉螺"植入了一个少年的大脑之中，只是单纯为了满足他成为一名作家的理想。

"您得让我考虑考虑，那是故人之子，对我来说不同寻常，他不是一个产品，他也从来不知道自己被植入了虚构故事的装置，非到万不得已，不应该将这个小孩子牵扯进来。"

但祖先生却冷冷对他说："你若不同意，我会将你关在深海之中，让你永远活着，却不见阳光。"

此时，戴友彬已经不再是一个小孩子了。祖德治通过追踪陈星河这些年资助过的全部小孩，很快就锁定了戴友彬。祖德治在台灯下浏览戴友彬写给一个女孩的信，嘿嘿笑了两声："写得太矫情了。"他知道这个实体虚拟人明显带着陈星河的情感模式。

6

　　作为美人城集团下属公司的标本采集师和故事编织师，戴友彬对逐渐逼近自己的魔爪缺乏必要的警觉。他甚至也不知道他童年时期睡梦中突发的中耳炎，竟然是被植入了一个叫"虚体鹦鹉螺"的装置，就是这个装置让他文思如涌。

　　小学六年级，戴友彬便写了一份小说书稿，以他父亲戴大维为原型，讲述了一个有点煽情的故事，他将这个故事发给女编辑曲灵，那是他偶然认识却值得信赖的一个女人。他沉溺于自己的小世界里，他喜欢一个叫钟秋婷的女同学，他给她写了很多情书。他去她家，用大人的口吻跟她妈妈毕春花聊天……是的，哲学家曲黛灵所提供的所有证据，本身便不是孤立的符号，而是连成一片的故事。

　　在成为美人城集团最重要的财产之前，他还在黑帮里混过一段时间，人称"冰爷"。戴友彬从小就会打架，他的绝招叫"慈悲手"，就是一手抓对方喉咙一手揪住对方蛋蛋，一举把他干翻。不过这样的招式在对付女生时几乎无效，所以他从来不对女流氓动手。如果没有固体人文明，戴友彬大概可以在黑帮内部获得不错的位置，甚至有可能接替刀爷成为碧河地区六座城市的黑帮老大。

但戴友彬志不在此，他其实也只是希望自己能变换一种生活方式，能在平庸的生活里多一层活法。

从小到大，他明白那个叫陈星河的男人一直庇护着他，他也猜到陈星河跟自己的父亲戴大维有过一段超越友谊的情感。但他却有意疏远陈星河，这是一种说不清楚的情绪。但陈星河跟他说过的每一句话，他都记得。"进入复杂的物质内部。"陈星河反复跟他说过这句话。

在第二次机器人战争中，戴友彬负伤倒地，之后陷入昏迷。等他醒来之后，他已经不记得很多事，感觉头痛，而有一个身穿白色西装的人过来通知他，他将接受一个新的体能测验。在莫名其妙的反复折腾之后，戴友彬最终还是被带到美人城集团最秘密的基地里，在一个大屏幕上出现了祖先生的脸。当然是他变成章鱼以前的脸，那是他的标准照。祖先生凝视着他的脸庞："我们见过？"

戴友彬点了点头。

他听到音响里祖先生的声音有些迟疑。然后祖先生终于想起来了："你当年帮助过我，在我被绑架的时候。"

戴友彬点了点头，心里想，何止是帮助，是我救了你的狗命。

祖先生当然听不见他心里的声音，他继续说："戴友彬啊，你之前帮助过我，现在我还需要你再帮我一次，我希望你把讲故事的才能发挥到极致。"

祖先生又絮絮叨叨说了一些话，戴友彬听不进去，他只想离开，但这一切已经由不得他了。第一期的测试非常成功，除了体温太高可能会导致器官衰竭之外，所有数据表现良好。"人类不能认怂，人类的大脑是超乎想象的。"祖先生希望他能源源不断地生产故事，以供给与固体人进行博弈的赌桌，换言之，戴友彬现在是赌桌筹码的生产者。为此他必须在低温槽中浑身上下插满管子，量子计算机会将他的大脑准确控制在濒死的状态之中。

祖先生说，戴友彬果然好样的，没有怂。他的生命就像一列全速挺进荒原的列车，维持在最高时速，却依然保持旺盛的后劲。

7

两只章鱼出现了屏幕上，全人类都感觉到震惊，章鱼的体型太庞大了，简直像两个电影道具，是不可能的存在。

哲学家曲黛灵出现在另一个屏幕上，这是屏幕对屏幕的凝视，不需要任何全息影像。全世界的人们为这样的会面等待了许久，他们本来以为这会是一次巅峰对决，可能会透露很多信息，但是全程居然还不到十分钟，而且沉默的时间也比想象中要多。是哲学家曲黛灵先开口，她直接明了地说：

"我只是这个世界的漏洞，并不是这个世界的钥匙，那个能够沟通固体人文明的身体才是。我说得更简单一点吧，你们必须把自由还给戴友彬，只有他断开了链接，反渗透系统才可能启动，人类社会才能恢复正常，而我也将会消失。"

祖先生说："我现在可以在全人类面前承诺你，会答应你的要求，但你如何保证你的消失？"

长时间的沉默。

然后曲黛灵还是选择了相信："希望祖先生一诺千金。至于我的消失，您不用担心，我就在戴友彬的背面，他的大脑是我的镜子。他获得自由，我就将永远消逝在另一个世界。"

这次轮到祖先生沉默。

曲黛灵又对陈星河说："星河，你要救救那个孩子，他是你的孩子。"

但那只章鱼并没有说话，没有人能确认他是不是陈星河，也有传言说，在一次争执中，陈星河已经被祖先生宰了，陪在祖先生身边的章鱼是他的大儿子。也有的人说陈星河在海边自杀了，有的却说他凭借灵魂的触须开门跑掉了。不过这些都不是最重要的了。

祖德治冷笑一声，说："哲学家，你低估了人类远航的决心。我们既然敢以这样的面目出现在全世界面前，就能保证所有人都会忘记此刻的记忆，因为卖降落伞的人是不会收到差评的。"

哲学家曲黛灵最终被彻底抹除了。历史上的预言家没有一个有好下场，这个世界，只允许存在一个叫陈星河的技术大神，他早已作古，是永远的传说。

陈星河那张标准的人脸不时出现在街头的屏幕上，他铿锵有力地说："人类探索宇宙没有任何目的，探索就是意义本身。"

2021 年 12 月 31 日改定

图书在版编目（CIP）数据

悬浮术 / 陈崇正 著. -- 北京：作家出版社，2023.3
ISBN 978-7-5212-2166-4

Ⅰ.①悬…　Ⅱ.①陈…　Ⅲ.①幻想小说 – 中国 – 当代
Ⅳ.① I247.5

中国版本图书馆 CIP 数据核字（2022）第 257992 号

悬浮术

作　　者：陈崇正
责任编辑：朱莲莲
封面设计：张子林
出版发行：作家出版社有限公司
社　　址：北京农展馆南里 10 号　　邮　　编：100125
电话传真：86-10-65067186（发行中心及邮购部）
　　　　　86-10-65004079（总编室）
E-mail:zuojia @ zuojia.net.cn
http://www.zuojiachubanshe.com
印　　刷：北京盛通印刷股份有限公司
成品尺寸：145 × 210
字　　数：165 千
印　　张：9.125
版　　次：2023 年 3 月第 1 版
印　　次：2023 年 3 月第 1 次印刷
ISBN 978-7-5212-2166-4
定　　价：46.00 元